자본주의 타파하고

지구를 지킵시다 투쟁

작 은 종 말

정
보
라

환상문학 단편선 3

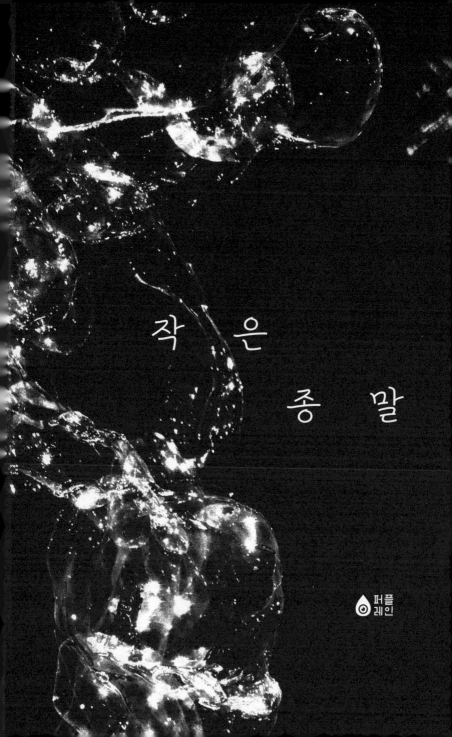

작 은

종 말

퍼플
레인

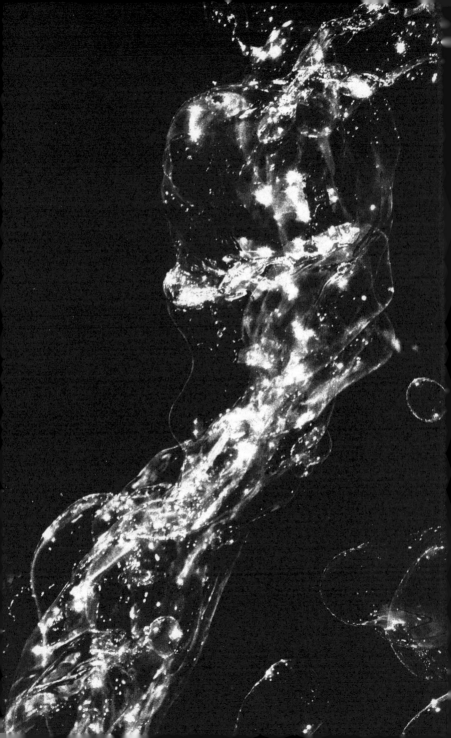

차례

지

향

✧ 2025년 앤솔러지 《서로의 계절에 잠시》(큐큐) 수록

강(杠)의 죽음을 나는 강의 아버지에게 들었다. 강의 아버지는 나를 강의 애인으로 잘못 알고 있었다. 발인하던 날 나는 강이 나에게 맡겨두었던 피켓을 가지고 간다. 강의 어머니는 강이 직접 만든 피켓을 소중하게 받았다. 강의 부모님은 피켓을 태우지 않고 차에 보관했다가 화장이 끝난 뒤 가지고 돌아간다. 피켓을 강의 어머니에게 전달하고 집에 오는 길에 나는 내내 후회한다. 피켓은 강이 직접 손으로 자르고 붙여서 만든 물건이다. 그렇기 때문에 강의 부모님에게 전달했다. 그리고 그렇기 때문에 나는 강이 만든 물건을 가지고 있기를 원했다. 그 외에 강이 나에게 남긴 물건은 없다. 나는 강의 애인이 아니다. '친구'라는 단어는 지나치게 폭넓은 의미들을 전부 감싸고 있어 매우 모호하다. 혈연이 아닌 타인과 공유한 깊고도 단단한 결속을 이르는 용어가 대부분 성애를 허용했는지 여부와 관련되어 있다는 것은 내 입장에서 조금 소름 끼치는 일이다. 나와 강은 함께 데모하고 함께 투쟁하고 같은 삶의 지향을 가지고 있다. 강의 아버지는 나를 강의 '동지'라고 지칭한다. 강이 데모하는 사람이 된 이유를 나는 강의 아버지를 보면서 조금 짐작할 수 있다. 강의 얼굴 구조, 어조, 말할 때 억양이나 표정은 강의 어머니와 똑같다. 내가 강의 애인이었다면 강이 살아있을 때 이런 사실들을 발견할 수 있었을까. 이제 와서는 알 수 없다.

무성애Asexuality는 2004년 앤서니 보개트Anthony F. Bogaert의 연구를 통해 성적 지향 혹은 정체성으로서 알려지기 시작했다. 행위론적 측면에서 무성애는 성행위의 부재, 심리적 측면에서 성적 욕망 혹은 성적 끌림의 부재로 정의되며, 정체성의 측면에서 스스로 무성애자로 규정하는 것으로 정의된다.*

나와 강은 같이 데모하는 사이다. 이것이 우리의 관계를 가장 정확하게 규정하는 표현이다. 우리는 같이 데모하고 같이 행진한다.

나는 강을 평등행진에서 만난다. 강은 배낭에 무지개 깃

---

* Dudley L. Poston, Jr. and Amanda K. Baumle, "Patterns of asexuality in the United States", *Demographic Research*, Vol.23, 2010, pp.509-530

발을 꽂고 손목에는 검은색, 회색, 흰색, 보라색 띠를 묶고 있다. 강의 손가락에 낀 검은 반지가 보인다. 나는 그 반지를 강에게 애인이 있다는 의미로 오해한다. 그래서 나는 강에게 말을 걸지 않는다. 평등행진은 차별금지법 제정 운동이 시작된 지 10년째인 2017년에 시작되었고 팬데믹으로 중단되었던 2020년만 제외하고 계속 진행되었다. 나는 모든 평등행진에서 강을 본다. 더 정확히 말하자면 내가 행진에 가면 언제나 강이 거기 있다. 많은 사람들 사이에서도 강은 눈에 띈다. 일단 강을 알아보기 시작하자 나는 언제나 행진에 갈 때마다 강을 볼 수 있다. 그때의 강은 나를 모를 것이다. 나도 그때는 강의 이름을 알지 못한다. 그러나 나는 강을 알고 있다. 강은 무지개 깃발을 들고 있기도 하고 가방에 꽂고 있기도 하고, 깃발 대신 무지개 천을 두르거나 띠를 묶고 있을 때도 있다. 검은색, 회색, 흰색, 보라색의 4색 띠는 언제나 손목에 묶거나 가방에 달고 있다.

그 후에 나는 강을 퀴어문화축제에서 처음 만난다. 동성애는 죄악이라고 외치는 사람들이 광장을 둘러싸고 행진 대열을 계속 따라온다. 동성애를 되풀이하며 비난하는 사람들을 우리는 야유한다. 그들이 '동성애'라고 외칠 때마다 우리는 받아친다.

"양성애 아세요?"

우리는 외친다.

"무성애 아세요오?"

나는 이렇게 외치며 웃는 소리를 듣는다. 옆을 돌아보았을 때 강이 있다. 나는 강의 웃음소리가 마음에 든다. 자신들이 잘 모르고 알고 싶지 않은 일은 전부 죄악이라 외치기를 좋아하는 사람들이 앞을 가로막는다. 행진이 잠시 멈춘다. 우리는 판을 깔고 음악을 튼다. 강은 아스팔트 맨바닥에 그냥 앉아있다. 내가 깔개를 내민다.

"저 두 개 가져왔어요."

그 말은 사실이다. 강을 유혹하기 위해서 한 말은 아니다. 나는 유혹하지 않는다. 강은 유혹당하지 않는다. 강은 나를 아직 모른다. 나는 이미 강을 알고 있다. 그리고 강이 나를 알게 될 것이라는 사실을, 우리가 함께 데모하는 사이가 될 것이라는 사실을 알고 있다.

시간에 대해서는 두 가지 학설이 있다. 하나는 시간이 과거에서 시작해서 현재를 거쳐 미래로 흐른다는 것이다. 다른 하나는 어떤 사건을 중심으로 시간이 이전과 이후로 나뉜다는 것이다. 이 두 가지 시간 인식은 서로 상충한다. 그러므로 시간은 존재하지 않는다고, 존 맥태거트 엘리스 맥태거트

John McTaggart Ellis McTaggart라는, 다분히 특이한 이름을 가진 철학자가 "시간의 비현실성"이라는, 학술논문이 아니고 그냥 아주 짧은 에세이에 대충 썼다. 그의 이름 자체가 맥태거트라는 성 이전과 이후로 나누어져 있었기 때문에 이런 생각을 할 수 있었던 것인지도 모른다. 시간이 왜 비현실적인지 예를 들어 설명하자면 이런 것이다. 오늘이 5월 13일이라고 했을 때, 5월 12일은 과거이고 5월 14일은 미래이다. 그러나 5월 14일 입장에서 보면 5월 13일은 과거이다. 5월 12일의 관점에서 봤을 때 5월 13일은 미래이다. 5월 13일은 그냥 5월 13일인데, 같은 날이 과거도 될 수 있고 미래도 될 수 있다면 과거-현재-미래 순서로 흐르는 일직선적인 시간은 존재할 수 없다는 것이 맥태거트의 주장이었다.

맥태거트의 주장은 최소한 나에게는 옳다. 시간에는 이전과 이후만 있을 뿐 일직선상의 일방향적 흐름은 존재하지 않는다. 나는 강을 만나기 이전의 모든 시간에 존재하고 또한 강을 만난 모든 사건에 존재한다. 강을 만난 이후는 없다. 나에게 미래는 존재하지 않는다.

무성애는 로맨틱한 끌림의 부재aromantic 혹은 성행위에 대한 욕망의 부재asexual를 뜻한다. 그러므로 무성애자는 동성에게도 이성에게도 성애를 느끼지 않는다. 따라서 무성애자는 근본적으로 성기 중심의 이성애적 관계맺기 모델에서 벗어나 있으며 그렇기 때문에 퀴어하다. 무성애를 포함한 퀴어는 시스젠더 이성 간의 로맨스, 결혼, 성교, 임신, 출산, 육아로 규정되는 '정상성'의 방향에서 벗어난 지향성 혹은 정체성을 가지고 있다. 동성애를 포함한 유성애자는 최소한 법제화를 통해 로맨스, 결혼, (입양 등을 통한) 육아 등 '정상가족'의 구성이라는 동일한 혹은 유사한 방향성을 지향할 가능성을 가지고 있다. 무성애는 이 모든 유성애 중심주의적 방향성에서 완전히 벗어나 있다. 그 이탈은 자유일 수도 있고 광막한 황무지일 수도 있으므로 자유와 폐허 사이의 모든 상태를 포함할 것이다. 유성애자든 무성애자든 삶이 본래 그러한 것이기 때문이다. 사람은 언제나 어느 한 가지 상태로 고정되어 존재할 수 없다. 로맨틱한 끌림을 느끼지만 성욕을 느끼지 않을 수도 있고, 성욕을 느끼지만 구체적인 대상에게 향하는 성행위 욕구의 방향성을 느끼지 않을 수도 있다. 그 모든 지향은 타당하다. 그리고 나에게는 강이 있다. 있었다. 있을 것이다.

"어렸을 때부터 머리가 아주 짧았어, 대학교 졸업할 때까지."

강이 불쑥 말한다. 강은 언제나 불쑥 말한다.

"남자애처럼 보였어. 여자 화장실에 들어가면 사람들이 소리 지르고 그랬어."

트랜스젠더 청소년들이 들고 있는 피켓에는 무엇보다도 안전할 권리에 대한 열망이 담겨있다. 학교에서, 가정에서, 사회에서 안전할 권리, "안전하게 쉬 쌀 권리", 화장실에서 안전할 권리, 가장 개인적인 순간에 존엄할 권리에 대해, 불법 촬영의 왕국에서 살아가는 시스젠더 한국인 여성인 나는 무엇보다도 공감한다. 다른 인간이 겪었고 겪고 있는 신체와 정신의 위협을 내가 완전히 똑같이 경험하지 않았다 해서 짐작할 수 없는 것은 아니다. 공감하고 연대하기 위해 완전히 같은 지향이나 완전히 같은 경험이 필수적인 것은 아니다. 강은 남자가 되고 싶다고 생각했던 적은 없다고 했다. 자신의 성별에 의문을 가지거나 신체 위화감을 느꼈던 경험도 없다. 강은 쉬는 날에 뜨개질과 요리를 즐기는 '여성적'인 취향을 가지고 있다. 강은 일하거나 데모할 때 편하기 때문에 짧은 머리와 바지 차림을 고수한다. 강을 만나기 오래전에 나는 격투기를 배웠다. 그 격투기는 대부분 남자들이 장악했지만 여자들도 참여하는 종목이었다. 지역 대회에 나갔을 때 나는 국가대표 여성 선수들과 대련을 했다. 여성 선수들은 긴 머리를 하나로 묶어 등 뒤로 늘어뜨렸고, 호리호리하고 단단하고 인정사정없이 아름답고 사나웠다. '보통' '일반적으로' 생각하는 성별 이분법에 의거한 성역할이란 납작하기 짝이 없다.

그때 나는 나를 두들겨 패는 여성 선수들의 격렬한 아름다움에 매혹되었고 그렇게 매혹되는 나 자신이 당혹스러웠다. 나는 운동선수를 성애화하는가. 같은 여성으로서 여성을 대상화하는가. 나는 동성애자인가. 아니면 나는 남성이 되고 싶은가. 혹은 그저 여성을 성애화하는 남성중심주의에 치우친 성별 이분법적 관점에 지나치게 물든 것인가. 어느 쪽이든 폭풍처럼 휘몰아치는 멋지고 굳센 사람들에게 매혹되지 않을 방법은 없다. 그때의 혼란스러움과 지금 나의 지향성을 나는 모두 이해한다. 나는 어떤 특정 성별을 차별하고 대상화한 것도, 성적으로 이끌린 것도 아니다. 빛나는 다른 인간에게 경탄했던 것이다. 나도 인간이기 때문이다. 무성애는 성애적 끌림의 부재일 뿐 감정의 부재가 아니다. 무성애자는 인간이며 마른 나뭇가지도 로봇도 아니다.

"뭣 좀 마실래?"

내가 제안한다. 강이 반가워한다.

"시원한 거 마시자."

내가 먼저 계산대로 다가간다. 강이 말한다.

"다음번엔 내가 살게."

"응."

내가 대답한다. 그것은 단순한 사실이다. 실제로 다음번 집회가 끝나고 강이 커피를 산다. 나는 강을 만나는 모든 순간에 있고 강과 함께하는 모든 순간을 알고 있다. 팬데믹 때문에 차별금지법 제정 행진 대신 조계종 사회노동위원회가 주관한 오체투지가 진행된다. 나는 오체투지를 하고 강은 옆에서 피켓을 들고 동행한다. 피켓은 "차별금지법 제정하라" 아홉 글자를 커다랗게 주장하고 있으며 강이 직접 손으로 만든 것이다. 색이 들어간 두꺼운 마분지를 사고, 커다란 색 도화지를 사고, 리본과 물감과 또 여러 재료를 구해서 강은 자기가 원하는 문구를 넣어 피켓을 만든다. 강이 데모에 언제나 착용하고 나오는 검은색, 회색, 흰색, 보라색의 손목 띠도 뜨개질로 직접 만든 것이다. 나는 앞장선 스님의 북소리에 따라 땅에 엎드리고, 두 팔꿈치와 양 무릎, 이마를 땅에 댄다. 마스크 사이로 아스팔트의 냄새가 흘러 들어온다. 그것은 기름 냄새, 흙냄새, 가끔은 땅에 으깨진 나뭇잎과 아스팔트 사이로 돋아나는 풀의 냄새다. 우리는 횡단보도에 엎드린다. 보행자 신호등이 빨간색으로 바뀐다. 오체투지 행진단에 길이 막힌 차들의 짜증스러운 경적이 들린다. 신호수 스님의 북소리가 왠지 아무리 기다려도 들리지 않는다. 나는 고개를 들까 말까, 어떻게 된 일인지 한번 볼까 말까 고민한다. 내 옆으로 누군가의 발이 다가온다. 남색 운동화는 강의 신발이다. 강이 내 왼쪽 옆구리에 바짝 붙어 선다. 나는 고개를 살짝 왼쪽으로 돌린다. 은빛 범퍼 하단과 그 양옆으로 위협적인 커다란 타이어 아랫부분만 눈에 들어온다. 강은 차와 나 사이를 몸으로 막고 있다. 강은 아무 말도 하지 않는다. 교통경찰이 호루라기를 불며 운전자를 야단친다. 은빛 범퍼와 커다란 타이어를 단 차의 운전자가 지지 않고 큰 소리로 욕을 한다.

"저기, 깔개 빌려주신 분……?"

죄악을 외치는 사람들 때문에 행진이 가로막히고 한참 음악도 틀고 춤도 추던 사람들이 하나둘씩 일어나 광장으로 돌아가기 시작했을 때 강이 말한다. 나는 강 옆에 서있다. 그래서 나는 선생님 질문에 대답하는 초등학생처럼 손을 들고 강 앞에 나선다. 강은 나에게 깔개를 돌려주며 고맙다고 인사한다. 나도 가볍게 고개를 숙여 인사를 받는다. 그리고 강과 나는 헤어진다. 강은 집으로, 나는 광장으로 돌아간다. 강의 남색 운동화는 내 왼쪽 옆구리 앞에서 움직이지 않는다. 아스팔트 위에 고개를 숙인 채 훔쳐보는 내 눈앞에서 은빛 범퍼와 커다란 타이어가 강을 위협한다. 교통경찰이 시끄럽게 호루라기를 분다. 스님이 북을 친다. 나는 양팔로 상체를 받치며 땅에서 몸을 일으킨다. 고개를 들고 나는 은빛 범퍼와 커다란 타이어 뒤에 안전하게 숨어 욕하고 위협하는 비겁한 운전자를 쳐다본다. 다섯 걸음 걷고 북소리가 들리고 나는 다시 땅에 엎드린다. 강이 옆에서 직접 만든 피켓을 높이 치켜들고 천천히 말없이 걷는다. 북소리가 울리면 강은 말없이 내 옆에 멈추어 선다. 자동차 범퍼와 커다란 타이어들과 땅에 엎드린 내 몸 사이에 강이 종이 한 장을 손에 들고 막아 서있다.

성행위 혹은 성욕의 부재는 정신질환으로 여겨져 1980년《정신질환 진단 및 통계 편람》Diagnostic and Statistical Manual of Mental Disorders에 '억제된 성욕'으로 명명되어 등재되었다가 이후 1984년에는 '성욕 감퇴장애'로 재명명되었다. […] 여전히 낮은 정도의 성욕은 장애 진단 기준으로 남아있다는 점에서 무성애의 완전한 탈병리화가 이뤄졌다고 보기는 어렵다.[*]

무성애는 장애인가? 동성애가 질환이라는 잘못된 구닥다리 주장에 "나 오늘 게이라서 출근 못 한다"고 답하는 성소수

---

[*] 조윤희, 〈한국에서의 무성애 지향에 대한 탐색적 연구: 온라인 커뮤니티 분석을 중심으로〉,《미디어, 젠더&문화》, 37권 4호, 2022, 128-129쪽.

자 농담을 떠올리며 나도 가끔은 "성욕이 없어서 출근 못 해요"라는 농담을 언젠가는 시전해 보고 싶다는 충동을 느낀다. 지정 성별 여성으로 태어난 사람이 결혼을 통해 남성에게 부속되지 않으면 신변 안전과 생존을 보장받지 못하던 시대는 대단히 길었다. 그런 시대와 관점은 아주 많은 것을 장애로 만든다. 활동가들은 장애인이 존엄할 권리, 교육받을 권리, 노동할 권리, 이동할 권리를 외치며 도로를 행진하고 나는 강과 함께 천천히 따라간다. 경찰이 행진 대오 양쪽과 뒤쪽까지 세 면을 전부 막는다. 행진 대열은 경찰의 초록색 조끼에 파묻히다시피 가려진다. 활동가들은 경찰이 양쪽에 늘어선 좁은 1차선 일방통행 도로에서조차 물 흐르듯 거침없이 능숙하게 휠체어를 운전한다. 유성애자 중심의 세상에서 내가 느끼는 것은 주로 혼란이며 내가 경험한 폭력은 주로 개인적이고 친밀한 순간에 일어난다. 반면 장애인 동지들이 느끼는 것은 매일, 매 순간 적대적이고 의도적이며 능동적으로 위협적인 세계다. 그것은 차라리 여성으로서 나의 경험에 더 가깝게 맞닿아 있다.

장애는 무성애적인가? 당연히 그렇지 않다. 다만 비장애인 이성애자 중심의 세계가 이성애자 남성과 여성 간의 결혼, 성교, 임신, 출산, 육아라는 '정상성'의 궤적에 장애를 갖지 않은 몸을 전제로 두고 있을 뿐이다. 이러한 측면에서 장애인은 비장애인 중심 세계의 '정상성'에서 배제되어 있다. 무성애자는 유성애자 중심 세계의 '정상성'과 무관하다. 어느 쪽이든 자신의 지향을 자신이 선택할 수 있어야 한다. 삶의 동반자를 선택하고 자신이 원하는 형태로 가족을 구성하는 것은 인간의 권리이다. 장애인 여성은 자주 임신중단, 혹은 불임시술을 권유받는다. 비장애인 여성은 같은 상황에서 주로 남성에게 부속된 형태로 임신을 유지하고 출산할 것을 강요당한다. 어느 쪽이든 여성은 연령이나 장애 유무에 관계없이 자주 남성의 성적 만족의 도구, 인간이 아니라 시스젠더 이성애자 남성의 남성성을 증명하는 수단, '먹이'로 여겨진다. 집합적인 사회적 단위로서 시스젠더 이성애자 남성은 모든 수단을 동원해서, 끊임없이 비남성을 피해자로 삼아서라도, 자신의 이성애적 남성성을 계속해서 증명하는 데 모든 '정력'을 끌어모아 평생 집착하는 듯하다. 그것이야말로 무성애보다 더 병적인 상태인지도 모른다.

'재생산적 미래주의'에 반대하는 맥루어 혹은 에델만과 같은 이론가들은 장애이론과 퀴어이론이 맞닿은 지점에 대해 논의한다. 신체 정상성과 건강과 비장애에 대한 표준적인 기대에 관하여 창의적이고 다른 방식으로 생각함으로써 "다른 세계들과 미래들에 접근"하는 것을 상상할 수 있다고 그들은 주장한다. 어린이를 순수의 상징으로서 혹은 존재론적 목적으로서 무조건 숭배하는 재생산적 미래주의를 벗어나 지속성, 안정성, 확정된 의미를 약속하지 않는 미래, 몸과 능력에 대해 집합적으로 더 폭넓은 자원과 대안적인 이해에 접근할 수 있는 미래가 그들이 말하는 "크립"(장애)적인 미래이다.[*]

우리는 선택지를 원한다. 안전하고 합법적이고 다양한, 더 많은 선택지를 원한다. 우리는 손피켓을 들어 올리며 그렇게 외치고, 깃발을 따라 행진한다. 무성애와 장애를 한데 뭉뚱그려 규정하는 행위는 성소수자와 장애인 양쪽에 대한 모욕이며 비장애인 유성애자의 편견과 무관심의 소산이다. 나는 행진하는 동지들을 바라보며 그런 생각을 한다. 물론 장애인이 자유로운 세상에서는 나도 덩달아 숟가락 얹어서 훨씬 자유로워질 수 있을 것이다. 그래서 나는 강과 함께 활동가들의 뒤를 천천히 얌전히 따라간다. 장애인권 활동가들 덕분에 보

---

* Megan Obourn, "Octavia Butler's Disabled Futures", *Contemporary Literature*, Vol.54, No.1, 2013, p.109

도에 턱이 없어졌고 장애인권 활동가들 덕분에 건물에 경사로가 생겼고 장애인권 활동가들 덕분에 지하철에 엘리베이터가 설치되었고 장애인권 활동가들 덕분에 거리에 저상버스가 도입되었다. 비장애인들은 장애인을 제치고 언제나 먼저 엘리베이터를 타고 먼저 버스에 오르면서 아무도 장애인에게 감사하지 않는다. 장애인권 활동가들은 욕먹고 비난받고 얻어맞고 갇히고 벌금을 뒤집어쓰면서도 장애인의 이동권, 교육권, 노동권 운동을 계속한다. 나는 빛나는 동료 인간들을 보며 경탄한다. 장애인권 활동가들은 세상에서 가장 강하고 가장 멋지다. 나는 마음속으로 혼자서만 그들을 동지로 여긴다. 언젠가 나도 그들의 동지로 여겨질 수 있는 날이 오기를 소망한다. 강은 스무디를 마시고 나는 커피를 마시고 음료수 잔을 반납한 뒤 우리는 각자 집으로 간다. 손을 잡지도 않고 아쉬운 눈빛을 나누지도 않고 다음번에 만날 약속을 정하지도 않는다. 나와 강은 그런 사이가 아니다. 나와 강은 그런 지향성을 갖지 않은 사람들이다. 데모하러 가면 언제나 강이 있다. 나는 그 사실을 알고 있다. 강도 알고 있다. 데모하러 가면 언제나 내가 있을 것이다. 한여름의 맑고 쨍하고 인정사정없는 뙤약볕 아래 우리는 거리를 뒤흔드는 음악 소리를 따라 행진한다. 내 옆에는 강이 걷고 그 옆에는 어째서인지 푸른색 공룡 의상을 입은 사람이 춤을 추며 걷고 있다. 공룡 의상은 머리서부터 발끝까지 뒤집어쓰는 형태이며 솜인지 공기인지 모를 내용물로 통통하게 부풀어있다. 공룡 안에서 춤추고 있을 사람을 위하여 나는 통통한 내용물이 부디 솜이 아니기를 바란다.

"엄청 덥겠다!"

강이 옆에서 걷는 공룡 사람을 보며 큰 소리로 말한다.

"그러게!"

내가 맞장구친다. 이번 퀴어문화축제에도 어김없이 동성애가 죄악이라고 외치는 사람들이 길옆에 줄지어 서서 같은 말을 또 외치고 있다. 동성애가 죄악이라 외치는 사람들은 양성애나 무성애나 젠더퀴어나 논바이너리에 대해 알지 못한다. 알려 하지 않는다.

라벨은 필요한가? 동성애자, 게이, 이반, 레즈비언, 양성애자, 범성애자, 트랜스젠더, 젠더퀴어, 논바이너리, 젠더플루이드, 퀴어, 무성애자……. 무성애·무연정 스펙트럼 안에도 수많은 정체성이 있다. 연애감정을 느끼지 않는 에이로맨틱, 타인에게 성적 끌림을 느끼지 않는 에이섹슈얼, 깊은 감정적 유대감을 가져야만 성적 끌림 혹은 연애감정을 느끼는 데미섹슈얼/데미로맨틱, 반대로 잘 모르는 사람에게만 성적 끌림 혹은 연애감정을 느끼는 프레이섹슈얼/프레이로맨틱, 그리고 유성애와 무성애 사이에 있는 그레이섹슈얼/그레이로맨틱, 지향성이 변동하는 에이스플럭스 등등. 에이스플럭스는 무성애 스펙트럼 안에서 변동을 경험할 수도 있고 끌림 자체의 유무가 변동할 수도 있다. 무성애는 해탈한 돌덩이가 아니다. 무성애는 다이내믹하다.

이런 라벨은 성소수자가 아닌 사람을 이해시키기 위해 존재하는 것이 아니다. 비성소수자는 자신이 세상의 표준인 데 지나치게 익숙하기 때문에 자신에게 적용되지 않는 정체성이 존재한다는 사실을 받아들이기 어려워한다. 자신에게 적용되지 않는 존재의 상태가 세상에 다양하고 다채롭게 펼쳐져 있다는 사실에 분노하기도 한다. 그렇게 자신이 더 이상 표준이 아니라는 사실에 분노한 사람들이 거리에 나와서 동성애는 죄라고 외친다. 그들의 숫자가 지나치게 많았을 때 우리는 광장에 갇혀 행진하러 나아가지 못한다. 그들의 주장이 지나치게 강해서 축제의 광장을 빼앗기기도 한다. 시스젠더 이성애자 남녀의 결혼, 재생산을 위한 성교·임신·출산·양육, 그리고 그 과정에서 일어나는 고정된 성역할 강화와 체계적 성차별, 제도적 억압을 그들은 신의 뜻이라 주장한다. 만약 정말로 신이 있다면, 인간이 모든 색채를 가지고 모든 방향으로 향할 수 있는 존재로 만들어진 것이야말로 신의 뜻일 것이다. 죄악을 좋아하는 사람들은 이해하지 않는다. 나는 동성애자가 아니다. 나는 순환적이고 동시적인 시간선을 살아가는 프레이로맨틱 에이섹슈얼이다. 강은 "그레이나 에이스플럭스 사이 어디쯤"이라고 대답했다. '에이스플럭스'라는 용어가 왠지 주유소 상표 같다며 강은 웃었다. 비표준적이고 비직선적인 시간 경험에 관한 한 나도 내가 경험하고 순환하는 여러 시간의 형태들을 순간과 순간 사이를 헤매는 혹은 시간을 느끼거나 느끼지 못하기도 하는 크로노플럭스나 그레이크로노라고 설명해야 할지도 모른다. 라벨은 소수자가 자신을 스스로 이해하기 위해 존재한다. 게이와 레즈비언이 그러했듯, 트랜스젠더가 그러하듯, 무성애자 또한 스스로 인정할 수 있는 이름을 붙임으로써 어딘가 고장 난 존재가 아니고 감정적으로 폐색되었거나 비인간적이거나 성격이 거만하거나 차가운 사람이라는 의미가 아님을, 불쾌하거나 잘못된 존재가 아니며 그러므로 이성애적 표준의 '정상'을 강제로 적용하거나 나를 교정하여 그 표준에 맞는 존재로 바꿀 수 없음을 설명한다. 나는 그냥 그런 존재라고, 라벨이 말해준다.

지금 이 여름의 거리에는 동성애가 죄라고 외치는 사람들보다 죄 많은 우리들의 규모가 압도적으로 훨씬 더 크다. 확성기를 손에 들고 고함치던 사람들은 거리 전체를 울리는 방송차의 음악 소리와 이어서 도시 전체를 뒤덮을 듯 춤추며 행진하는 다채로운 사람들의 반짝이는 물결을 보고 기가 질린다. 달콤하고 살짝 심술궂은 이 승리의 순간을 강은 나에게 눈짓하며 만끽한다. 공룡 의상을 입은 사람은 신나게 춤추며 이미 한참 앞에서 행진하고 있다.

차별금지법 제정을 위해 두 번째 오체투지에 나섰을 때 나는 조계종 사회노동위원회 위원장님에게 강의 죽음에 대해 이야기한다. 강은 직업 활동가가 아니고 유명한 사람도 아니다. 강의 죽음은 나의 것으로만 남아있다. 아무도 추모제를 열지 않는다. 내리막길에서 오체투지할 때 팔을 앞으로 뻗으면 몸 전체가 내리막을 따라 앞으로 쭉 밀려 내려간다. 내리막길에서 하는 오체투지는 오르막길에서 할 때보다 두 배쯤 더 힘들고 다섯 배쯤 더 무섭다. 나는 왼쪽으로 고개를 돌린다. 아스팔트에 엎드린 내 왼쪽 옆구리 앞에 버티고 섰던 강의 남색 운동화를 본다. 은빛 범퍼와 커다란 타이어 앞에서 강이 자신을 방어할 무기는 직접 만든 피켓뿐이다. 사회노동위원회 위원장님이 강의 이름을 밝히지 않고 '성소수자 동지'의 상실을 알린다. 오체투지 행진단은 중간 쉬는 시간에 강을 추모하기 위해 잠시 묵념한다.

강은 직장을 옮기면서 다른 지역으로 이사한다. 같이 데모하기에는 강의 새로운 거주지가 좀 멀어져 버린 것이 아쉽다. 그래도 내가 혼자 찾아가기에 그렇게 힘겨울 만큼 먼 곳은 아니다. 나는 강이 이사 간 지역에 찾아가 볼까 고민한다. 강이 나를 어떻게 받아들일지 고민한다. 고민하는 사이에 두 달이 흐른다. 나는 강이 왠지 연락하지 않는다는 사실을 이상하게 여기지 않는다. 우리는 같이 데모하는 사이이기 때문이다. 서로 연락처를 가지고 있고 실없는 잡담도 수시로 한다. 그러다 한쪽이 바쁘면 연락이 뜸해지기도 하고 중요한 데모를 앞두고 다시 연락이 잦아지기도 한다. 강의 번호로 메시지가 왔을 때 나는 일하고 있다. 강의 이름이 화면에 떠오른 것을 보고 퇴근하고 나서 전화해야겠다고 나는 생각한다. 퇴근이 늦어지고 일에 지친 나는 강에게 전화하는 것을 잊어버린다. 집에 도착하고 나서도 한참이 지난 뒤에야 나는 메시지를 확인한다. 강의 부고를 나는 믿을 수 없어 멍하니 들여다보며 몇번이고 다시 읽는다. 장례식장에서 나는 강을 찾아갔어야 했다고, 두 달의 시간이 있었을 때 강을 찾아갔어야 했다고 몇번이고 생각한다. 몇 번이고 후회한다.

"내가 혹시 먼저 죽으면 내 장례 치러줄 수 있어?"

여성대회에서 나는 강에게 묻는다. 내가 자살사고를 가졌기 때문이 아니라는 사실을 강에게 군이 설명할 필요는 없다. 강은 이미 질문의 맥락을 이해한다. 나는 'FEMINIST'라는 보라색 글자가 크게 적혀있는 검은 티셔츠를 두 장 사 온다. 강에게 한 장 준다. 강은 기뻐하며 티셔츠를 옷 위에 껴입는다. 가족구성권을 설명하고 생활동반자법을 지지하는 부스 앞에서 우리는 반으로 나누어진 하얀 도화지에 색색의 스티커를 붙인다. 대한민국 민법은 재산과 의료에 관련된 중요한 결정을 내릴 수 있는 사람을 혈연 혹은 혼인을 통해 가족이 된 사람으로 한정한다.

민법 제779조(가족의 범위)

① 다음의 자는 가족으로 한다.

1. 배우자, 직계혈족 및 형제자매

2. 직계혈족의 배우자, 배우자의 직계혈족 및 배우자의 형제자매

② 제1항 제2호의 경우에는 생계를 같이 하는 경우에 한한다.

여기서 배우자는 이성 배우자만을 의미한다. 민법 제779

조 1항 '배우자, 직계혈족 및 형제자매'라는 순서에 큰 의미
가 있는 것이 아님에도 한국의 법원과 병원은 배우자, 직계혈
족(부모와 자식), 형제자매라는 순서를 가족관계의 중요도 순
서로서 철저히 지킨다고 여성대회 부스의 활동가가 설명한
다. 이성 배우자를 갖지 않은 사람, 이성 배우자를 가지려 하
지 않는 사람, 그리고 직계혈족도 없는 사람이 죽으면 무연고
자가 된다. 대한민국 민법에 친구, 동료, 이웃, 동지는 존재하
지 않는다. 친구, 이웃, 동료, 동지가 장례를 치러줄 수 없는
이유는 재산의 처분과 부의금의 모금 및 사용 때문일 것이다.
가족 안에서 돈 문제로 싸움이 나면 '집안 문제'로 취급하여
장례업체도 사법부도 손 떼고 방임할 수 있다. 혈연관계도 혼
인관계도 없는 타인의 경우는 그렇지 않다. 법이 개입해야 한
다. 골치 아픈 것이다. 친구와 동료가 있고 인간관계를 맺고
넓고 깊고 풍성하게 인간의 삶을 살아온 존재를 무연고자로
만드는 편이 법과 행정의 관점에서 처리하기에 쉽고 편한 것
이다. 동성에게 성적 끌림을 느끼는 유성애자는 동성혼 법제
화를 통해 배우자를 가짐으로써 민법이 규정하는 '정상성'의
방향에 다가갈 수 있다. 성애와 출산을 목적으로 하는 혼인관
계 자체를 욕망하지 않는 자는 다시 한번 정상성을 향한 방향
에서 배제된다. 내가 병들거나 부상당해 입원하면 나에게는

보호자가 없을 것이다. 내가 사망하면 나의 장례식에는 상주가 없을 것이다. 나는 혼란한 시간선 속에 동시적으로 존재한다. 나에게는 혈족이 없으며 나는 배우자를 욕망하지 않는다.

"너도 없는데, 네 장례까지 나 혼자 감당하라고?"

강이 어처구니없다는 듯 되묻는다. 강이 동의했더라도 내 장례를 치러줄 수 없었을 것이다. 대한민국 민법상 강은 나와 전혀 상관없는 타인이다. 내가 중얼거린다.

"장례는 안 치러주더라도 하드 드라이브는 누군가 지워줘야 될 거 아냐."

강이 웃는다. 강은 나의 장례를 치러주지 못한다. 나도 강의 장례를 치러주지 못한다. 강은 비정규직 웹 개발자이다. 정규직은 창문 있는 사무실을 주고 비정규직은 전부 창문 없는 방에 몰아넣는다고 강은 불평했다. 강이 종사하는 산업에서는 바쁜 시기에 잠을 제대로 잘 수 없고 식사를 제대로 할 수 없는 상태를 여전히 정상으로 여긴다. 그래서 나와 강은 함께 여성노동자 대회에 행진하러 간다. 여성이주노동자가 무대에 올라 발언하고 있을 때 강이 갑자기 몸이 안 좋아졌다며 집에 가야겠다고 말한다. 강이 집회 도중 집에 가버린 것은 그때가 처음이자 마지막이다. 나는 그때 강과 함께 가지 않는다. 집에 가기 전에 강은 직접 만든 피켓을 나에게 맡긴다. 나는 강에게 다음 집회 때 피켓을 돌려주겠다고 약속한다. 강의 어머니는 강이 스스로 구급차를 불렀다고 장례식에서 나에게 말했다. 구급차가 도착했을 때 강은 숨을 쉬지 않았다. 병원에 도착했을 때 강은 사망했다. 바닥에 쓰러지면서 책상 모서리에 부딪혀 이마에 상처가 있었다고 강의 어머니는 몇 번이나 말했다. 방 밖으로 나가려 했던 것 같다고, 강의 어머니는 나에게 이야기하며 울었다. 지치고 탈진하여 죽어가는 몸을 이끌고 강은 삶을 향해 나아가려 마지막 순간까지 몸부림쳤다.

무언가를 지향한다는 것, 즉 방향을 가진다는 것은 공간을 점유하는 일이며 그뿐만 아니라 과거와 현재, 그리고 미래를 인식하는 일이다. 즉, 지향성^{orientation}은 시공간적 위치와 긴밀한 관계에 있는 개념이다. 이는 마치 우리가 길을 걸어갈 때 지나온 길과 현재의 위치 그리고 걸어갈 길을 인지하는 것과 같다.[*]

데모하러 가면 그곳에 항상 강이 있다. 나와 강은 같이 행진하는 사이다. 나와 강은 서로 아무것도 설명할 필요가 없

---

[*] 조윤희, 앞의 논문, 134쪽.

다. 우리는 같은 색깔을 가진 사람들이다. 나는 강이 지향했던 세상을 지향한다. 그것은 '지속성, 안정성, 확정된 의미를 약속하지 않는' 혹은 약속할 필요가 없는 미래이다. 아무런 약속이 없어도 강이 세상에 존재했던 시간은 의미를 가진다. 나는 그 사실을 확실히 알고 있다. 강이 나와 함께 있는 시간은 지속하지 않고 미래가 없으며 그럼에도 불구하고 의미가 있다. 궁극적으로 아무런 의미도 약속도 가질 수 없는 모든 존재가 그럼에도 불구하고 존엄할 수 있기를 나는 원한다. 그것이 강이 원한 세계이다. 그래서 나는 강의 시간 안에 맴돌고 언제나 강을 향해 돌아간다. 투쟁하러 간 곳에 언제나 강이 있다. 나의 시간은 강을 중심으로 순환한다. 강을 만나기 이전의 시간이 있고, 강을 만나 함께한 시간이 있다. 그 외에는 없다.

무르무란

✧ 2023년 앤솔러지 《SF 보다 Vol. 2 벽》(문학과지성사) 수록

피가 계속 나오지 않으면 언니에게 말해야겠다고 검은깃털은 생각한다. 지난번에는 피가 너무 많이 나왔다. 아기가 죽었다고 현명한 큰어머니가 말했다. 그날 사슴을 잡아서 기분이 아주 좋았는데. 도끼가 사슴의 눈 사이에 정확히 맞아서 커다란 사슴이 단번에 쓰러졌을 때는 정말로 기뻤다. 저 고기를 언니와 함께 먹을 수 있다. 가죽을 바닥에 깔고 자면 따뜻하게 밤을 지낼 수 있다. 뿔과 뼈로는 낚싯바늘과 화살촉과 칼과 송곳을 만들 수 있다. 칼하고 송곳은 사실 예전에 만들어 둔 것도 있긴 하다. 그리고 칼은 돌을 갈아 만든 게 가장 튼튼하고 마음에 든다. 그렇지만 낚싯바늘하고 화살촉은 많을수록 좋다. 넉넉히 만들어 다 같이 나눠 가지면 된다. 사람들과 함께 사슴을 끌고 돌아오면서 검은깃털은 그런 생각에 신이 나 있었다.

"뿔은 내가 가질 거야!"

삶터에 돌아왔을 때 흙발굽이 외쳤다. 아무도 귀담아듣지 않았다. 흙발굽은 항상 이런 식이다. 난데없이 자기가 원하는 걸 외치는데, 그걸 흙발굽에게 줘야 할 만한 합당한 이유는 대체로 없다. 그래서 검은깃털은 말했다.

"내 도끼가 사슴을 때렸을 때 넌 그냥 뒤에 서있었잖아."

흙발굽이 반박하려고 입을 열기 전에 검은깃털이 다시 외쳤다.

"사슴을 끌고 올 때도 뒷다리를 잠깐 잡고 도왔을 뿐이야."

검은깃털은 사람들을 둘러보았다. 사냥에 참여했던 사람들이 대부분 고개를 끄덕였다. 몸을 돌려 다른 곳을 쳐다보는 사람들도 있었다. 쓸데없는 말다툼에 끌려 들어가고 싶지 않다는 자세다.

"뿔을 나한테 줘야 해!"

흙발굽이 다시 주장했다.

"나도 준비하고 있었는데, 사슴에 가까이 갈 기회도 주지 않았잖아! 이건 불공평해!"

"조용히."

차분한 목소리가 울렸다. 흙발굽도 검은깃털도 말을 멈추었다. 현명한 큰어머니가 나직하게 물었다.

"누구의 무기가 사슴을 죽였지?"

"저의 도끼입니다."

검은깃털이 도끼를 치켜들었다. 도끼에는 아직도 사슴 피가 묻어있었다. 검은깃털은 피가 묻은 도끼날이 현명한 큰어머니에게 잘 보이도록 도끼를 돌렸다.

현명한 큰어머니가 모여 선 사람들을 둘러보았다.

"검은깃털의 말이 사실인가? 사냥에 같이 나갔던 사람들이 다들 보았나?"

사람들이 고개를 끄덕였다.

"사슴뿔을 네가 가져야 하는 이유가 무엇이지?"

현명한 큰어머니가 흙발굽을 향해 물었다.

"사슴뿔이 있으면, 나도 칼을 만들어서, 사냥할 때 멧돼지와 곰과 사슴을 잡을 수 있어요! 무기가 없는 건 불공평해요!"

흙발굽이 소리쳤다. 현명한 큰어머니가 말했다.

"무기가 없었다면 너는 이번 사냥에 기여하지 않았으니 사슴뿔을 가질 자격이 없다."

그것은 최종적인 평결이었다. 둘러선 사람들이 고개를 끄덕였다. 흙발굽이 뭔가 계속 소리치려 했을 때 단단한등딱지가 말했다.

"고기가 상하기 전에 빨리 먹읍시다!"

사람들이 환성을 질렀다. 흙발굽에 대해서는 모두 잊어버려렸다.

잔치가 끝나고 검은깃털이 사슴뿔과 가죽을 들고 집으로 가고 있을 때 흙발굽이 나타나 발을 걸었다. 겨울 산은 해가 빨리 져서 어두웠고 검은깃털은 바위산 모퉁이를 돌려는 참이었다. 검은깃털이 넘어지자 흙발굽이 사슴뿔을 빼앗으려 했다. 그 김에 가죽도 뺏어 가려 했다. 가죽과 사슴뿔은 크고 무거웠다. 흙발굽은 사냥이나 짐 나르기를 돕지 않았기 때문에 크고 무거운 물건을 운반하는 방법을 알지 못했다. 흙발굽이 사슴뿔과 가죽을 끌고 가려고 애쓰고 있을 때 검은깃털이 일어나 덤벼들었다. 흙발굽은 양손으로 사슴뿔과 가죽을 움켜쥔 채 검은깃털을 발로 찼다. 검은깃털이 땅에 쓰러지자 흙발굽이 사슴뿔을 치켜들어 내리찍으려 했다. 그러나 역시 사슴뿔을 다루는 방법을 잘 알지 못했기 때문에 흙발굽은 비틀거렸고 검은깃털은 옆으로 굴러 몸을 피했다. 그리고 일어나서 흙발굽을 밀쳤다. 흙발굽은 자기가 빼앗아 가려던 사슴뿔 위로 넘어졌다. 뾰족한 뿔이 흙발굽의 다리를 찔렀다. 검은깃털은 흙발굽의 다리에 박힌 사슴뿔을 뽑았다. 그리고 흙발굽이 가져가려던 사슴 가죽을 집어 들었다. 언뜻 보았을 때 흙발굽의 다리 상처는 몹시 아플 것 같았지만 위급하지는 않았다. 얼른 잘 씻으면 별일 없을 것이다. 검은깃털은 굳이 그런 충고를 해주지 않았다. 그냥 사슴뿔과 가죽을 가지고 집으로 돌아왔다.

그날 밤 검은깃털은 피를 흘렸다. 너무 아파서 움집이 들썩일 정도로 비명을 질렀다. 아기가 생겼다는 것도 몰랐는데, 아기가 죽었다. 실제로 보니까 아기가 아니라 그냥 덩어리였지만, 그 덩어리가 자랐으면 아기가 됐을 거라고 했다. 현명한 큰어머니는 한숨을 쉬었다. 겨울이라 피를 멈추게 하는 열매는 구할 수 없었다. 다행히 뻣뻣한털가죽 아주머니가 염증을 없애주는 나무껍질을 말려서 가루로 만들어 간직해 두었다. 검은깃털은 흙발굽이 사슴뿔을 뺏으려다 뿔에 찔려 다친 사실도 말했다. 뻣뻣한털가죽 아주머니는 검은깃털을 돌봐준 후 흙발굽의 상처를 보러 갔다. 그게 지난겨울이었다. 흙발굽의 상처는 꽤 깊었는데, 흙발굽은 굳이 우겨서 다리를 절면서 사냥에 따라 나갔다가 발정기에 성난 멧돼지를 피하지 못했다. 멧돼지는 미친 듯이 날뛰었고 그날의 사냥은 실패했다.

달이 두 번 차올랐다 기울었고 피가 나오지 않았다. 뻣뻣한털가죽 아주머니에게 물어보면 아기가 생겼는지 알려주는 풀잎을 가르쳐줄 것이다. 또한 뻣뻣한털가죽 아주머니에게 말하면 순식간에 동네 사람들이 모두 알게 될 것이다. 검은깃털은 그래서 속으로만 궁리하며 입을 다물었다. 사냥도 전처럼 따라갔지만 앞에 나서지는 않았다. 봄이 오기 시작할 때는 겨울잠에서 깨어난 배고픈 동물들이 몇 달 만에 먹이를 구하러 돌아다닌다. 검은깃털은 전처럼 몸 사리지 않고 동물들에게 덤빌 수 없었다. 사냥을 잘해서 실력을 증명해야 하지만, 아기가 또 조그만 덩어리가 되어 죽어버릴까 봐 그럴 수 없었다. 이제까지 보인 실력만으로도 허락을 받을 수 있을지 검은깃털은 계속 생각했다. 검은깃털은 육지에서 사냥할 때 사슴도 많이 잡았고 멧돼지와 호랑이도 두 번 잡았다. 고래잡이를 나가면 언제나 작살을 명중시켰다. 고래한테 받히면 배가 뒤집히는 일이 흔했지만 검은깃털은 사람들과 힘을 합쳐 작살로 고래를 몇 번이나 찔렀고 한 번도 겁먹거나 도망치지 않았다. 언니 손에 이끌려 현명한 큰어머니 앞에 서서 검은깃털은 이런 점을 두서없이 간절하게 떠들어댔다.

"그림을 그려도 좋다."

현명한 큰어머니가 말했다.

"네?"

검은깃털은 단번에 알아듣지 못했다.

"그렇지만 저는 지난번에 사슴도 제가 만든 도끼로 잡았고 작살 촉과 낚싯바늘도 사람들한테 항상 나눠주고 사냥할 때 는 언제나……."

"그림을 그려도 좋다."

현명한 큰어머니가 검은깃털의 말을 끊고 다시 말했다. 검 은깃털은 그제야 알아들었다.

"감사합니다!"

검은깃털이 외쳤다. 언니가 옆에서 웃었다. 현명한 큰어머 니는 웃지 않았다.

"잘 배워서 실수 없이 그려야 한다."

현명한 큰어머니가 당부했다.

"네! 감사합니다!"

검은깃털이 다시 외쳤다.

바위 벽에는 선조와 선조의 선조와 선조의 선조의 선조들 이 그린 그림이 새겨져 있다. 고래와 물고기는 이미 종류별 로 죄다 그려져 있어서 새로 덧붙일 종은 없는 것 같다. 배를 타고 나가는 법과 작살과 그물을 사용하는 법도 선명하게 잘 보인다. 어렸을 때 검은깃털은 다른 아이들과 함께 이 바위 벽 앞에서 고래와 멧돼지와 사슴과 수달에 대해서, 동물들이 언제 짝짓기를 하고 언제 아기를 낳는지, 그러므로 언제 사냥해야 하고 언제 기다려야 하는지에 대해서 배웠다. 작살을 던지고 낚싯바늘과 화살촉을 만드는 법도 이 바위 벽 앞에서 배웠다. 현명한 큰어머니는 그때는 아직 현명한 큰어머니가 아니라 그냥 푸른지느러미였다. 푸른지느러미가 배가 불룩 나온 모습으로 바위 벽에 고래를 새기고 있었다. 등에 새끼를 태운 쇠고래였다.

"나도 배 속에 새끼를 태우고 있으니까."

아직 어렸던 검은깃털이 물어보자 푸른지느러미가 말했다. 푸른지느러미의 그 당당한 얼굴과, 바위 벽을 쪼는 능숙한 손놀림과, 단단하고 거무스름한 돌 표면에 동물들이 마술처럼 모습을 드러내는 과정을 검은깃털은 홀린 듯 한나절씩 지켜보곤 했다. 그때 검은깃털은 나중에 자신도 커서 푸른지느러미처럼 되고 싶다고 생각했다. 사냥도 잘하고 물고기도 잘 잡고 바위 벽에 영원히 남을 자신의 흔적을 새기는 멋진 사람이 되고 싶었다. 푸른지느러미는 바위 벽에 그림을 새기다가 바위 벽 아래에서 아기를 낳았다. 아기는 자라서 붉은꼬리가 되었다. 붉은꼬리는 이름과는 달리 육지에서 사냥할 때는 별로 실력을 나타내지 못했다. 바다에서는 달랐다. 배에 올라타는 순간 물을 자기 마음대로 조종하는 것 같았다. 사람들은 이름을 잘못 지었다고, 붉은꼬리지느러미라고 지었어야 했다고 놀렸다. 붉은꼬리는 웃었다. 검은깃털은 붉은꼬리를 좋아했다.

바위 벽에 그림을 그릴 수 있는 사람은 사냥을 잘해야 했다. 육지 동물을 잘 잡거나 바다 동물을 많이 잡아서 실력을 증명해야 했다. 바위 벽을 쪼고 깨고 긋는 도구를 잘 다루고 사냥의 절차와 사냥에 사용하는 그물과 작살과 방패와 낚시와 칼과 활과 화살에 대해 자세히 알고 있어야 했다. 그래야 올바른 그림을 후손에게, 후손의 후손에게, 후손의 후손의 후손에게 남길 수 있기 때문이다. 그래서 사냥을 잘하는 사람이 임신을 하면 바위 벽에 뭔가 하나라도 그림을 새기도록 했다. 바위 벽의 그림을 통해서 사냥 실력이 새로운 생명에게도 이어진다. 그래서 앞으로 태어나는 아이들이 모두 사냥을 잘하게 될 것이라고 뻣뻣한털가죽 아주머니가 말한 적 있었다. 그건 사실이 아닐 거라고 검은깃털은 가끔 의심했다. 붉은꼬리는 자기 어머니가 바위 벽에 그림을 새기던 중 바위 벽 아래에서 태어났는데도 육지 사냥은 그저 그랬다. 그러니까 임신한 사람의 사냥 실력이 언제나 바위 벽의 그림을 통해서 모든 아이에게 온전하게 이어지지는 않는 모양이다. 그래도 붉은꼬리는 바다 사냥을 잘하니까 그림을 통해서 어머니의 능력이 절반 정도는 이어지긴 이어진 셈이다. 검은깃털은 자신이 새긴 그림을 보며 자라난 아기도 사냥을 잘하게 될지 궁금했다.

바위 벽에 그림을 새기는 일은 아무나 할 수 있는 게 아니지만 모두가 하고 싶어 하는 일도 아니다. 노란송곳니는 임신했을 때 바위 벽에 그림 그리는 게 지겨웠다고 했다.

"나가서 사냥하는 게 훨씬 재미있어."

노란송곳니가 투덜거렸다. 노란송곳니는 달리기를 아주 잘 했고 그물도 작살도 잘 던졌다. 그리고 노란송곳니는 그림에는 재주가 없었다. 노란송곳니가 그린 그림은 대체 무슨 동물인지 아무도 알아볼 수 없었다. 노란송곳니도 모르겠다고 했다.

"어쨌든 그렸으니까 됐잖아."

그리고 노란송곳니는 사냥하러 나가버렸다. 노란송곳니는 커다란 배를 내민 채 겨울잠에서 깨어난 곰처럼 뛰어다녔다. 노란송곳니는 아기 둘을 한꺼번에 낳았는데 하나는 태어난 지 얼마 안 돼서 죽었다. 다른 하나는 지금 노란송곳니와 함께 뛰어다니고 있다. 두 번째로 아기를 가졌을 때 노란송곳니는 바위 벽에 성의 없게 금을 몇 개 슥슥 긋고는 다 됐다고 선언해 버렸다. 현명한 큰어머니가 못마땅한 얼굴로 노려보자 노란송곳니는 그릇에 새겨진 무늬라고 변명했다. 그릇은 음식을 담는 도구이고 음식은 사냥해서 얻는 것이니 그릇 무늬도 사냥하고 관련이 있다고 노란송곳니는 주장했다. 그 주장은 아주 틀렸다고는 할 수 없었다. 현명한 큰어머니는 여전히 못마땅한 표정이었지만 공연히 오랫동안 애써서 뭔지 알 수 없는 동물을 그리는 것보다는 낫다고 생각했는지 노란송곳니를 그대로 놓아주었다.

그 뒤로 다른 사람들도 그냥 금을 긋거나 동물이 아닌 도형을 그리는 일이 늘었다. 신중한 사람들은 바위 벽에 그림을 새기기 전에 도형을 그리며 연습을 하기도 했다. 참을성 없는 사람들은 바위 벽에 붙어 서서 단단한 표면을 끈질기게 깨고 쪼개고 긋는 일을 하고 싶지 않으면 도형을 새기고 작업을 끝내버렸다.

"자꾸 이러면 뜻을 담은 표시와 구분할 수 없잖아."

언니가 짜증을 냈다. 동물 그림 옆에 혹은 위나 아래에 작은 도형을 그려서 표시를 한다. 그 도형이 무슨 뜻인지 배우는 것도 바위 벽에 그림을 새기는 사람의 중요한 임무였다. 사슴은 겨울에 짝짓기를 하고, 수사슴은 봄이 오면 뿔이 떨어지고 새 뿔이 난다. 그러니까 뿔이 떨어진 수사슴, 특히 몸집

47
무르무란

이 크고 뿔을 버린 수사슴은 이미 짝짓기를 끝낸 놈이다. 그리고 수컷이니까 아기를 갖지도 않으므로, 사냥해도 된다. 늑대는 겨울이 끝날 때 짝짓기를 하고 봄에 아기를 낳는데 늑대 새끼는 늦여름이나 가을부터는 사냥을 할 수 있을 정도로 커지니까 조심해야 한다. 멧돼지는 늦가을부터 짝짓기를 하고, 곰은 여름에 짝짓기를 한다. 겨울에서 봄으로 넘어갈 때 곰은 새끼를 낳고 겨울잠을 자는데 배가 고플 때이므로 매우 사납다. 이런 건 어렸을 때부터 배워서 다들 알고 있지만, 동물의 종류는 굉장히 많고 모든 동물의 짝짓기 시기와 사냥해도 되는 때와 안 되는 때를 전부 기억하는 건 불가능하다. 그렇지만 짐승이 언제 가장 사납고 언제 가장 약한지 알아야 우리가 죽거나 다치지 않고 굶지 않고 사냥을 잘할 수 있다. 그러니까 이건 아주 중요한 이야기다. 우리가 없어져도 다른 사람들, 후손의 후손이 기억할 수 있도록 새겨놓아야 한다. 동물 그림 옆에 도형을 새겨서 짝짓기하는 시기와 사냥해도 되는 계절을 표시하는 법을 처음 생각해 낸 사람은 현명한 큰어머니가 아직 아주 어린 푸른지느러미였을 때 삶터에서 가장 나이 많은 사냥꾼이었다고 한다. 그 나이 많은 사냥꾼도 어렸을 때 배웠다고 말한 것 같다고, 현명한 큰어머니가 언뜻 떠올린 적이 있다. 그러니까 누가 처음 시작했는지는 모른다.

"그 사람은 자기 멋대로 도형을 그려놓고 다른 사람들도 다 알아볼 수 있다고 생각한 거야?"

검은깃털이 언니에게 묻는다.

"그리고 도대체 도형을 몇 개나 그려야 이 동물들이 살아가는 시간을 다 표시할 수 있는 거야? 차라리 동물 그림을 더 자세히 그리는 게 알아보기 쉽지 않아?"

"그림에는 한계가 있어."

언니가 참을성 있게 설명한다.

"복잡한 설명을 풀어 말하거나 어떤 동물이 살아가면서 변하는 긴 이야기를 담으려면 그림만으로는 충분하지 않아."

"이 많은 도형을 언제 다 외우라는 거야?"

검은깃털이 불평한다.

"아직 여덟 달이나 남았잖아."

언니가 검은깃털의 배를 가리키며 받아친다.

"아기 낳을 때까지 이 바위 벽 앞에 계속 붙어있으라고?"

검은깃털이 경악한다.

"사냥은 어떡하고? 낚시는? 내가 먹을 건 누가 구해다 주는데?"

"하던 거나 마저 해."

언니가 검은깃털이 쪼기 시작한 바위 벽의 첫 흔적을 가리키며 말한다. 검은깃털은 언니에게 받은 돌칼을 들고 바위 벽을 노려본다. 그리고 돌칼의 뾰족한 끝부분으로 단단한 벽을 참을성 있게 두드리기 시작한다. 자신이 잡았던 큰 뿔이 달린 사슴을 그릴 것이다. 잘될지는 알 수 없다. 겨울 동안 검은깃털은 고래잡이에 한 번 따라 나갔다. 배가 좀 더 불러오고 아기가 배 속에서 움직이는 것을 느끼게 되면서 검은깃털은 거의 바위 벽 앞에 붙어있었다. 아기가 움직여서 검은깃털은 기뻤다. 태어날 아기에게 자신이 사는 세상을 보여준다고 생각하면 바위 벽을 조금씩 깨고 긋고 쪼는 작업도 그렇게까지 지루하지만은 않았다.

계절이 바뀌고 날이 따뜻해지면 사냥 축제가 열린다. 소리를 만드는 사람들이 피리와 나팔을 들고나와 크게 불어 축제의 시작을 알린다. 겨울을 무사히 넘긴 것을 축하하며, 다시 겨울이 오기 전에 사냥감과 먹을 것을 풍성하게 내려달라고 산과 바다와 하늘에 기원한다. 그러면 사냥하는 사람들은 가장 자랑스러운 사냥감의 가죽과 뿔로 몸을 장식하고 가장 좋아하는 사냥 도구를 들고나와 춤을 춘다. 실력을 뽐내고 새로운 사냥 도구를 선보이며 자랑하는 자리이기도 하고, 죽거나 다치지 않고 무사히 사냥을 계속할 수 있게 해달라고 세계와 하늘에 기원하는 의식이기도 하다. 걸을 수 있는 나이의 아이들도 저마다 조그만 도구를 들고나와 함께 춤을 춘다. 마음껏 몸을 흔들고 도구를 휘두르고 소리치고 웃는다.

붉은꼬리가 긴 피리를 분다. 주변의 땅과 바람이 진동하는 날카로운 소리가 웅장하게 울려 퍼진다. 검은깃털은 강변 언덕 꼭대기에 올라 축제를 바라본다. 지난봄까지는 검은깃털도 칼과 작살을 들고 춤을 추었다. 올봄에는 조금 더 중요한 할 일이 있다. 축제 장면을 전부 벽에 새기고 싶다.

"엄청나게 크게 그려야 될 텐데. 무진장 오래 걸릴걸."

검은깃털의 야심만만한 계획을 듣고 언니가 말한다. 검은깃털은 이제 눈에 보이게 부풀어 오르기 시작한 배를 가리킨다.

"아직 넉 달 남았으니까 괜찮아."

강변 언덕은 어렸을 때 몇 번 올라본 적이 있다. 그때는 몸집이 작았고 그만큼 가벼웠다. 지금은 아기가 커져서 몸이 무겁다. 그 차이를 생각하지 못한 것은 실수였다. 가파른 언덕길을 오르면서 검은깃털은 몇 번이나 넘어질 뻔했다. 처음으로 무섭다는 생각을 했다. 그러나 나팔 소리와 사람들의 함성을 들으면 다시 마음을 다잡고 손발에 힘을 주었다. 이다음에 봄이 왔을 때 검은깃털이 또 아기를 품을 수 있을지, 또 벽에 그림을 그리도록 허락받을 수 있을지 아무도 알 수 없다. 아기를 낳다가 죽을 수도 있고, 아기를 무사히 낳더라도 사냥을 나갔다가 죽을 수도 있다. 지금 해야 한다.

현명한 큰어머니는 고래 뼈와 나뭇가지로 틀을 잡고 깃털로 장식한 커다란 관을 머리에 쓰고 있다. 깃털과 가죽으로 만든 꼭대기 장식이 길게 드리워 등까지 내려온다. 현명한 큰어머니는 춤을 추지 않는다. 현명한 큰어머니가 앞에서 지휘하면 소리를 내는 사람들이 피리와 나팔을 불며 앞으로, 뒤로, 옆으로 줄지어 움직인다. 춤추는 사람들도 함께 움직인다. 해가 뜨는 방향과 해가 지는 방향, 바닷물이 들어오는 방향과 나가는 방향, 강물이 불어나는 지대와 흘러 나가는 곳을 순서대로 밟으며 춤을 추고 피리와 나팔을 불어 다시 살아나는 봄의 세상에 인사한다. 검은깃털은 이 모든 광경을 머릿속에 단단히 집어넣는다.

축제는 온종일 계속된다. 해가 기울고 하늘이 불그스름하게 물들기 시작한다. 검은깃털은 뾰족한 그릇에 담아 가죽 조각으로 감싼 후 몸에 묶어 가져온 도시락을 연다. 한 손을 휘둘러 벌레를 쫓으며 말린 고기 조각과 구운 나무 잎사귀를 먹기 시작한다. 눈은 계속 축제를 바라보고 있다.

축제 행렬 끝에 거무스름한 낯선 형체가 보인다. 낯선 형체는 비틀거리며, 몸을 뒤틀며, 몸부림치듯이 힘겹게 기괴한 춤을 춘다. 행렬이 현명한 큰어머니의 지휘에 따라 옆으로, 뒤로 움직일 때도 낯선 형체는 해가 지는 방향만을 바라보고 있다. 어깨를 휘두르고 몸을 굽혔다가 다시 세우며 쓰러질 듯 비틀거리지만 쓰러지지 않는다. 몸을 세워도 비틀어져 있는 데, 절대로 서있을 수 없는 형태로 비틀어진 채 쓰러지지 않고 계속 움직인다.

"뭐 해?"

검은깃털은 깜짝 놀라 뒤를 돌아본다. 언니가 뒤에 서있다.

"해 지는데 왜 계속 여기 있어? 어두워지면 못 내려가."

"저거 보여?"

검은깃털은 대답 대신 되묻고 축제 행렬을 가리킨다.

"그래, 다들 춤추잖아. 밤까지 계속할 텐데 여기 있으면 춥고 위험해. 내려가자."

"춤추는 사람들 저 끝에, 언니도 보여?"

검은깃털이 가리킨다. 언니는 검은깃털의 손가락을 따라 시선을 멀리 뻗는다. 언니의 얼굴이 굳어진다.

"내려가자."

언니가 검은깃털을 붙잡아 세게 끌어당긴다. 다급하게 재촉한다.

"빨리."

검은깃털은 조심스럽게 몸을 일으킨다. 언니를 따라 최대한 서둘러 언덕을 내려간다. 뒤를 돌아보지 않는다.

검은깃털과 언니의 보고를 듣고 현명한 큰어머니는 조용히 고개만 끄덕였다.

"뻣뻣한털가죽 아주머니를 불러와라."

현명한 큰어머니가 명령했다. 언니가 서둘러 밖으로 나갔다. 언니가 돌아올 때까지 검은깃털은 현명한 큰어머니의 무거운 침묵 앞에서 불안하게 기다렸다.

사정을 듣고 나서 뻣뻣한털가죽 아주머니는 짧게 대답했다.

"무르무란을 불러야지요."

현명한 큰어머니가 다시 고개를 끄덕였다.

검은깃털과 검은깃털의 언니가 무르무란에 대해 묻기 전에 뻣뻣한털가죽 아주머니가 먼저 말했다.

"너희는 가봐라."

그래서 두 자매는 인사하고 물러날 수밖에 없었다.

무르무란은 새처럼 생겼는데 바다에서 온다. 날개는 손가락처럼 생겼고 등껍질이 있다. 무르무란은 어두운 곳을 다니며 죽음을 먹는다. 그래서 봄 축제에 무르무란이 나타나면 사람들은 기뻐한다. 무르무란이 죽음을 먹어 없애면 그해에는 죽는 사람이 없을 것이기 때문이다. 작은털가죽이 검은깃털에게 설명해 주었다.

그러나 반대로 봄 축제에 죽은 사람이 돌아올 때도 있다. 피리와 긴 나팔 소리는 봄에 깨어나는 세상을 재촉한다. 그래서 죽어있던 것, 이미 죽은 것이 자기도 모르게 깨어나 피리와 나팔 소리를 따라오기도 한다.

겨울에 죽은 사람이 봄에 피리와 나팔 소리를 들으면 깨어나 돌아올 때가 가끔 있다. 시체를 찾지 못하고 절차대로 작별 의식을 치러주지 못하면 죽은 사람이 자신의 죽음을 받아들이지 못하고 봄의 나팔 소리를 따라 돌아오기도 한다. 흙발굽은 멧돼지에게 물려가서 시신을 찾지 못했고 그때는 겨울이었다. 그러니까 떠나지 못하고 돌아올 만한 조건을 모두 갖춘 셈이었다.

"특히 앙심이 깊은 사람이 떠나지 않고 돌아오는 수가 많아. 자기가 받아야 할 걸 못 받았다고 생각하고 앙심을 품거든."

작은털가죽이 한숨을 쉬며 말했다. 작은털가죽은 뻣뻣한털가죽 아주머니의 아이다. 뻣뻣한털가죽 아주머니에게 배워서, 병에 걸리거나 다쳤을 때 먹으면 좋은 잎사귀나 풀, 혹은 반대로 먹으면 죽는 버섯이나 열매를 잘 알았다. 그리고 뻣뻣한털가죽 아주머니처럼 한숨을 쉬었다.

"그럼 원하는 걸 줘버리면 되잖아?"

언니가 묻는다. 작은털가죽은 고개를 저었다.

"안 돼. 한 번 주기 시작하면 또 달라고 자꾸 다시 찾아와. 그러니까 무르무란을 불러야 해."

"그렇구나."

언니가 이해했다.

"어떻게 부르는데?"

검은깃털이 물었다. 작은털가죽은 주위를 둘러보고 한참 망설이다 비밀스럽게 일러준다.

"춤을 춰."

무르무란을 부를 때는 몸에 죽은 것만 둘러야 한다. 뻣뻣한털가죽 아주머니는 해가 뜨기 전에 강가의 어둡고 습한 동굴로 갔다. 그곳에서 현명한 큰어머니와 작은털가죽의 도움을 받아 머리에 죽은 새의 부리를 얹고 양팔과 양다리에는 말라붙어 땅에 떨어진 나뭇가지와 죽은 동물의 뼈를 얽어 끼웠다. 몸은 동물의 힘줄로 꽉꽉 싸매고 그 위에 죽은 짐승의 피를 칠했다. 냄새가 몹시 고약했다.

"너는 가라."

현명한 큰어머니와 작은털가죽은 모두 검은깃털이 무르무
란을 부르기 위해 준비하는 곳에 가까이 오지 못하게 했다.
작은털가죽이 심각한 얼굴로 말했다.

"아기를 가졌을 땐 이런 데 가까이 오는 거 아냐."

그래서 검은깃털은 할 수 없이 동굴 밖으로 나왔다. 그러
나 바깥에서 계속 엿보고 있었다. 검은깃털은 무르무란을 부
르는 광경, 산 사람들 사이에 돌아온 죽은 사람을 저승으로
보내는 방법을 알고 싶었다. 배워서 바위 벽에 새기고 싶었
다. 죽음을 쫓아버리는 방법, 혹은 죽음을 아예 없애는 비법
을 아는 것은 살아있는 모든 사람에게 가장 중요한 지식이라
고 믿었다. 그리고 중요한 지식은 바위 벽에 새겨서 후손과
후손의 후손에게 남겨주어야 했다. 그러면 검은깃털의 아기
도 죽지 않을 것이다.

무르무란은 바다에서 온다. 그래서 바다 동물을 좋아한다
고 했다. 그날도 사람들은 고래잡이를 나갔다. 뻣뻣한털가죽
아주머니는 현명한 큰어머니와 함께 고래잡이에 나간 사람
들이 돌아오는 시간을 기다렸다. 작은털가죽이 강어귀로 나
가서 살펴보다가 달려와서 배가 들어온다고 알려주었다.

현명한 큰어머니와 작은털가죽이 함께 고래잡이 하는 사
람들을 맞이하러 나갔다. 뻣뻣한털가죽 아주머니는 잠시 기

다리다가 천천히 동굴에서 나왔다. 팔다리를 펼치고 어기적거리며 몸을 좌우로 흔드는 기묘한 걸음걸이였다. 동굴 밖에 숨어서 들여다보던 검은깃털은 뻣뻣한털가죽 아주머니가 걸어 나오는 모습을 보고 흠칫 놀랐다. 뻣뻣한털가죽 아주머니는 고개를 푹 숙인 채 나뭇가지와 짐승 뼈를 끼운 팔다리를 한껏 펼치고 온몸을 흔들며 어기적거리는 걸음으로 검은깃털을 쳐다보지도 않고 느릿느릿 지나갔다. 그리고 뻣뻣한털가죽 아주머니는 고래를 잡아 온 사람들 뒤를 천천히 따라가기 시작했다.

고래잡이들은 새 부리를 쓰고 나뭇가지와 짐승 뼈를 펼친 뻣뻣한털가죽 아주머니가 따라오는 모습을 분명히 보았을 텐데 아무 말도 하지 않았다. 아마 현명한 큰어머니와 작은털가죽이 미리 귀띔했을 것이라고 검은깃털은 짐작했다. 고래잡이들은 배에서 내려 그물에 싼 고래를 끌고 삶터를 향해 움직이기 시작했다. 검은깃털이 얼른 따라가서 고래잡이들을 도왔다. 현명한 큰어머니는 아무 말도 하지 않았다. 작은털가죽이 한숨을 쉬었지만 현명한 큰어머니의 눈치를 보더니 역시 입을 다물었다.

검은깃털은 뒤에서 뻣뻣한털가죽 아주머니가 팔다리를 펼치고 따라오는 것을 곁눈으로 흘긋흘긋 보면서 삶터로 한 걸음씩 발을 옮겼다. 삶터까지 돌아가는 길이 전보다 훨씬 더 길고 멀게 느껴졌다.

갑자기 행렬이 멈추었다. 고래잡이 대장이 칼을 꺼내 고래 껍질을 아무렇게나 잘랐다. 뻣뻣한털가죽 아주머니를 향해, 그러나 똑바로 바라보지 않고 집어던졌다. 고래 껍질은 뻣뻣한털가죽 아주머니 발치에 떨어졌다.

"쳐다보지 마."

작은털가죽이 검은깃털 옆으로 다가와서 소곤소곤 일러주었다. 검은깃털은 작은털가죽이 시키는 대로 고개를 돌리고 모른척했다.

고래잡이 행렬은 다시 삶터를 향해 걷기 시작했다. 그랬다가 중간중간에 멈추었다. 그리고 고래잡이들이 돌아가며 고래를 한 조각씩 잘라서 뻣뻣한털가죽 아주머니를 향해 던졌다. 검은깃털은 일부러 앞만 바라보며 뻣뻣한털가죽 아주머니를 모른척했다. 고래 지느러미, 껍질, 고기 조각이 땅에 떨어지는 철썩, 소리가 난 후 땅을 훑는 듯, 긋는 듯한 스슥, 스윽, 주욱, 소리가 나는 것을 듣고서 작은털가죽이 말한 대로 뻣뻣한털가죽 아주머니가 어떤 춤을 추고 있을 것이라고 검은깃털은 짐작했다.

삶터로 향하는 걸음은 점점 느려졌고 고래잡이들은 점점

더 자주 멈추어 고래를 잘라서 던졌다. 이러다가는 삶터로 가져갈 고래 고기가 하나도 남지 않겠다고 검은깃털은 내심 걱정했다. 하지만 그게 무르무란을 부르는 방법인지도 모른다. 죽은 사람을 돌려보낼 수 있다면, 죽음을 없앨 수 있다면 고래 한 마리 정도는 충분히 바칠 수 있는 일이다.

붉은꼬리가 칼을 들어 고래 살을 커다랗게 베어냈다. 이미 여러 번 베어냈기 때문에 칼이 고래 뼈에 부딪히는 소리가 들렸다. 붉은꼬리가 베어낸 고래 고기를 뻣뻣한털가죽 아주머니를 향해 던졌다. 철썩, 소리에 이어 땅을 훑는 스슥, 주우욱, 스윽, 소리가 들렸다. 소리가 겹쳐 들렸다.

뻣뻣한털가죽 아주머니 혼자가 아니었다. 누군가, 무엇인가 뻣뻣한털가죽 아주머니와 함께 땅을 훑으며 움직이고 있었다. 춤추고 있었다.

그 사실을 깨달은 순간 검은깃털은 온몸에 소름이 끼쳤다. 눈 덮인 산속에서 호랑이를 마주쳤을 때도, 늑대에게 물려서 발가락이 뜯겨 나갔을 때도 이렇게까지 무섭지는 않았다. 그것은 상대를 볼 수 없고, 상대를 알 수 없고, 그러므로 싸워서 물리칠 수 없다는, 물리칠 방법을 알 수 없다는, 절대적인 미지(未知)에 대한 가장 근본적인 두려움이었다.

무르무란이 따라온다는 사실을 현명한 큰어머니가 고래잡

이 대장에게 말없이 손짓으로 알렸다. 행렬이 조금 빨라졌다. 그리고 더 자주 멈추었다. 고래 고기를 더 크게 잘라서 뒤쪽으로 던졌다.

삶터에 돌아갔을 때 사람들은 모두 모여서 다시 축제를 이어가고 있었다. 사냥 도구를 들고 사냥감의 뿔과 뼈와 가죽을 입고 쓰고 화톳불 주위에서 춤을 추었다. 소리 만드는 사람들이 긴 피리와 나팔을 불었다. 모든 사람이 한 방향을 바라보고 있었다. 현명한 큰어머니가 앞으로 나섰다. 춤추는 사람들이 현명한 큰어머니의 지휘에 따라 일사불란하게 움직이기 시작했다.

누군가 검은깃털의 팔을 살짝 건드렸다. 작은털가죽이었다. 검은깃털에게 앞만 바라보고 움직이라고 손짓으로 신호했다. 검은깃털은 고개를 끄덕였다. 앞은 해가 뜨는 방향, 뒤는 해가 지는 방향이다. 해가 지는 방향을 바라보아서는 안 된다. 무르무란을 똑바로 쳐다보아서는 안 된다.

죽은 사람을 쳐다보아서는 안 된다. 검은깃털은 축제 행렬 끝에서 기괴하게 몸을 비틀던 형체를 떠올린다. 양손으로 배를 감싼다.

"왔어."

작은털가죽이 속삭인다.

죽은 자가 돌아왔다.

산 자가 가진 것을 빼앗기 위해서.

가장 소중한 것을 빼앗기고 싶지 않다면, 돌아보아서는 안된다.

검은깃털은 앞을 바라본다. 현명한 큰어머니만을 열심히 쳐다보며 그의 지휘에 따라 움직인다. 붉은꼬리가 긴 피리를 분다. 검은깃털은 등 뒤에서 스멀스멀 올라오는 두려움을 못 본척하며 익숙한 피리 소리에만 귀 기울이려 애쓴다.

화톳불은 밤새 타올랐고 사람들은 새까만 하늘에 별이 뜨고 지고 동녘이 파랗게 밝아올 때까지 춤을 추었다. 검은깃털은 너무 지쳐서 도중에 집으로 돌아가서 잤다. 깨어났을 때는 이미 해가 환하게 하늘을 비추고 있었다. 검은깃털은 햇빛을 보고 조금 안심했다. 배 속에서 아기가 발길질을 했다. 배가 고팠다. 검은깃털은 집에 마련해 두었던 말린 생선과 풀씨와 잎사귀를 먹고 물을 조금 마셨다. 그리고 뻣뻣한털가죽 아주머니의 움집으로 갔다.

집에는 작은털가죽만 있었다.

"아주머니는……?"

검은깃털이 겁에 질려서 물었다.

"정화하러 가셨어. 오늘은 삶터에 안 돌아오실 거야. 아마 내일도."

작은털가죽이 차분하게 말했다. 별달리 걱정하는 표정이 아니었으므로 검은깃털은 안심했다. 그러면 이제 가장 중요한 사항을 알아보아야 했다.

"갔어……? 그거……."

검은깃털은 불분명하게 물었다. '그것'의 이름을 입에 올리고 싶지 않았다.

작은털가죽이 진지한 얼굴로 고개를 끄덕였다. 그리고 심각하게 덧붙였다.

"그러니까 잘 정화해야 해."

죽음이 무르무란에게 먹힐 때 길고 날카롭고 높은 소리로 비명을 지른다. 그 비명을 감추기 위해서 피리와 나팔을 부는 거라고 작은털가죽은 말했다. 산 사람이 죽음의 비명을 들으면 정신이 나가버리기 때문이다.

"넌 그런 걸 어떻게 알아?"

"엄마한테 들었어. 엄마는 엄마의 엄마한테 들었고."

가장 중요한 지식은 입에서 입으로 전해진다. 엄마가 죽거나 아기가 죽으면 이야기는 끊어지고 경험과 지혜가 사라진다. 검은깃털은 그래서 무르무란을 바위 벽에 새겨야겠다고 결심했다. 현명한 큰어머니는 아마 금지할 것이다. 뻣뻣한털가죽 아주머니와 언니는 분명히 못 하게 막을 것이다.

그래서 검은깃털은 무르무란으로 변장한 뻣뻣한털가죽 아주머니의 모습을 바위 벽에 새겼다. 의례의 자세한 절차와 비밀스러운 부분은 그림에 드러나지 않는다. 언니는 그래서 부호와 도형이 필요하다고 말했다. 검은깃털은 팔다리에 새의 발톱 같은 나뭇가지와 동물 뼈를 끼운 사람의 모습을 고래잡이 행렬 뒤에 조그맣게 새겨 넣는다. 그 옆에는 아무런 부호도 도형도 덧붙이지 않는다. 산 사람이 보아서는 안 되는 것은 비밀을 이미 아는 사람들의 입에서 입으로 전해지면 될 것이다.

그러나 아기가 태어나면, 검은깃털은 아기에게 비밀을 속삭여 줄 것이다. 검은깃털은 이미 알기 때문이다. 그리고 아기에게도 알려주고 싶기 때문이다. 죽음을 물리치고 삶을 보호하는 방법을. 그 가장 강력한 지식을.

개

벽

✧ 2023년 앤솔러지 《태초에 외계인이 지구를 평평하게 창조하였으니》(안온북스) 수록

태초에 외계인이 지구를 평평하게 창조하였다. 외계인은 이어서 평평한 지구의 한쪽 면에는 온갖 생물을 창조하여 번성하게 하였으며 다른 한쪽 면에는 자신들의 고향 행성이 멸망하여 탈출할 때 소중히 가지고 온 여러 가지 우주 보물을 숨겨놓았다. 외계인은 창조주이며 태양은 외계인이 지구를 보살피려 쉼 없이 내려보내는 생명의 힘이고 땅은 그 태양의 힘을 받은 조상들의 터전이다. 그러므로 조상에게 정성을 다해 공을 들이고 태양을 향해 치성을 드리며 땅과 하늘, 지구와 태양을 잇는 생명체인 나무의 힘을 받들어 몸을 깨끗이 해야만 한다. 이 중 하나라도 게을리하면 외계인이 지구의 뒷면에 건설한 영원한 낙원에 발을 들일 수 없다.

지금 지구에 나타나는 여러 현상들, 즉 전염병, 환경오염, 기상이변, 전쟁 등 여러 재앙은 지구인들이 자기 조상과 외계인을 잊고 지구가 둥글다고 주장하며 오만해진 벌로서 외계인이 지구의 멸망을 경고하며 보내오는 징조들이다. 평평한 지구에서 우리가 살고 있는 면이 너무 오염되고 병들어 더 이상 아무것도 살아갈 수 없게 되면 외계인은 발달된 기술을 사용하여 지구를 뒤집을 것이다. 예로부터 전해오는 천지개벽이 바로 그 뜻이다. 상징적이거나 추상적인 말이 아니라 글자 그대로 평평한 땅이 뒤집힌다는 의미인 것이다. 지진이나 홍수 등 땅이 흔들리고 지구 표면의 물이 넘치는 현상들이 이미 세상 곳곳에서 점점 더 자주 나타나고 있다. 이것이 바로 외계인이 지구를 뒤집기 위해 흔들기도 하고 기울이기도 하고 있다는 신호이다. 개벽의 그 날이 벌써 코앞에 닥쳤다. 그러므로 조상에게 더욱 공을 들이고 태양을 향해 치성을 드리며 땅과 하늘을 잇는 나무의 힘을 받들기 위해 나무를 태워 만든 숯을 열심히 먹어야 한다. 숯은 나무에 열을 가해 만들어지는 것이므로 땅과 나무와 태양의 힘을 모두 품고 있는 완전한 물질이다. 또한 숯은 예로부터 나쁜 공기나 몸 안의 독극물과 온갖 노폐물을 흡착하는 성질이 있으므로 숯을 열심히 먹으면 지구인들의 자만으로 인해 오염된 세계에서 몸 안에 들어오는 나쁜 물질들을 몸 밖으로 배출시킬 수 있다.

그래서 윤 씨는 작년부터 숯가루를 구입해 열심히 먹고 있었다. 등산 모임에서 만난 친구가 단체 대화방에 어느 유명 인터넷 동영상 플랫폼으로 연결되는 링크를 올렸다. 우주의 비밀과 세상의 이치를 알기 쉽게 설명해 준다고 등산 모임 친구가 하도 극찬을 해서 윤 씨도 한번 들어가 보았다. 동영상 속 남자가 너무 젊었기 때문에 처음에 윤 씨는 별로 신뢰하지 않았다. 그러나 등산 모임 친구가 요즘에는 젊은 사람들이 인터넷으로 정보를 모으기 때문에 세상을 더 잘 안다고, 계속 들어보면 재미있다고, 우주의 원리를 아주 알기 쉽게 잘 풀어서 설명해 준다고 만날 때마다 이야기했기 때문에 윤 씨도 조금 참을성을 가지고 동영상을 들여다보기로 했다.

등산 모임에서 만난 친구 한 씨는 10년 전에 암에 걸렸다고 했다. 언제나 속이 더부룩하고 체한 것 같아서 계속 소화제만 먹었는데 배가 너무 아프고 혈변을 보기 시작해서 병원에 갔더니 암이더라는 것이다. 수술을 했는데도 자꾸만 재발해서 나중에는 의사도 병원도 다 소용없더라며 한 씨는 등산복 윗도리를 들어 올려 수술 자국까지 보여주었다. 그러면서 한 씨는 그래서 결국은 위장이 암 덩어리로 꽉 막혀서 물 한 모금 못 먹고 죽을 지경에 처했을 때 우연한 기회에 저 개벽교의 동영상을 보게 되었다고 했다. 윤 씨가 못 미더워하는 그 젊은 남자가 그때는 더 젊어서 아주 고등학생처럼 보였는데, 그 젊은 애가 동영상에서 아침에 일어나면 해 뜨는 동쪽을 향해 찬물을 떠놓고 정성스럽게 공을 들이고, 개벽교에서 땅과 태양의 힘을 모아 만든 숯과 소금을 먹고, 저녁에 해가 질 때 또 해 지는 곳을 향해 정성스럽게 공을 들인 뒤 조상과 창조주에 대해 생각하면서 잠 드는 생활을 규칙적으로 해야 한다고 말했다는 것이다. 그래서 그대로 했더니 암이 낫더라고 한 씨가 목소리를 높였다. 병원에 검사받으러 갔는데 암이 없어졌다며, 의사들도 이게 어떻게 된 일인지 모르더라고 했다. 한 씨는 소주잔을 기울이며 이게 다 숯과 소금의 힘이라고 침이 튀도록 열변을 토했다.

암 덩어리를 잘라낸 흔적이라며 배를 쭉 가른 수술 자국까지 보여주는데 윤 씨는 믿지 않을 도리가 없었다. 아침저녁으로 해를 향해 물 한 잔 떠놓는 것은 그다지 크게 힘든 일도 아니었다. 숯을 먹는다는 얘기도 살면서 처음 들어본 것은 아니었다. 젊었을 때 동네 사람이 막걸리인 줄 잘못 알고 농약을 마셨을 때 숯을 먹여서 독을 빨아내게 하는 것을 본 적이 있었다. 그 사람은 결국 죽었지만 그거야 그때는 요즘처럼 의술이 좋지 않아서 병원에 가봤자 의사는 약이나 몇 알 처방해 주고는 손쓸 방법이 없다는 말이나 하고 그랬으니까 시절이 그런 시절이라서 안 된 노릇이고 숯이 독을 빨아내는 효용이 있다는 건 어쨌든 윤 씨도 직접 목격한 적이 있었던 것이다. 그 얘기를 했더니 한 씨는 박수를 치며 그거 보라고 했다. 한 씨의 아내는 유명하다는 한의원에서 홈닥터 과정인지 뭔지를 수료하고 졸업장도 받았는데 그 한의원 원장도 숯이 몸에 좋으니 자주 먹어야 한다고 가르치더라는 것이다. 그 한의원에서도 숯을 만들어 파는 데다 또 검색을 해보면 숯이 몸에 좋다는 얘기는 여러 동영상에 많이 나온다고 한 씨가 덧붙였는데, 윤 씨가 검색을 해봤더니 그건 정말로 사실이었다. 피를 맑게 해주고 소화도 잘되게 해주고 변비도 낫게 해준다는 것이었다. 다른 건 몰라도 윤 씨는 변비가 낫는다니까 살짝 마음이 당겼다. 그래서 그다음 주에 산에 오르면서 한 씨에게 숯을 어디서 구하는 게 좋은지 물어보았다. 숯가루의 효능이 좋다고는 하지만 함부로 아무 숯이나 먹으면 안 된다는 얘기도 동영상에 나왔기 때문이었다. 목욕탕이나 정수기에 쓰는 숯을 먹는 숯이라고 파는 업체들이 있으니 조심해야 한다고 했다. 한 씨는 여기서 파는 숯이 가장 믿을 만하다며 사이트 링크를 보내주었다. 자기도 암에 걸렸을 때부터 지금까지 여기서 파는 숯을 10년 이상 장복하고 있다며 그 덕에 매주 등산을 해도 근육통도 안 생기고 지치지도 않고 거뜬하다고 한 씨가 말했다.

그래서 윤 씨도 속는 셈치고 한 씨가 알려준 사이트에서 숯을 주문했다. 값이 싸지는 않았다. 사실 굉장히 비싼 편이었다. 조그만 병 하나에 7만 원씩 하는데 윤 씨는 손이 떨려 주문을 하려다 그만두고 하려다 그만두며 몇 번이나 망설였다. 윤 씨는 부자가 아니었다. 아들 하나 있는 걸 다 키워서 장가보내고 이제는 다 끝났다, 하고 한숨 돌리려나 했는데 손주 녀석들이 태어나면서 애 키우는 전쟁이 그냥 그대로 다시 시작되었다. 윤 씨가 젊었을 때는 이 정도까지는 아니었는데 아들 내외는 집 대출 갚느라고 허덕거리다가 애들 분윳값 기저귓값에서 해방되고 나니 유치원 보내고 학원 보낼 돈을 벌기 위해서 맞벌이를 하며 사방으로 뛰어다녀야 했다. 윤 씨의 아내가 안사돈과 번갈아 가며 애들도 봐주고 살림도 해줬는데 그러다가 마누라가 덜컥 먼저 가버리는 바람에 윤 씨는 아들 내외 살림 봐주고 애들 키워주는 안사돈한테 신세만 내내 질 수도 없으니 명절에 사돈집에 고기라도 몇 근 챙겨 보내고 가끔 보는 손주들한테 과자라도 사주려면, 다니던 직장은 몇 년 전에 은퇴했지만 일을 그만두고 노후를 즐기기는 언감생심이었다. 구청에서 주는 노인 일자리도 신청하고 지인들에게 염치 불고 고개 숙여 단돈 몇천 원짜리 배달 일이라도 얻으려고 온종일 돌아다니다가 녹초가 되어 집에 돌아오면, 마누라도 없고 아들한테 전화해 봤자 바쁘다고 돈 없다고 앓는 소리만 해대니 윤 씨는 적적한 마음에 강아지라도 한 마리 키울까 생각하던 중이었다. 그래서 윤 씨는 몇 번이나 망설이다가 숯은 그만 두더라도 아침저녁으로 태양을 향해서 물 떠놓고 공 들이는 건 돈 드는 일이 아니니까 그것부터 해보기로 했다.

그래서 윤 씨는 아침에 컵에다 물을 받으면서 그 젊은 남자가 나와서 떠드는 동영상을 보았다. 그냥 수돗물을 받으면 되는지, 컵은 무슨 특별한 컵을 써야 하는지, 물을 들고 밖에 나가서 태양 빛을 쐬어야 하는지 집에서 그냥 창가에다 놓고 무슨 정화수 떠놓듯이 빌어도 되는지, 그런 게 궁금해서였는데 동영상 속 젊은 남자는 의외로 그런 세세한 건 별로 상관하지 않는 것 같았다. 그보다 가장 중요한 건 창조주에게 감사하고 조상에게 공을 들이는 정성스런 마음가짐이라는 것이었다. 윤 씨는 이 말이 마음에 들었다. 그래서 정성스런 마음으로 컵에 물을 받아 햇볕을 쪼이며 조상의 공덕에 감사한 뒤 동영상 속 젊은 남자의 지도에 따라서 3분 뒤에 그 컵의 물을 마시고 하루를 시작했다.

사나흘 정도 그렇게 하루를 시작했더니 윤 씨는 왠지 기운이 더 나는 것 같고 마음이 더 차분해지는 것 같았다. 무엇보다도 변비가 나아지는 것 같았다. 주차 안내나 배달을 할 때

차 번호나 배달 주소도 더 잘 기억나는 것 같았고 여러 가지 딴생각이나 걱정도 좀 덜 드는 기분이었다. 윤 씨는 해가 질 때도 똑같이 컵에 물을 받아 정성을 들이고 싶었다. 그런데 그게 여름이라면 어떻게 해볼 수도 있었지만 겨울에는 퇴근 하기 전에 해가 져버렸기 때문에 어쩔 수가 없었다. 며칠 동 안 아침에만 해 뜨는 곳을 향해서 조상에게 정성을 들이다가 윤 씨는 그래도 3분이면 일하다가 잠시 서있는 게 그렇게 이 상해 보이지는 않을 것이라고 혼자서 생각했다. 그래서 윤 씨 는 저녁에 해가 질 무렵에 생수병을 들고 해가 지는 방향을 향해 잠시 서있었다. 배달하는 도중에 3분을 그렇게 까먹었 을 때는 사장이 고객에게 불평을 듣고 담배는 일 끝나고 피 우라며 싫은 소리를 했다. 다행히 주차장에서는 아무도 윤 씨 를 눈여겨보지 않았다. 윤 씨는 3분이 지나는 것을 확인하고 생수병의 물을 마시고 좁다란 주차 안내 부스로 돌아왔다. 뭔 가 비밀스러운 임무에 성공한 것 같은 기분이 들어 왠지 뿌 듯해졌다. 그날부터 윤 씨는 아침뿐만 아니라 저녁에도 정성 들이는 의례를 치르기 시작했다. 배달 일을 하다 보면 저녁 의례를 놓쳐버리는 경우도 있었기 때문에 핸드폰에 알람까 지 설정해 놓았다.

쉬는 날 윤 씨는 한 씨를 만나서 아침저녁으로 조상에게 공을 들이고 있으며 벌써 변비가 나아진 것 같다고 자랑했다. 한 씨는 윤 씨에게 숯도 먹어보았는지 물었고 윤 씨는 말 끝을 흐렸다. 그러자 한 씨가 자기와 함께 모임에 한번 나가 보지 않겠냐고 권했다. 숯과 소금을 모임에서 공짜로 받을 수 있다는 것이었다. 모임이라는 말에 윤 씨는 미심쩍었지만 공짜로 숯을 준다고 하니 7만 원 번다 치고 친구를 따라 한번 가보기로 했다.

모임 장소는 의외로 아주 평범해 보이는 동네 상가 3층 건물이었다. 문밖에서 모임 장소를 언뜻 보고 윤 씨는 처음에 아내가 젊었을 때 잠깐 다녔던 다단계 화장품 회사를 떠올렸다. 좋은 화장품 파는 믿을 만한 외국계 회사이고 주변 지인들한테 소개해서 입소문 타 고객들을 많이 데려다주면 소소하게 수당도 받을 수 있다고 해서 윤 씨는 그냥 아내가 부업을 하는가 보다 생각했는데, 나중에 다단계라는 말을 듣고 크게 화를 냈었다. 아내가 뉴스에 나오는 그런 집안 망하는 다단계가 아니라고 우겨서 부부싸움은 더 커졌다. 결국 아내가 윤 씨의 고집에 져서 그만두는 쪽으로 정리되었다. 그때 윤 씨가 아내에게 그만두지 않으면 자기가 그 회사에 찾아가서 한바탕 뒤집어 놓겠다고 씩씩댔고 정말로 그 지역 판매소라는 곳에 찾아가 본 적도 있는데 아무도 없어서 한바탕 뒤집지도 않았고 그냥 집에 돌아오기는 했지만 그때 보았던 그 판매소가 딱 이렇게 생겼었다. 벽이 통유리인데 반투명한 시트지를 발라놓아서 안에 사람이 왔다 갔다 하는 그림자만 보이고, 그 벽과 문 바깥 통로까지 상자가 수없이 쌓여있었다. 그 상자가 정확히 뭔지 윤 씨가 자세히 들여다보기 전에 한 씨가 들어가자고 잡아끌었기 때문에 윤 씨는 안으로 들어갔다.

안에는 보험회사 고객 대기실 같은 데서 봤던 둥근 유리 탁자가 네 개 있고 탁자마다 세 명씩 네 명씩 사람들이 둘러앉아 있었다. 여자도 있고 남자도 있고 연령대도 나이 든 사람부터 어린 사람까지 골고루 있었다. 유리 탁자 위에는 사람 수만큼 종이컵이 놓여있었는데 윤 씨와 한 씨가 자리를 잡고 앉자 동영상에서 보았던 그 젊은 남자가 일어서서 종이컵을 들었다.

"조상의 은덕에 대한 감사의 마음과 창조주이신 외계인에 대한 굳은 믿음으로 우리의 모임을 시작합니다."

유리 탁자 주변에 앉아있던 사람들이 모두 앉은 채로 종이컵을 양손으로 공손하게 들어 올리고 고개를 숙였다. 한 씨가 눈짓을 하며 종이컵을 들었기 때문에 윤 씨도 얼떨결에 따라 했다.

이후 모임에서 나왔던 여러 가지 이야기들에 윤 씨는 크게 관심이 없었으므로 귀담아듣지 않아서 잘 기억하지 못한다. 윤 씨는 그저 시계를 보면서 7만 원짜리 숯은 언제 공짜로 주는지 그것만 기다리고 있었다. 그러나 지루한 와중에도 윤 씨는 젊은 남자가 조상의 은덕에 감사하고 조상에게 정성을 들여야 한다고 강조할 때는 마음속으로 동의했다. 또한 모임에 젊은 사람들이 의외로 많이 참석했고 그 젊은이들이 모임을 이끄는 남자가 조상에 대해 언급할 때마다 고개를 끄덕이는 모습도 눈여겨보았다. 요즘 세상에도 저렇게 조상 공경할 줄 아는 젊은이들이 있다는 사실에 윤 씨는 속으로 감탄했다.

윤 씨의 며느리는 교회를 다닌다는 이유로 제사를 지내지 않았고 아들도 바쁘다며 제사에 관심이 없었다. 윤 씨의 아내가 사망한 뒤로 기제사나 명절 차례까지 흐지부지 사라졌다. 명절이 되기 전 아들 내외가 아이들도 데리고 갈 수 있는 음식점을 찾아 예약해서 다 같이 맛있는 걸 먹었고 아내의 묘에는 윤 씨나 아들이 기일에, 혹은 틈날 때 찾아가서 풀도 뽑고 성묘도 했다. 그 정도였다. 이대로 가면 윤 씨 자신이 죽어도 기일에 제삿밥도 못 얻어먹을 것은 분명했다.

"땅은 조상의 터전입니다. 땅의 기운이 없이 곡식이 자라고 나무에 열매가 맺히겠습니까? 땅이 없었으면 조상들이 대대로 이 나라를 지켜올 수 있었겠습니까? 요즘 강남 땅값만

봐도 땅이 얼마나 중요한지 다들 알고 계시죠?"

젊은 남자가 농담을 끼워 넣자 사람들이 와르르 웃었다. 윤 씨도 딴생각을 하며 7만 원짜리 공짜 숯을 기다리던 와중에 잠시 입가에 웃음을 띠었다.

"그러면 그 땅의 기운은 어디에서 오겠습니까? 태양에서 옵니다. 햇빛을 받지 못하면 곡식이 자라지 않습니다. 날이 흐리면 나무에 열매가 제대로 맺히지 않지요. 그렇지 않습니까? 태양이야말로 땅과 그 땅에 사는 모든 생명에게 힘을 주는 원천입니다."

젊은 남자가 말을 이었다. 사람들이 고개를 끄덕이며 수긍했다.

"그러면 그 태양은 어디서 생겼을까요? 땅은 어디서 생겼을까요? 세상은 저절로 생겼을까요? 과학자들은 우주가 빅뱅에서 시작됐다고 말합니다. 그러면 그 빅뱅은 어디에서 왔을까요? 빅뱅이란 즉 영어로 크다는 빅^{big}, 빵 터졌다는 뱅^{bang}입니다. 크게 빵! 터졌다는 뜻이죠. 한마디로 빅뱅은 대박입니다."

사람들이 다시 웃음을 터뜨렸다. 윤 씨도 이번에는 너털웃음을 터뜨릴 수밖에 없었다.

"그러면 그 대박을 누가 터뜨렸을까요?"

젊은 남자가 모인 사람들을 둘러보았다.

"저절로 일어났을까요? 과학자들은 그렇게 둘러댑니다. 왜냐하면 자기들도 모르거든요. 우주가 태곳적부터 어떤 모습으로 존재했고 행성들이 어떻게 생겨났고 인간이 어떻게 이 땅 위에서 이렇게 훌륭하게 문명을 발달시키게 됐는지 과학자들도 모릅니다! 자기들도 과학적으로 설명을 할 수가 없으니까 복잡한 무슨 이론이나 공식 같은 걸 여기저기 갖다대면서 눈속임을 하고 사람을 정신없게 휘두르는 겁니다."

젊은 남자가 잠시 말을 끊었다. 사무실 안에 한순간 정적이 흘렀다. 그 정적이 어색하거나 불편해지기 전에 젊은 남자가 전략적으로 아주 적당한 순간에 다시 말을 이었다.

"진실은 간단합니다. 왜냐하면 진실은 언제나 단순한 법이거든요. 복잡하게 이 이론 저 이론 끌어다 붙여야 하는 건 진실이 아닙니다. 세상의 진리는 다 단순한 법입니다!"

젊은 남자가 다시 극적으로 말을 끊었다. 모인 사람들이 집중한 표정으로 젊은 남자를 쳐다보았다.

"세상은 외계인이 창조했습니다. 그럼 외계인은 지구에 왜 왔느냐, 고향 행성이 폭발했기 때문에 어쩔 수 없이 탈출했던 것입니다. 외계인의 고향 행성이 폭발하는 대사건이 바로 과학자들이 말하는 빅뱅입니다. 빅뱅 이전에도 우주는 존재했고, 그것도 지금의 우주보다 더 기술과 과학이 발달하고 더 많은 생명체가 살아서 교류했던 풍요롭고 활기찬 우주가 존재했습니다. 그러나 문명이 발달하면서 전쟁이 일어나고 서로 더 많은 자원과 더 많은 권력을 차지하기 위한 다툼이 커져서 결국 우주 대전이 일어나 외계인의 고향 행성은 멸망하고 말았던 것입니다. 여러분 냉전 시대 아시죠?"

젊은 남자가 방 안을 둘러보았다. 윤 씨와 눈이 마주치자 젊은 남자가 격려하듯 진지하게 고개를 끄덕였다.

"미국과 소련이 군수 경쟁을 하고 언제 핵전쟁이 일어날지, 언제 쏘련 놈들이 빨간 버튼을 누를지, 빨갱이들 때문에 언제 세상이 망할지 알 수 없는 시대가 50년이나 이어졌던 때가 있었습니다. 여기 계시는 어른들은 기억하시겠지요. 젊은 친구들은 모를 수도 있을 겁니다."

저 친구는 자기도 젊은 친구면서, 라고 윤 씨는 생각했으나 '빨갱이들 때문에'라는 말에 그만 자신도 모르게 조건반사적으로 어렸을 때를 떠올리고 말았다. 학교에서 반공 포스터 그리기 대회를 하고, 6월이 되면 호국영령을 기리며 반공웅변대회를 하고, 그래서 윤 씨는 양손을 치켜들고 "이 연사, 소리 높여, 외칩니다!" 하고 고함치는 연습을 했었다. 뉴스에서는 소련이 핵실험을 한다고, 핵미사일이 대륙을 건너 날아가 미국에 곧장 꽂힐 위력이 있다고 연일 방송하던 시절이 실제로 있었다.

"그런 전쟁이 실제로 일어난 겁니다. 그리고 그 결과 행성이 폭발했고, 그래서 외계인들은 고향을 떠나 다른 은하계로 도망 올 수밖에 없었습니다. 그렇지만 외계인들에게는 발달된 과학기술이 있었고, 그래서 자기들의 고향 별과 똑같은 살기 좋은 낙원을 새로 만들어내기로 결심한 겁니다. 그 결과가 우리가 사는 이 지구입니다."

젊은 남자가 '이 지구' 부분에서 팔을 넓게 벌렸다. 그리고 곧 팔을 다시 내리고 장엄한 표정이 되었다.

"생각해 보십시오. 고향을 잃고 우주를 가로질러 여기까지 피난해 오면서 외계인들이 얼마나 슬프고 고통스러웠겠습니까? 대체 얼마나 절박한 마음으로 고향과 똑같은 모습으로 이 지구를 창조하고 자신들과 똑같은 모습으로 우리를 창조했겠습니까? 그런 마음을 생각하면 우리가 지구를 오염시키고 우리 몸을 오염시키면서 함부로 살아서야 되겠습니까?"

모인 사람들이 모두 숙연해졌다. 다시 장내에 침묵이 흘렀다. 이번 침묵은 아까보다 오래 지속되었다. 그때 건너편 유리 탁자에 앉아있던 어린 아가씨가 소심하게 손을 들었다.

"선생님. 질문이 있는데요."

젊은 남자가 아가씨를 쳐다보며 고개를 끄덕이자 어린 아가씨가 마치 초등학생처럼 쭈뼛거리다가 입을 열었다.

"네. 질문하세요."

아가씨가 계속 쭈뼛거리며 말을 잘 잇지 못하자 젊은 남자가 격려하듯 말했다.

"외계인이 자기들 고향 별하고 똑같은 모습으로 지구를 창조하구요⋯⋯. 자기들하고 똑같은 모습으로 우리를 창조했으면요⋯⋯."

아가씨가 말을 끊었다. 젊은 남자가 용기를 북돋우려는 듯 고개를 크게 끄덕였다. 아가씨가 잠시 망설이다가 결심한 듯 큰 소리로 물었다.

"그러면⋯⋯ 외계인이 우리와 함께 이 별에서 살고 있나요?"

윤 씨는 자기도 모르게 콧김을 뿜을 뻔했다. 저 아가씨가 공상과학 소설을 너무 많이 읽었나? 그런데 젊은 남자는 웃지 않았다. 진지한 얼굴로 아가씨를 쳐다보며 젊은 남자가 말했다.

"우리와 함께, 라면 함께라고 할 수도 있겠지요. 그렇지만 우리 사이에서 섞여 살고 있는 건 아닙니다. 그러기엔 외계인들의 과학과 문명이 너무 많이 발달했고, 우리는 우주의 섭리를 이제 막 깨달아 가고 있는 단계거든요. 비유하자면 저 강남 한복판에서 최첨단 벤처기업 운영하는 엔지니어가 저기 어디 아프리카 촌 동네에 있는, 맨날 내전 일어나고 우물에서 물 길어 먹고 그러다가 콜레라나 이질 걸려서 사람들 죽고 그러는 부족들한테 가서 살지 않는 것과 마찬가지입니다."

윤 씨는 고개를 끄덕였다. 외계인에 대한 부분은 여전히 미심쩍었지만 컴퓨터나 아이폰 같은 걸 만드는 사람들은 다 백인에 미국인 부자들이었고 그런 사람들이 아프리카에서 살지 않는다는 사실 정도는 윤 씨도 알고 있었다. 아프리카는 대륙이며 '동네'라고 하기에는 매우 넓고 다른 대륙들과 마찬가지로 다양한 문명과 민족과 국가가 공존하며 아프리카 전체에서 일어나는 전쟁과 질병에 대한 보도가 인종차별적으로 과장되었다는 사실을 윤 씨는 알지 못했고 아프리카이기 때문에 관심도 없었다. 젊은 남자는 인종차별적인 비유에 이어 대답을 이렇게 마무리 지었다.

"그렇지만 우주의 섭리와 외계인의 존재에 대해서 자세한 이야기를 하려면 지금 시작했다간 날 새야 하고요. 오늘은 여기서 이야기를 마치고, 처음 오신 분들은 태양과 땅의 기운을 담은 숯과 소금을 드릴 테니 받아 가셔서 잘 섭취해 보세요."

윤 씨가 기다리던 말이었다. 젊은 남자는 모임을 시작할 때처럼 일어서서 종이컵에 담긴 물을 양손으로 공손하게 받들며 고개를 숙였고 모인 사람들은 앉은 채로 따라 했다. 그렇게 모임은 끝났고 윤 씨는 목적했던 7만 원어치 숯에다 소금까지 받아 올 수 있었다.

그리고 윤 씨는 아침에 일어나 컵에다 물을 받아 해가 뜨는 쪽을 향해 놓고 정성을 들인 뒤 그 물에 숯과 소금을 타 먹으며 언제나 생각했다. 우주 전쟁이 일어나서 외계인들이 지구로 도망쳐 왔다는 얘기하고 조상의 은덕에 감사하는 것 사이에 대체 무슨 상관이 있다는 걸까? 윤 씨가 생각하기에 외계인에 관한 부분은 공상과학 같은 헛소리였고 조상을 공경하는 것은 사람으로서 마땅한 도리인데 이 두 가지가 도저히 유기적으로 연결되지 않았다. 마침내 윤 씨가 한 씨에게 이런 궁금증을 이야기하자 한 씨는 반색하며 모임에 다시 나가서 '선생님'에게 물어보자고 권했다. 윤 씨는 망설였다. 이제는 '처음 오신 분'이 아니니까 숯과 소금을 또 공짜로 얻기는 힘들 텐데 7만 원을 내기는 너무 아까웠지만 숯과 소금을 매일 먹었더니 과연 변비는 흔적도 없이 사라져서 아침마다 화장실에 가면 속 시원하게 죽죽 쏟아 내리게 되었으니 반절 넘게 비어가는 숯 병과 소금 통을 보면서 저걸 좀 더 얻어 와야 할 텐데 생각을 하다가도 7만 원이 떠오르면 다시 망설이게 되었다. 그리고 마침 그때쯤 배달 일이 갑자기 바빠졌기 때문에 윤 씨는 종이가방을 수십 개씩 이고 지고 들고 도시 전체를 가로세로 뛰어다녔고 그러다 보니까 어쩌다 하루 쉬는 날이면 너무 피곤해서 모임은 고사하고 언제나 가던 등산도 때려치우고 잠자기에 바빴다. 그렇게 정신없이 일하다가 한숨 돌린 어느 날에 윤 씨는 문득 달력을 보고 아내의 기일이 지났다는 사실을 깨달았다. 윤 씨는 아들에게 전화했고 아들이 받지 않았기 때문에 며느리에게 전화해서 전에 없이 역정을 냈다.

"네 어머니가 애들 태어났을 때부터 그렇게 지극정성으로 다 키워주고 집안 살림도 다 해줬으면 고마운 줄 알아야지 1년에 한 번 기제사 지내는 게 뭐 그리 어렵다고 죽고 나니 나 몰라라 하고……."

며느리는 전화를 받자마자 다짜고짜 소리부터 지르는 윤 씨의 목소리에 질렸는지 모기만 한 목소리로 네, 네, 할 뿐이었다. 윤 씨는 말을 하면 할수록 제풀에 더 화가 나서 떠오르는 대로 쏟아붓다가 아무리 꾸지람을 해도 며느리가 자기가 기대한 것처럼 잘못했다고 납작 엎드려 싹싹 빌지 않는 것을 깨닫고 더욱 화가 나서 전화를 끊었다. 끊고 나서도 씩씩거리고 있는데 다시 전화가 왔다. 아들이었다.

"아버지 대체 왜 그래요?"

윤 씨가 전화를 받자 이번에는 아들이 다짜고짜 화를 냈다.

"어머니 성묘 제가 갔다 왔잖아요. 사진도 보내드렸잖아
요, 잡풀 뽑고 잔디 깎았다고. 어머니 살아 계실 때부터 제사
지내지 말라고, 며느리 고생시키지 말라고 그렇게 말씀을 하
셨는데 이제 와서 왜 갑자기 지영이한테 소리는 지르고 그러
세요?"

"사람이 조상 공경할 줄 알아야지 그렇게 살면 못 쓰는
법……."

"어머니가 제 조상이지 지영이 조상이에요? 그리고 살아
계실 때 같이 좋은 데 놀러도 가고 맛있는 거 먹으러 가고 용
돈도 드리고 할 도리는 다했다고요. 아버지야말로 어머니가
아버지 조상한테 제사 지낼 때 손가락이나 까딱 해봤어요?
음식하고 설거지하고 손님 치르고 다 어머니가 했는데 지금
그걸 어린애 둘 건사하면서 맞벌이하는 사람한테 그대로 시
키잔 말이에요?"

"우리 때는 그러면서도 돈 잘 벌고 애들 잘만 키웠다. 다들
조상 대대로 해오던 일인데 너희만……."

"제사 때 큰집 사촌들 뛰어다니다가 내 다리에 끓는 토란
국 엎은 거 기억 안 나요?"

아들이 말했다. 윤 씨는 갑자기 말문이 막혔다. 아들이 조용히 빠른 속도로 윤 씨에게 퍼부었다.

"그래도 제사는 지내야 된다고 나보고 절해야 되니까 그만 징징거리고 씻고 옷 갈아입으라고 그랬죠? 그때 병원 빨리 안 가서 내 다리 피부 다 익은 거 알아요? 죽은 피부 벗겨낸다고 엄마가 나 업고 병원 다녔는데 그거 아빠 모르죠? 아빠는 그때 출근하고 없었으니까. 밤에 내가 아프다고 울면 엄마가 밤새도록 내 손 잡고 같이 울었는데 그것도 모르죠? 아빠 그때 내가 울거나 말거나 잤죠?"

윤 씨는 대답할 수 없었다.

"내 가족한텐 절대 그런 꼴 겪게 할 수 없어요."

아들이 차갑게 말했다.

"네 가족?"

윤 씨가 입을 열었을 때는 이미 전화가 끊어져 있었다. 다시 전화했지만 아들은 받지 않았다. 며느리에게 전화했다. 아들이 받더니 "제 아내 괴롭히지 마세요" 하고는 딱 끊어버렸다.

"이런 버르장머리 없는 놈이? 아니 그럼, 나는 네 가족이 아냐? 네 엄마는 네 가족이 아니야?"

윤 씨는 끊어진 전화에 대고 소리쳤다. 그리고 윤 씨는 결심했다. 그 모임에 다시 나가서 조상의 은덕에 감사해야 하는 이유를 확실히 배워 와야겠다고. 아들과 며느리에게 아주 단단히 한수 가르쳐줘야겠다고.

"소금과 숯은 자연이 우리에게 내린 가장 강력한 정화 성분입니다."

젊은 남자가 말했다.

"소금은 정화하는 성질이 있고 숯은 해독하는 성질이 있습니다. 이 두 가지를 함께 사용하면 우리 몸은 깨끗해집니다. 몸을 깨끗이 하고 태양과 땅의 기운을 받아들여야만 개벽이 올 때 선택될 수 있습니다. 더러운 사람은 선택되지 않습니다. 몸과 마음이 깨끗한 사람만이 선택될 수 있습니다."

윤 씨는 모임에 열심히 참가했다. 한두 번은 눈치 보며 소금과 숯을 얻어 왔지만 그것도 언제까지 계속할 수는 없어서 자기 돈 주고 사기 시작했다. 그래서 윤 씨는 본전을 뽑기 위해서라도 조상들에 대해서 열심히 질문했다. 젊은 사람들이 쳐다보는 시선이 부끄러웠지만 손을 들고 어째서 조상에게 공을 들여야 하는지, 어떤 방법으로 조상에게 공을 들여야 하는지, 그러면 어떤 은혜를 입을 수 있는지 꼬치꼬치 캐물었다. 젊은 남자는 이런 질문을 귀찮아하지 않았고 윤 씨가 길게 따지거나 이해되지 않아 몇 번이나 되물어도 언제나 친절하게 설명해 주었다. 다른 사람들이 지루해하거나 못마땅해하며 눈치를 주어도 젊은 남자는 끝까지 윤 씨의 끈질긴 질문을 다 듣고 정성껏 대답해 주었다.

"질문을 많이 하는 사람을 싫어하시면 안 됩니다."

언젠가 젊은 남자는 아예 대놓고 이렇게 좌중을 타이르기도 했다.

"궁금증이 많다는 건 좋은 일입니다. 궁금한 걸 질문하셔야 좀 더 빨리, 좀 더 효율적으로 진리에 도달할 수 있습니다."

"그 진리란 무엇인가요, 선생님?"

윤 씨가 말을 받아서 얼른 손을 들고 물었다. 젊은 남자의 표정이 이전처럼 장엄해졌다.

"바로 외계인들이 우리와 함께 이 별에서 살고 있다는 것입니다. 그렇지만 사람들 사이에 섞여서 살고 있는 것은 아닙니다. 외계인들은 평평한 지구의 뒷면에 기술적으로 무한히 발달한 낙원을 건설하여 그곳에서 살고 있습니다. 개벽의 날이 오면 외계인들은 지구를 뒤집어 우리의 세계를 지구의 뒷면으로 보낼 것이며 그때가 되면 선택받은 깨끗한 자들은 지구의 앞면에서 외계인들과 함께 지상낙원의 삶을 누릴 수 있을 것입니다. 한편 더럽고 탁한 자들은 모두 우주 바깥으로 날아가거나 지구 뒷면의 영원한 어둠 속에서 지내게 될 것입니다."

"선생님, 그러면 조상들의 은덕은……."

윤 씨가 다시 손을 들고 질문하려 했다. 이번에는 젊은 남자가 예외적으로 기다리라는 손짓을 했다. 그리고 젊은 남자가 일어섰다. 벽으로 가서 한쪽에 기대 세워두었던 하얀 칠판을 밀고 유리 탁자에 둘러앉은 사람들에게 다가왔다.

"천지개벽이라는 말, 많이 들어보셨을 것입니다."

젊은 남자가 하얀 칠판에 한자로 天, 地, 開, 闢을 차례로 썼다. 젊은데도 아주 능숙하게 복잡한 한자를 써 내려가는 모습에 윤 씨는 감탄했다.

"개벽은 열 개, 열 벽, 그래서 원래는 세상이 열린다는 뜻입니다. 즉 세상이 처음 만들어진다는 뜻입니다. 그런데 국어사전을 찾아보면 '개벽'에는 세상이 뒤집힌다는 뜻도 있습니다. 세상이 처음 만들어지는 것과 뒤집히는 것 사이에 어떤 관계가 있길래 우리 조상들은 이 두 가지 의미를 하나의 단어에 담았을까요?"

젊은 남자가 의미심장하게 좌중을 둘러보았다. 다들 조용히 '선생님'을 바라볼 뿐 아무도 대답하지 못했다.

"바로 이것이 조상의 지혜이며 은덕입니다. 우리 조상들은 진리를 알고 있었고 후손들을 위해 그 진리를 이 단순한 한 단어에 담았던 것입니다. 외계인들이 세상을 만들 때 평평하게 만들었고, 때가 오면 자신들의 피조물인 우리 인간이 충분히 발전하여 자신들과 함께 살아갈 수 있게 될 때 그 평평한 지구를 뒤집을 것이다, 이런 사실을 우리 조상들은 '개벽'이라는 한 단어에 담아서 우리에게 전수해 준 것입니다."

"슨생임예."

뒤쪽에서 누군가 손을 들었다. 젊은 남자가 고개를 끄덕였다.

"갱주에 용담정이라고 있거등예. 거가 천도교 발원지이고 성지인데예. 천도교에 따르면 개벽은 새로운 시대를 비유적으로 이르는 말이거등예. 세상이 뒤집힌다 카는 그기 글자 그대로 찌지미 뒤집듯이 휘딱 뒤집힌다는 말이 아이라꼬예."

젊은 남자가 다시 고개를 끄덕였다.

"좋은 질문입니다. 천도교는 민족 종교입니다. 일제 강점기에 생겨나서 우리 민족을 독립으로 이끈 원동력 중 하나였지요. 종교는 세상을 비유적으로, 철학적으로 말합니다. 그에 비해 우리가 지금 말하는 개벽 이론은 과학입니다. 과학은 구체적으로, 현실적으로 말합니다."

젊은 남자가 하얀 칠판에 썼던 한자를 지우고 뭔가 다시 썼다. 윤 씨가 보기에 영어 같았다.

"아베르토 카엘로^{Aberto caelo}, 라틴어로 개벽이라는 뜻입니다. 하늘이 열린다는 뜻이죠. 여기에서 유래한 말이 바로 아베르토리안 씨어리^{Abertorian Theory}, 즉 개벽 이론입니다. 제가 말씀드린 내용은 과학이며, 증명된 내용입니다. 지금 전 세계적으로 일어나는 이상기후가 바로 그 증거입니다. 쟁반에 물을 담아서 뒤집어 보십시오. 물이 쏟아지지요? 같은 원리입니다. 지구가 뒤집히려 하기 때문에 땅이 흔들리고 물이 쏟아지는 것입니다."

윤 씨는 필기를 해가며 열심히 들었다. 영어는 잘 알 수 없었지만 개벽 이야기가 윤 씨는 몹시 마음에 들었다. 조상들이 진리를 알고 있었으며 그 진리를 후손들에게 전해주기 위해서 단순한 한 단어에 두 개의 뜻을 담았다는 부분에 윤 씨는 몇 번이나 밑줄을 쳤다.

그리하여 반년 후 윤 씨는 입원했다. 언제나 그렇듯이 밤에 자기 전에 컵에 물을 담아 서쪽을 향해 공을 들인 뒤 숯과 소금을 넣어 먹었는데 어째서인지 숯이 목으로 넘어가지 않았다. 그렇게 윤 씨는 토하기 시작했고 토하다가 기운이 빠져서 결국은 아들에게 전화를 했으며 아들이 구급차를 불렀고 그래서 구급대원들이 응급처치는 해주었으나 윤 씨가 코로나19 백신을 맞지 않았고 PCR 검사도 받지 않았기 때문에 응급실에 들어갈 수 없어 아들이 의식이 오락가락하는 윤 씨를 태우고 보건소에 가서 PCR 검사를 받았고 하루 기다려야 검사 결과가 나왔으므로 아들은 집에 돌아갔고 윤 씨는 집에 혼자 남게 되자 또 숯과 소금을 물에 타서 먹었다.

다음 날 오전에 PCR 검사 결과가 나오고 아들과 며느리가 다시 윤 씨의 집에 와서 윤 씨는 그제야 응급실에 들어갈 수 있었다. 의사는 윤 씨의 퉁퉁 부은 모습에 놀랐고 입에서 검은 물을 흘리는 것을 보고 위세척을 진행했다. 숯가루가 위와 장에 달라붙어 미네랄 등 미량 영양소를 흡착하여 영양 불균형 상태가 되었고 소금을 너무 많이 먹어서 신장이 망가질 수도 있다는 말을 듣고 아들과 며느리는 창백해진 채 말을 잇지 못했다. 응급실에서 윤 씨의 병상 곁을 아들이 지켰고 며느리는 아이들을 학교에 보내기 위해서 집에 돌아갔다. 윤 씨는 깨어나서 계속 숯과 소금을 찾았고 아들은 치료부터 받으시라고 윤 씨를 달랬으며 윤 씨는 숯과 소금과 '아베르토리안 씨어리' 책을 사는 데 얼마 안 되는 저금을 모두 써버려 병원비를 낼 돈이 없다는 사실을 아들에게 차마 말하지 못했다.

밤이 되자 윤 씨는 아들에게 회사를 며칠이나 계속 쉴 수는 없을 테니 그만 가라고 우겼고 아들은 회사에 얘기해 두었으니 윤 씨가 응급실에서 입원실로 옮겨지는 모습을 보고 나서 출근하겠다고 앉아있었으며 사실 윤 씨가 보호자 없이 혼자서 입원 수속을 할 수 있는 상태가 아니었기 때문에 윤 씨는 아들이 시키는 대로 해야 했고 그래서 오후 늦게야 윤 씨는 입원실로 옮겨졌고 아들은 집에 돌아갔다. 병실에 누워서 윤 씨는 집에 두고 온 숯과 소금에 대해서 계속 생각했고 그러다가 한 씨에게 전화를 걸었다. 아파트 현관 비밀번호와 집 비밀번호를 알려주고 윤 씨는 한 씨에게 숯과 소금을 가져다 달라고 부탁했고 한 씨는 밤늦게 병원에 찾아왔다. 입원실은 간병인을 제외하면 전면 면회 금지였으므로 윤 씨가 아픈 몸을 이끌고 병원 로비까지 내려가서 한 씨에게 숯과 소금을 받아 왔다.

다음 날 오전 회진을 돌러 온 의사가 윤 씨의 침대 옆 탁자 위에 있는 숯 병과 소금 통을 보고 병원에 계시는 동안은 병원식과 약 외에는 드시면 안 된다고 정중하게 경고했고 윤 씨는 병실 냄새 없애려고 갖다 둔 거라고 둘러댔다. 그다음 날 새벽에 간호사가 혈압과 혈당을 측정하러 왔다가 윤 씨가 떠오르는 아침 해를 향해 컵을 들고 창가에 서있는 모습을 보고 윤 씨를 불렀는데 돌아선 윤 씨의 입술이 거무죽죽했기 때문에 질겁한 간호사가 의사를 불렀고 분개한 의사가 외쳤다.

"제가 이런 거 드시지 마시라고 말씀드렸잖아요!"

그리하여 의사가 보는 앞에서 윤 씨는 간호사에게 소중한 숯과 소금을 빼앗겨야 했다. 분노한 의사는 윤 씨의 보호자로 등록된 아들에게 전화했고 아들이 윤 씨가 혼자 사는 아파트에 갔을 때는 이미 한 씨가 윤 씨의 가난한 살림 중에서 텔레비전과 냉장고와 에어컨 등 그나마 돈 될 만한 세간살이를 모두 훔쳐서 달아난 뒤였다. 집에는 윤 씨가 구입한 사이비 종교의 책과 수십 개의 숯 병과 소금 통만 나뒹굴고 있었고, 이웃은 한 씨가 텔레비전과 냉장고와 에어컨을 차례차례 카트에 담아가지고 나가는 모습을 보긴 봤는데 윤 씨가 며칠 보이지 않았기 때문에 이사를 가는 모양이라고 생각했다고 말했다.

머리끝까지 화가 난 윤 씨의 아들이 윤 씨를 다그쳐 자초지종을 알아내어 경찰에 달려가 한 씨를 절도죄로 고소하고 '개벽교'를 사기죄로 고발했고 그리하여 상가 건물 3층에 경찰이 달려갔을 때는 이미 사무실에 유리 탁자도 하얀 칠판도 아무것도 남아있지 않았고 바닥에는 빈 골판지 상자만 나뒹굴고 있었다. 경찰이 골판지 상자에 찍혀있는 회사의 이름과 주소, 전화번호를 추적하여 문제의 숯과 소금을 만든 회사가 어느 한의원과 관련이 있다는 사실을 알아냈는데 그 한의원은 알고 보니 무허가, 비인가 자격증 과정을 운영하면서 환자들에게 약을 먹거나 치료를 받지 못하게 하고 자신들이 제조한 문제의 그 숯과 소금이 만병통치약인 듯 선전해서 비싼 값에 팔고 있었기 때문에 이미 대한한의사협회에서도 문제를 인지하고 한의사를 자칭하는 사기꾼을 협회에서 제명하는 절차에 들어갔으며 법적 대응도 검토하고 있다고 신문에 크게 보도되었다.

윤 씨는 장기입원을 하게 되었으며 퇴원한 뒤의 거취에 대해서 아들은 이렇게까지 되었으니 아버지가 또 사고 치기 전에 같이 살아야겠다는 의견을 내놓았고 며느리는 애 둘 키우고 맞벌이하면서 때맞춰 제사를 지내거나 아버지가 애들한테 소금과 숯을 먹이지 못하게 감시하는 일까지 떠맡을 수는 없다고 반박하여 부부 사이에 분란이 일어났다. 그 사이에 한 씨가 체포되어 재판을 받게 되었으나, 윤 씨는 한 씨라면 꼴도 보기 싫어서 한 씨가 뻔뻔스럽게도 윤 씨에게 전화를 걸어서 자기에게 유리한 증언을 해달라고 부탁했을 때 말없이 전화를 끊어버리고 재판에 가지 않았다.

개벽의 사전적 의미는 '세상이 어지럽게 뒤집힘'이다. 그러므로 전부 합쳐서 1년도 채 안 되는 기간 동안 윤 씨가 일자리도 저금도 건강도 아들 부부와의 부드럽던 관계도 모두 잃고 도둑맞아 텅 빈 집 안에 숯과 소금과 함께 남게 된 사건도 그에게 있어 개벽이라면 개벽이었다.

작
은 종
말

✿ 2022년 앤솔러지 《책에서 나오다 : SF 작가의 고전 SF 오마주》(구픽) 수록

동생이 기계가 되겠다고 했을 때 상(翔)은 반대했다. 외국 억만장자들이 재미 삼아 외계 행성에 무인 혹은 유인 우주선을 보내는 일이 유행이 되고 다른 은하계에서 지적 생명체가 발견되었느니 마느니 하는 뉴스가 매일같이 뜨던 무렵이었다. 그 억만장자들이 소유하여 억만장자를 더욱 억만장자로 만들어주는 과학기술 회사들은 일제히 전 우주적 공존을 준비하며 트랜스휴먼의 시대를 맞이하라고 광고를 해댔다. 광고에서는 성우의 낮은 목소리가 "최소한의 침습적 시술로 당신의 능력을 최대한 발휘할 수 있습니다" 하고 유혹적으로 속삭였고 유선형의 은빛 갑옷 같은 걸 온몸에 두른 날씬하고 매끈한 여자들이 비싸 보이는 개인 통신기기를 손에 들고 찬란한 햇빛이 쏟아지는 통유리 앞에서 왔다 갔다 하는 장면이 이어졌다. 그리고 찬란한 햇빛이 비추던 화면이 별이 가득한 밤하늘로 바뀌고 "인간을 넘어, 우주로"라는 장중한 목소리가 광고의 끝을 맺었다.

이런 광고는 멋져 보였으나 구체적인 정보를 아무것도 알려주지 않았다. 동생이 조사한 바에 따르면 통신 장치나 카메라 혹은 다른 감각 증폭기를 몸에 부착하거나 연결하는 수준부터 아예 몸을 전부 기계로 바꾸는 100퍼센트 트랜지션까지 완전히 본인 의향대로 선택이 가능하다고 했다. 수술부터 회복까지 필요한 돈은 전부 과학기술 회사가 내고 몸에 부착하는 장치나 기기 가격만 본인이 부담하면 된다는 것이었다. 물론 초기 전환 시술 이후 업그레이드나 교체 등은 선택 사항이므로 본인이 해결해야 했으나 이쪽은 실비보험으로 커버가 가능하다고도 했다.

그때 동생은 아이를 낳은 지 얼마 되지 않았다. 애초에 동생이 혼자서 아이를 가지겠다고 했을 때도 상은 반대했었다. 반드시 결혼을 해야 한다는 얘기가 아니라 혼자서 아이를 낳아 키우는 건 아주 힘든 일이라 생각했기 때문이었다. 지금도 요일마다 일하는 곳과 일하는 시간이 다르고 집에서 일하다가도 주문이 오면 바로 나가야 하는데, 그러면 아이는 누가 돌봐줄 것이며, 아이 봐줄 사람을 구한다고 하더라도 요즘 사람들 다 그렇게 여기저기 뛰어다니면서 사는데 서로 시간을 어떻게 맞추냐는 말이다. 게다가 어느 플랫폼에서 무슨 일을 하든 결국은 새벽이나 휴일 근무로 추가 수당을 벌지 못하면 기본급만으로는 월세에 광열비에 통신 요금 내기도 빠듯한 데 아이 기저귓값, 분윳값에 장난감이라도 하나 사주려면 그 돈은 어디서 나오냐고 상은 걱정했다. 임신 기간과 출산 전후도 문제였다. 시간제로 일하는데 유급 모성휴가 따위는 꿈도 꿀 수 없으니 출산을 하게 되면 지금 소속된 플랫폼들에서 일하는 시간을 줄여야 했다. 그러나 몸이 회복되었다고 일하는 시간을 다시 늘릴 수 있다는 보장은 없으니 결국 언젠가는 아이를 안고 다른 일자리를 더 찾아다녀야 한다. 그 모든 문제를 혼자서 어떻게 해결하겠다는 건지 상은 아무래도 동생이 너무 무모해 보였다.

"애 낳을 일도 없는데 언니가 어떻게 알아?"

동생은 상에게 이 결정적인 한마디를 던졌다. 그리고 상이 당황하고 분노하는 사이에 정자은행과 체외수정 클리닉을 찾아내더니 혼자서 척척 임신을 해버렸다. 동생이 초음파 영상을 보여주면서 기뻐하는 모습을 보니 상은 여전히 걱정이 안 되는 건 아니었지만 그래도 조금은 마음 한구석이 따뜻해졌다. 무엇보다도 아이가 저렇게 알아서 잘 크고 있으니까, 나머지는 뭐 어떻게든 될 거라고 상은 애써 낙관적으로 생각했다. 나라에서 돈도 나오고 여러 가지 지원도 신청할 수 있다면서 동생은 클리닉에서 받은 자료와 행정 센터에서 받은 자료를 화면 가득 펼쳐 놓고 상이 어지러울 정도로 빠르게 손가락을 움직이며 안내서와 신청서를 휙휙 넘겨 보여주었다. 하루 이틀도 아니고 아홉 달 열 달이니까, 아이가 태어나기 전에 동생도 저렇게 여러 가지를 알아보고 있으니까, 어떻게든 현실적인 육아 계획을 세울 수 있을 거라고, 나는 이 모일 뿐이고 당사자는 동생이니까 동생도 자기 나름대로 생각이 있을 거라고 상은 자기 자신을 안심시켰다. 그리고 실제로 동생은 자기 나름대로 생각이 있었고 자기 나름대로 알아보고 있었다. 트랜스휴먼이 되는 방법과 출산 여부가 전환에 미치는 영향에 대해서 말이다. 상이 반대하자 이번에도 동생은 말했다.

"언니는 했잖아? 왜 나는 하면 안 돼?"

"미쳤어?"

상은 이번에는 물러서지 않고 화를 냈다.

"그 트랜지션하고 이 트랜지션하고 같아?"

"뭐가 다른데? 내 몸이니까 내 선택이잖아?"

동생이 지지 않고 목소리를 높였다. 내 몸과 내 선택이라는 표현은 그런 뜻이 아니라고 상이 반박하기 전에 동생이 우르르 쏟아놓았다.

"돈은 어떻게 벌고 애는 어떻게 키울 거냐고 야단친 건 언니잖아? 난 돈 더 벌고 애 잘 키우려고 이러는 거란 말이야.
로봇이 되면 일단 잠을 덜 자도 되니까 애도 더 잘 볼 수 있
고, 손목이나 허리가 아프면 교체하면 되니까 아이도 더 많이
안아줄 수 있고, 지치지 않으니까 더 많이 놀아주고 일도 더
많이 할 수 있어. 병에 걸릴 걱정도 덜 하고 다쳐도 더 빨리
고칠 수 있고, 내 회로가 네트워크하고 연결돼 있으니까 집
을 내가 원하는 방식으로 설정하고 통제할 수 있고 여러 가
지 정보도 핸드폰 들여다보는 것보다 훨씬 더 빨리 알 수 있
단 말이야. 혼자서 애 키우는 데는 이게 최고라고. 언니는 왜
알지도 못하면서 무조건 화부터 내?"

"애 잘 키우려고 기계가 된다는 게 말이 돼? 애가 기계 엄
마한테서 뭘 배우겠어? 그러게 애초에 내가 혼자서 애 낳아
키우는 거 쉬운 일 아니라고 했잖아?"

"그럼 낳은 애를 도로 배 속에 집어넣을 수도 없고 이제 와
서 어떡하라는 거야?"

동생이 소리를 빽 질렀다. 동생의 목소리 뒤에서 아기가
우는 소리가 들렸다.

"끊어. 언니 때문에 애 깼다."

그리고 아기가 깬 게 왜 내 탓이냐고 상이 반박하기 전에
동생은 전화를 끊어버렸다. 그것이 동생과 나누었던 마지막

105
작은 종말

대화였다. 세류(世瀏)는 도시의 남쪽에 살았고 임신했을 때부터 도시를 벗어나 아이와 함께 더욱 남쪽으로 이동할 궁리를 하고 있었다. 상은 도시의 북쪽에서 거주하며 도시 전체를 돌며 일했다. 도시의 남쪽 끝과 북쪽 끝이 아주 못 만날 정도로 먼 거리는 아니었지만 상과 세류는 평소에도 살갑거나 다정한 자매라고는 할 수 없었다. 동생이 기계가 되겠다고 선언한 이후로 상은 다시 생각해 보라는 메시지를 남긴 뒤 아예 동생에게 오는 전화를 받지 않았다. 그리고 오늘, 동생은 의미를 알 수 없는 음성 메시지를 남겼다.

─우리는 성단연방연합 소속 2급 사절단 지구 파견대이다. 우리의 정체를 물었으므로 답변한다. 이 이상의 정보는 줄 수 없다.

놀란 상이 문자 메시지를 보내자 즉시 읽은 표시가 떴으나 동생은 답을 하지 않았다. 동생에게 전화했으나 동생은 받지 않았다. 정확히 말하자면 받지 않는 게 아니라 신호가 가는 도중에 전화가 끊어졌다. 다시 걸었다. 또 끊어졌다.

상은 점점 더 불안해졌고 점점 더 당혹했다. 그리고 이럴 때 동생의 안부를 묻거나 도움을 청할 가족도 지인도 공통의 친구도 없다는 사실을 갑자기 새삼 뼈저리게 깨달았다. 상은 망설이다 경찰에 전화했다.

신호가 가는 도중에 전화가 또 끊어졌다. 다시 한번 전화했으나 마찬가지였다.

상은 경찰 앱을 켰다. '신고'와 '상담' 중에서 망설이다가 '상담' 메뉴를 선택했다. 챗봇에게 동생과 연락이 되지 않고 조카가 걱정된다고 알렸다. 화면에서 챗봇 아이콘이 깜빡거렸다. 상은 기다렸다.

챗봇이 대답했다.

－우리는 성단연방연합 소속 2급 사절단 지구 파견대이다. 우리의 정체를 물었으므로 답변한다. 이 이상의 정보는 줄 수 없다.

상은 화면을 가만히 들여다보았다.

핸드폰을 끄고 싶었다. 핸드폰을 밟고 싶었다. 창밖으로 내던지고 싶었다. 핸드폰이 무서웠다.

상은 가볍게 심호흡을 했다. 어쨌든 앱이 켜지고 문자 메시지도 보내지고 반대편에서 아무도 받지 않지만 전화도 걸 수 있다. 핸드폰을 망가뜨릴 수는 없었다. 언제 어떻게 필요할지 알 수 없다. 상은 다시 한번 심호흡을 했다. 핸드폰을 일단 끄기로 했다. 화면이 까맣게 어두워지자 다급하게 무섭던 마음이 조금은 가라앉았다. 핸드폰을 주머니에 넣고 외투를 걸쳐 입고 상은 건물 복도로 나왔다. 27분 뒤에 다시 다음 일터의 근무가 시작된다. 지금은 일에 대해 생각할 수가 없었다. 엘리베이터 앞에 서서 버튼을 눌렀다.

–8층. 하강. 136초 뒤 엘리베이터가 도착합니다.

엘리베이터가 말했다.

상은 흠칫 놀랐다. 엘리베이터를 쳐다보았다.

버튼을 다시 한번 눌렀다. 엘리베이터가 말했다.

–취소.

상은 돌아서서 계단실로 향했다. 저층은 고층에 가려져 언제나 어둑어둑하고 창문을 닫아도 밖의 소음과 냄새가 스며들었다. 그래도 월세와 관리비가 그만큼 싸서 저층에서 살고 있었는데, 엘리베이터에 의존하지 않아도 건물 밖으로 나갈 수 있다는 게 다행이라고 상은 처음으로 생각했다. 지하 보관실로 내려가는 통로 앞에서 상은 다시 한번 발걸음을 멈추고 생각했다. 일에 늦더라도 왠지 오늘은 자동보드를 타고 싶지 않았다. 상은 걸어서 밖으로 나갔다.

거리는 평소와 똑같이 시끄럽고 번잡했다. 여러 이동장치들이 뒤얽혀 돌아다녔고 교통신호가 바쁘게 이동장치들에게 방향을 지시하고 있었다. 그 한가운데에서 유독 시끄럽게 경적과 고함 소리가 들려오는 곳이 있었다. 평소였다면 상은 이런 소란을 일부러 피했을 것이다. 상은 그곳으로 발걸음을 옮겼다. 자신이 혼자 미친 것인지 정말로 세상이 뭔가 잘못된 것인지 확인할 수 있다면 확인해야 했다.

도로 한가운데 자율주행차 한 대가 멈춰있었다. 멈추어 선 차 안에서 나이 든 여성이 필사적으로 창문을 두드리고 있는 모습이 눈에 들어왔다. 창문이 끝까지 닫혀있어서 소리가 들리지 않았다. 나이 든 여성은 상과 눈이 마주치자 더 결사적으로 창을 두드리며 입을 크게 움직였다. 말소리는 들리지 않았다. 다른 이동장치들이 급정거를 하거나 속도를 늦추어 멈추어 선 차 양옆으로 피해서 지나갔다. 경로를 변경하려는 이동장치들이 서로 뒤얽히고 이동장치에 탄 사람들이 차에 대고 고함을 질렀다.

상은 나이 든 여성을 향해 손짓으로 차 문 안쪽의 잠금쇠를 눌러서 열라고 알려주었다. 나이 든 여성이 겁먹은 얼굴로 고개를 저었다.

상은 주위를 둘러보았다. 도로에는 교통량이 많았지만 멈추어 선 자율주행차 주위만은 이동장치들이 느리게 지나가고 있었다. 이동장치들이 뒤얽혀서 아주 잠깐 교통이 멈춘 순간 상은 재빨리 뛰어서 차에 다가갔다. 멈춰 선 차에 대고 고함치던 사람들이 옆으로 돌아가며 상에게도 사납게 소리를 질렀다.

상은 다른 이동장치들을 피해 차에 거의 달라붙다시피 했다. 닫힌 창문에 얼굴을 바짝 대고 안을 들여다보았다. 상이 보는 앞에서 나이 든 여성이 몇 번이나 차 문의 잠금쇠를 눌러 보였다. 붉은 표시는 사라지지 않았고 문손잡이도 튀어나오지 않았다. 상은 손짓하고 차 뒤쪽으로 돌아 반대쪽 문으로 갔다. 나이 든 여성도 상을 따라 차 안에서 반대쪽 좌석으로 움직였다. 반대쪽 문도 마찬가지였다. 창문으로 들여다보니 운전석 계기반은 불이 전부 꺼져있었다. 시동이 꺼진 채로 차가 먹통이 되어버린 게 분명했다.

나이 든 여성은 이제 거의 울 것 같은 표정을 짓고 있었다. 손에 든 핸드폰을 상에게 흔들어 보였다. 핸드폰 화면은 켜져있어서 밝았다. 메시지가 떠있었다. 나이 든 여성이 핸드폰 화면을 가리키면서 뭔가 빠르게 말했으나 여전히 들리지 않았다. 상은 2급 사절단과 행성연합을 자칭한 메시지를 생각했다. 고개를 끄덕였다.

자율주행차에는 시동이 꺼지고 문이 열리지 않을 경우를 대비해 문을 여는 비상 개폐 장치가 있다. 전면 자동화된 차량이라는 물건이 처음 거리를 달리던 야만의 시대에 차량 파손으로 인해 문이 고장 나면 차 문을 수동으로 열 방법이 없어서 안에 있던 승객이 꼼짝없이 타 죽거나 유독가스에 질식

해 죽는 사고가 잇따랐다. 그렇게 수없이 많은 사람이 구조대가 보는 앞에서 목숨을 잃고 자동차 제조사들이 수십 번이나 소송이 걸린 끝에 마침내 의무 장착된 비상 구조 장치였다. 차종에 따라서 위치가 다른데 보통 문 아래쪽에 있지만 문 위에 있는 경우도 있다. 자율주행 택시 콜센터에서 일주일에 두 번, 하루에 네 시간씩 일하면서 얻은 지식이었다. 콜센터 업무는 재택근무도 가능하고 시간도 자유롭고 자율주행차에 대해 여러 가지 배울 수도 있어서, 진상 고객도 꽤 많았지만 어쨌든 처음에 상은 만족했다. 진상들은 어디에나 있고, 콜센터 업무는 고객과 만나지 않아도 되니까 진상을 직접 대해야 하는 일보다는 백배 나았고, 상은 평생 그런 사람들을 대해 왔으니 익숙하다고 생각했다. 그런데 한 달쯤 되었을 때부터 일을 마치고 나면 머리가 아팠다. 진통제를 먹으며 두세 달쯤 두통을 달랬는데 총알 파편이 박혔던 곳이 아프기 시작했다. 시간이 갈수록 통증이 심해지고 진통제를 먹어도 듣지 않아서 콜센터에서 전화 상담 일을 한 날은 다른 일을 아무것도 하지 못하고 누워있어야 했다. 그래서 상은 콜센터 일을 그만 두었다. 부상당했던 자리가 계속 아팠고 산재 보상금도 퇴직금도 받지 못했다. 계약 기간을 마치기 전에 그만두었으니 손해배상금을 내놓으라고 주장하는 회사와 그 뒤로 반년 넘게 싸워야 했다.

상은 차 문을 바라보았다. 차 문이 차체와 결합된 자리는 매끈했다. 차는 거대하고 빨갛고 매끈하고 반질반질한, 아주 예쁜 금속 덩어리처럼 보였다. 표면에는 문손잡이는 물론이고 위아래로도 양옆으로도 튀어나온 곳이 하나도 없어 보였다. 상은 쪼그리고 앉아서 차체 아래에 손을 넣었다. 차체 아래쪽도 마찬가지로 매끈했다. 상은 주위를 둘러보았다. 이동장치들이 멈춰 선 차량 옆으로 계속 지나다녔다. 상은 이를 악물고 땅에 재빨리 엎드렸다. 차체 아래로 몸을 밀어 넣으면서 등을 대고 도로에 누웠다. 차대 아래쪽으로 팔을 깊숙이 집어넣었다. 한동안 팔을 휘젓다가 차대가 배터리팩과 연결되는 곳 옆에 커다랗게 튀어나온 버튼이 난데없이 손에 닿았다. 상은 손바닥을 위로 올려 버튼을 힘껏 때렸다. 차 문이 열리고 나이 든 여성이 전속력으로 뛰어나왔다. 상은 겁에 질린 여성에게 그대로 밟힐 뻔했다.

"이게 무슨 일이에요?"

옆으로 계속 지나가는 이동장치들을 피해 간신히 일어나는 상에게 나이 든 여성이 울부짖었다.

"대체 어떻게 된 거예요? 차가 먹통이 되더니…… 전화도 안 터지고…… 긴급 통화 장치에선 이상한 소리만 나오고…….”

여성이 흐느껴 우느라 숨을 몰아쉬면서 띄엄띄엄 말했다. 상은 자신도 모른다고 말하려 했으나 대답하기 전에 사이렌 소리가 들려왔다. 경찰이 드디어 오고 있었다. 주위를 돌아가던 이동장치들이 다른 차로로 흩어지며 경찰차에 길을 열어 주었다. 나이 든 여성은 핸드폰이 작동하지 않는다고 했으니 옆에 지나가던 이동장치에 탄 사람들 중 누군가 신고한 모양이었다.

―교통 통제. 교통 통제.

경찰차가 말했다. 경찰차 안에는 아무도 없었다. 사람이 죽지도 다치지도 않았으니 차만 혼자 출동한 모양이었다. 경찰차가 말했다.

―사고 유형을 말씀하십시오.

"몰라요! 차가 안 가요! 먹통이 됐다고요!"

나이 든 여성이 경찰차를 향해 소리 질렀다. 경찰차가 다시 말했다.

―차량 고장. 신분 확인하겠습니다. 카메라를 향해 주십시오.

나이 든 여성이 여전히 조금씩 흐느끼면서 양손으로 얼굴을 문질러 닦으며 몸을 바로 세워 경찰차 위로 튀어나온 카메라를 바라보았다.

―우리는 성단연방연합 소속 2급 사절단 지구 파견대이다.

경찰차가 말했다. 상은 등줄기가 뻣뻣하게 굳어지는 것을 느꼈다.

─우리의 정체를 물었으므로 답변한다.

"저게 무슨 말이에요?"

나이 든 여성이 상을 돌아보았다.

"아까 차에서도……."

상은 끝까지 듣지 않았다. 여성의 손을 잡아끌었다. 움직이는 이동장치들 사이로 뛰어들었다. 경적이 울리고 나이 든 여성이 비명을 질렀다. 상은 더욱 세게 여성을 잡아끌며 뛰었다.

도로를 가로질러 보도로 뛰어올라 건물 사이 골목으로 접어든 상과 여성의 뒷모습을 경찰차는 솟아오른 카메라 렌즈로 가만히 지켜보고 있었다.

"아들한테 가는 길이었어요."

상과 함께 골목 뒤로 돌아 들어와서 가쁜 숨을 고른 뒤에 나이 든 여성이 여전히 헐떡이며 말했다. 어쩌면 아직도 조금씩 흐느끼는 것 같았다.

"얼마 전에 그 트랜스, 트랜지스, 그걸 했는데, 부작용인지 뭔지 몸이 안 좋다고 그래서……."

여성은 말하면서 상에게 잡혔던 손으로 눈과 볼을 문질렀다. 눈과 볼에 거무죽죽하게 먼지와 때가 묻었다. 상은 자신의 손을 들여다보았다. 아까 멈추어 선 차 밑에 들어가느라고 도로를 짚고 차대 아래쪽으로 휘저어서 양손 모두 새까맣게 더러워져 있었다. 손을 털어보아도 도로의 먼지와 기름과 습기와 흙이 전부 뒤엉킨 검은 반죽은 쉽게 떨어지지 않았다. 손바닥이 이 모양이니 등과 뒤통수는 완전히 엉망일 것이라고 상은 생각했다.

"트랜지션이요?"

상이 손을 내려다보며 중얼거렸다. 나이 든 여성이 손으로 얼굴을 더욱 세차게 문지르며 고개를 끄덕였다.

"맞아요, 그거……. 기계를 몸에 이어 붙인다고……."

상은 고개를 들었다. 물론 상이 가장 먼저 생각했던 트랜지션이 아니었다. 나이 든 여성이 말했다.

"우리 때는 사이보그라고 했는데 요즘은 뭐가 너무 빨리 자꾸 바뀌어서……. 회사에서 지원해 준다고, 거의 공짜로 한다고 했어요……. 병도 안 걸리고 일도 잘할 수 있고 힘도 더 세진다고, 좋은 거라고……. 그런데 수술하고 났더니 팔다리가 제대로 안 움직인대요……. 어떤 때는 잘 돌아가다가 어떤 때는 갑자기 멈춘다고……. 어머, 이게 뭐야……."

나이 든 여성은 상에게 잡혔던 손이 더러워진 것을 이제야 알아챈 모양이었다. 얼굴에서 손을 내리고 손바닥을 들여다 보았다.

"그게 언제였어요?"

상이 물었다.

"뭐가요? 어제저녁에 전화했어요. 그런데 오늘 아침에 전화하려고 했더니 안 받고, 문자를 보냈더니 자꾸 이상한 소리만 해서⋯⋯."

나이 든 여성이 하소연했다. 상이 다시 물었다.

"아드님이 수술하신 게 언제예요?"

"한 달쯤 됐어요. 본사가 다 지원해 준다고, 원청이 뭘 지원을 해준단 얘기는 생전 처음 들었거든요, 팀장도 인사과장도 다들 권장하고, 일을 더 잘할 수 있다고, 어쩌면 본사 정규직이 될 수도 있을 거라고, 그래서 내가 그랬어요, 그 팀장이랑 인사과장은 그거 했냐고, 자기들은 수술 다 하고서 하는 말이냐고, 계약서에 그렇게 써서 주더냐고, 그 트레인, 트랜지서, 하여간 그 사이보그 되는 거 회사에서 다 공짜로 해주고 본사 정규직 꼭 시켜준다고 서면으로 작성해서 도장 찍어서 너한테 줬냐고, 그런 거 잘 알아봐야지 괜히 잘못하면 큰일 난다고 내가 그렇게 말했는데⋯⋯."

나이 든 여성의 넋두리를 들으면서 상은 생각했다. 동생한테 가야 한다. 이젠 다른 건 상관없다. 동생에게 가야만 했다. 동생과 아기가 무사한지 자기 눈으로 보아야만 했다.

동생이 기계가 되었을지도 모른다는, 이제 더 이상 내가 알던 동생이 아닐지도 모른다는 생각까지는 하고 싶지 않았다. 상은 동생에게 가는 길을 계획하는 데에만 온 신경을 쏟기로 했다.

"언니는 되는데 나는 왜 안 돼?"

"언니가 하니까 나도."

상은 이런 말을 싫어했다. 감시 카메라가 고장 난 뒷골목을 선택하거나 카메라 시야에서 벗어난 모퉁이를 돌고 벽에 붙어 걸어가면서 상은 자신의 변화와 동생의 변화가 같은지 다른지 고민했다. 상은 여러 가지 일을 많이 해봤고 지금도 많이 하고 있었고 그중에서도 배달 일을 가장 오래 했다. 이 도시에서 감시 카메라를 피해 있는 힘껏 질주할 수 있는 구간을 거의 전부 알고 있었다. 경찰차의 카메라가 솟아올라 자신을 바라보며 그 불길하고 의미를 알 수 없는 문장을 되풀이하던 장면을 상은 다시는 경험하고 싶지 않았다.

"우리 지금 어디로 가는 거예요?"

나이 든 여성이 물었다. 상은 뒤를 돌아보았다.

"저는 동생한테 가야 돼요."

상이 말했다.

"선생님은 아드님 댁으로 가세요."

"같이 가주면 안 돼요?"

나이 든 여성이 겁에 질린 표정을 지었다. 그리고 아까 하던 질문을 다시 하기 시작했다.

"대체 이게 다 무슨 일이에요? 왜 내 차만 멈춘 거예요? 성단연합은 또 뭐예요?"

"저도 몰라요."

상은 사실대로 대답했다.

"그렇지만 제 동생도 최근에 기계로 몸을 바꿨어요. 그거하고 상관이 있을 거예요."

나이 든 여성의 얼굴이 좀 더 굳어졌다. 상은 자신의 상황을 간단히 설명했다. 경찰 앱 챗봇에게 상담하려 했을 때 일어난 일을 말하자 나이 든 여성은 여전히 심각했지만 표정이 왠지 차분해졌다.

"그럼 시스템이 이미 장악당한 거예요. 내가 그런 민원 대응 시스템 설계하는 일을 하거든요."

나이 든 여성이 진지하게 생각에 잠겨 말했다.

"아까 내 차 옆으로 지나가던 사람이 신고했을 때는 멀쩡하게 경찰차가 왔잖아요? 어떤 번호는 놔두고 다른 특정 번호나 회선에 대해서 그렇게 반응한다는 얘기예요. 접속하는 사람에 따라서 어떤 기준을 두고 구분한다는 거죠.”

“누가요? 누가 구분을 해요? 누가 장악해요? 왜 이런 짓을 해요?”

상이 마구 물었다. 나이 든 여성이 고개를 저었다.

“그거야 나도 모르죠. 그렇지만 성단연합 어쩌고 하는 걸 보니까 어린애들이 장난치는 것 같아요.”

그리고 나이 든 여성은 스스로 안심시키려는 듯 살짝 웃었다.

두 사람은 함께 남쪽으로 향했다. 골목이 갈라져 한쪽으로는 또 다른 골목이 이어지고 다른 한쪽으로는 큰길이 보이는 곳에 왔을 때 나이 든 시스템 설계사는 상에게 작별을 고했다.

“어린애들이 장난쳐서 일어난 일이에요.”

시스템 설계사는 걸어가면서 몇 번이나 이렇게 확언했다.

“그렇지만 기계로 트랜지션한 사람들의 비상 연락처 같은 개인정보를 빼냈으면 그건 범죄예요. 회사로 돌아가서 확인하고 규정에 따라 신고해야 해요.”

“아드님은 어떻게 하시려고요?”

상이 걱정했다. 시스템 설계사가 대답했다.

"이 상황을 해결하면 아들한테 전화가 통할 거예요. 지금 차도 전화도 없으니까 당장 아들한테 가는 건 무리예요. 회사로 돌아가서 해결을 해야겠어요."

차분하고 명확하게 말하는 시스템 설계사는 열리지 않는 차 안에서 울고 있을 때와는 완전히 다른 사람 같았다. 상은 전문가의 설명에 수긍했다. 그래도 감시 카메라를 피하는 것이 좋겠다고 부드럽게 경고하려 했으나 시스템 설계사는 상에게 감사와 작별의 인사를 말하고 큰길 쪽으로 서둘러 나아갔다.

시스템 설계사가 큰길에 나타나자 하얗고 매끈한 자동차가 조용히 달려와 시스템 설계사를 들이받았다. 시스템 설계사는 소리도 한번 지르지 못하고 가로등과 차 사이에 끼었다. 그 상태로 시스템 설계사는 잠시 몸을 떨다가 자율주행차 위로 힘없이 상체를 숙였고 하얗고 매끈한 보닛 위로 피가 번져 땅으로 흘러내렸다. 상은 시스템 설계사를 들이받은 후 하얗고 반들반들한 덩어리가 되어 움직이지 않고 멈추어 선 자율주행차 안에서 승객들이 개폐 장치를 마구 누르고 차창을 두들기고 온몸으로 차 문에 부딪치며 날뛰는 것을 보았다. 세 사람의 얼굴은 공포에 질려 있었다. 도로를 지나던 이동장치들이 사고 현장 주변에 멈추어 섰다. 사람들이 모여들어 목을 길게 빼고 사고 현장을 구경하거나 전자기기를 꺼내어 높이 들고 촬영을 시작했다. 곧 사이렌 소리가 들렸다. 상은 재빨리 골목 안쪽으로 도망쳤다. 뛰어가면서 핸드폰을 버렸다. 동생에게 들렀다가 일하러 가겠다는 생각은 더 이상 할 수 없었다. 다시 일하러 갈 수 있을지도 사실 알 수 없었다. 그런 생각을 하며 상은 더 이상 숨을 쉴 수 없을 때까지 뛰고 또 뛰었다.

"너를 이해할 수 없다."

아버지는 종종 이렇게 말했다. 아버지로서는 드문 감정 표현이었고 그 나름대로 의사소통을 하려는 시도라는 걸 이해했지만 상은 그 말을 들을 때마다 상처 입었다.

그래도 아버지는 때리지 않으니까 좋은 쪽이라고 상은 어린 시절 내내 믿었다. 어머니는 부드럽고 다정하고 애정이 넘치다가 갑자기 냉랭해지고 폭언을 퍼붓고 그러다 흥분을 이기지 못하면 손에 잡히는 대로 아무 물건이나 집어 들고 때렸다. 상냥한 어머니에서 미치광이로 변화하는 순간이 언제 어째서 찾아오는지 상은 글자 그대로 평생 연구했고 부모를 떠난 후에도 가끔 고민했으나 결코 알 수 없었다. 그리고 어머니가 그렇게 광란할 때마다 모른척하고 말없이 방으로 들어가 문을 닫아버리던 아버지가 결코 좋은 사람은 아니라는 사실을 상은 훨씬 나중에야 깨달았다. 상은 대부분의 어린이들이 그러하듯이 어머니가 화를 내는 이유가 자신 때문이라고 생각했다. 자신이 '정상'이 아니며 그 때문에 부모가 스트레스를 받고 있으므로 가끔은 참지 못하고 폭발하더라도 자기 탓이니 이해해야 한다고 상은 어린 시절 내내 스스로 타일렀다. 상은 정체성을 일찍 깨달았고 학교에서 선배와 교사들의 도움으로 필요한 정보를 얻고 단체에 가입했으며 자신의 삶과 생각을 숨기려 하지 않는다는 이유로 괴롭힘을 당했다. 부모가 계속 학교에 드나들어야 했고 교육위원회에도 불려 간 적이 있었고 여러 가지를 신경 써야만 했다. 괴롭히는 아이들로부터, 혐오와 차별로부터 상은 보호받을 권리가 있다. 선생님들은 그렇게 말했다. 집에 돌아와 문을 닫고 어머니가 소리 지르며 때리기 시작하면 아무도 상을 보호해 주지 않았다. 콜센터에서 일할 때 핸드폰 너머에서 고객이 소리 지르거나 욕하는 소리를 들으며 상은 꼭 우리 엄마 같다고 자기도 모르게 생각했다. 타인에게 분풀이를 하고 싶어 하고 타인을 괴롭히면서 삶의 즐거움과 만족감을 찾는 사람들을 보면 상은 꼭 우리 엄마 같다고 생각했다. 낳아준 부모를 떠났는데 콜센터의 모르는 사람들을 버리지 못할 이유는 없었다.

상은 쓰러지듯 멈추었다. 숨이 찼다. 오래전 부상당했던 부위가 몸 안에서 잡아당기는 것처럼 거세게 욱신거렸다. 상은 몸을 반으로 접다시피 하여 허리를 깊숙이 숙이고 양손으로 흉터를 문지르며 숨을 몰아쉬며 통증이 가라앉기를 기다렸다.

고개를 들었을 때 상의 눈앞에 사람이 서있었다. 상은 깜짝 놀라 뒤로 한 걸음 물러섰다.

"돈 좀 있나?"

눈앞의 사람이 단단한 물체를 긁는 듯 목쉰 소리로 말했다. 산발이 된 덥수룩한 머리카락 위에 모자를 코 위까지 눌러쓰고 목부터 발끝까지 몸 전체가 계절에 맞지 않게 두껍고 때 묻은 이불 같은 옷자락에 파묻혀 있었다. 지독한 냄새가 났다. 상은 고개를 흔들었다.

"핸드폰은 있잖아? 크레딧 조금만 보내줘."

눈앞의 사람이 다시 부탁했다. 상이 간신히 목소리를 짜내어 대답했다.

"없어요."

"없어?"

눈앞의 사람이 실망했다. 상은 조금 미안해져서 설명했다.

"버렸…… 잃어, 버렸어요, 뛰다가."

"잃어버려? 같이 찾아줄까?"

눈앞의 사람이 제안했다. 상은 곧바로 대답했다.

"아뇨! 괜찮아요!"

그리고 상은 몸을 돌려 그 자리를 떠나려 했다.

"그놈들이 왔지?"

등 뒤에서 사람이 말했다. 상은 고개를 돌렸다.

"네?"

"그놈들이 왔지? 그래서 핸드폰을 버렸지?"

사람은 모자를 눌러쓴 덥수룩한 산발을 끄덕였다.

"잘했어, 아무렴. 핸드폰부터 버려야지."

상은 모자를 쓴 산발의 사람을 쳐다보았다. 일단 술 냄새
는 나지 않았다. 다른 냄새가 아무리 지독해도 술 냄새는 곧
바로 감지할 수 있게 마련이었다. 그러나 그 외에는 모자와
머리카락 때문에 얼굴이 보이지 않아서 농담인지 진담인지,
상을 떠보는 것인지 다른 수작을 부리려는 속셈인지 전혀 알
수 없었다.

"자네 핸드폰 내가 찾으면 가져도 돼?"

산발의 사람이 물었다. 상은 말없이 고개를 끄덕였다. 그
답변에 만족했는지 산발의 사람은 몸을 돌려 어디론가 걸어
가기 시작했다. 걷기 시작하자 옷자락에 파묻혀 있던 다리가
언뜻 밖으로 나왔다. 산발 사람의 한쪽 다리는 쇠막대였다.

상은 산발의 사람이 불균형하게 걸어가는 뒷모습을 바라보았다. 몸을 기계로 전환한다는 것에 대해서, 능력을 최대한 발휘하게 해준다는 트랜스휴먼에 대해서, 자신의 몸에 박혔던 총알 파편에 대해서 생각했다.

그리고 상은 다시 걷기 시작했다. 빠르게 걷다가 상은 뛰었다.

견딜 수 없이 목이 말라서 상은 멈추어 섰다. 호흡을 가다듬었다. 목이 마르다는 사실을 깨닫고 나자 어쩐지 배도 조금씩 고픈 것 같았다. 상은 자동보드를 타고 나오지 않은 것을 뒤늦게 후회했다. 자동보드 손잡이에 일하러 갈 때 필요한 물과 간단한 간식을 언제나 걸어두었다. 혼란스러운 하루였고 맨몸으로 걸어서 거리에 나온 것은 굉장히 오랜만의 일이었다. 상은 물과 음식에 대해서 완전히 잊고 있었다는 사실을 깨달았다.

주위를 둘러보았다. 핸드폰이 없어서 시간도 자신의 정확한 위치도 알 수 없었으나 눈대중으로 짐작해 보니 자기 집에서 동생의 거주지까지 절반 정도는 온 것 같았다. 지금까지 온 만큼 물을 마시지 않고 더 달릴 자신은 없었다. 당장 물을 마셔야 했다.

편의점은 어디에나 있었다. 결제가 문제였다. 핸드폰은 버렸다. 버리지 않았더라도 어차피 모바일 크레딧은 사용할 수 없었다. 시스템 설계사가 하얀 자동차에 받혀 가로등과 차 사이에 쓰러져 있던 모습과 차 안에서 공포에 질려 온몸으로 문을 열려고 부딪치던 사람들의 얼굴이 생각났다. 상은 외투 주머니를 뒤졌다. 선불 교통카드 하나쯤은 비상용으로 어딘가에 넣어두었을 것이었다. 외투에는 주머니가 아주 많았다. 평소에는 편하다고 생각했지만 마음이 급한데 어느 주머니에 뭘 넣어두었는지 기억나지 않으니 짜증이 차올랐다. 마구 더듬다가 외투 소매에 달린 작은 주머니 안에서 딱딱한 것이 잡혔다. 선불 카드였다. 충전을 정확히 얼마나 해두었는지는 물론 전혀 알 수 없었다. 그래도 평소에 일 나갈 때 준비하는 자신의 습관을 생각하면 물 한 병 정도 살 돈은 들어있을 것이라고 상은 짐작했다. 상은 선불 카드를 외투에 넣어둔 과거의 자신에게 감사하며 여전히 감시 카메라를 피해 벽에 붙어서 편의점으로 향했다.

편의점 안에서 점원이 결제기 화면을 이리저리 두드리고 있었다. 마스크 위로 당황한 큰 눈이 보였다. 상은 물병과 에너지바를 들고 계산대로 갔다. 점원이 말했다.

"죄송합니다, 지금 결제 안 돼요."

"다른 결제기 쓰시면 안 돼요?"

상이 옆에 있는 다른 결제기를 가리켰다. 점원이 세차게 고개를 저었다.

"다 안 돼요. 다 고장 났어요."

상이 돌아서서 나가려고 할 때 점원이 망설이며 상을 불렀다.

"저기, 저 도와줄 수 있어요?"

"네?"

상이 돌아보았다. 점원이 말했다.

"결제 고장 나서 사장님 전화해야 되는데 전화 미쳤어요. 우주 별에서 왔다고 공상과학 헛소리 나와요. 사장님 전화 좀 해줄 수 있어요?"

점원이 말하고 애처롭게 덧붙였다.

"Please?"

상은 점원을 잠시 쳐다보았다. 결제기의 고객용 화면을 쳐다보았다. 영어와 비슷한 문자에 위아래 점이나 선을 찍은 알 수 없는 글자들이 화면 가득 떠있었다. 고객용 화면에는 언제나 광고가 떠있었으므로 상은 점원이 언급할 때까지 그 글자들을 무심히 보면서도 아무 생각도 하지 않았다.

"이게 그 우주 별 헛소리예요?"

상이 화면을 가리키며 물었다. 점원이 고개를 끄덕였다.

"혹시 가족 중에 기계가 된 사람 있어요?"

상이 불쑥 물었다.

"뭐라고?"

점원이 이해하지 못했다. 상은 의성어와 의태어를 섞으며 할 수 있는 한 설명했다.

"트랜지션, 로봇? 피플, 아니 휴먼, 바디 속에, 머신? 지잉, 지잉?"

점원이 잠시 멍하니 상을 바라보았다. 상이 한편으로는 창피해하면서도 다른 한편으로는 대체 어떻게 더 효율적으로 의사전달을 할 수 있을지 결사적으로 궁리하고 있을 때 점원이 말했다.

"우리 언니 트랜지션했어요. 비자 빨리 나온다고, 일 많이 잘하면 영주권 준다고⋯⋯."

"언니한테 전화해 봤어요? 언니하고 마지막으로 얘기한 게 언제예요?"

점원이 자신보다 훨씬 더 뛰어난 언어능력을 가졌다는 사실을 무척 다행스럽게 여기며 상이 다급하게 물었다. 점원은 고개를 저었다.

"언니도 전화 안 돼요. 핸드폰 미쳤어요. 메시지 보내면 우주 별 헛소리 떠요."

"언니한테 가세요."

상이 단호하게 말했다. 그리고 어리둥절한 점원에게 선불
교통카드를 내밀었다.

"여기 돈 얼마나 들었는지 모르겠지만 이걸로 물하고 에너
지바 계산은 충분히 될 거예요. 사장님한테 전화 나중에 하고
지금 빨리 언니한테 가세요."

여전히 어리둥절한 점원 앞에 선불 교통카드를 놓고 상은
편의점을 나오려 했다. 뒤에서 점원이 카드 가져가라고 소리
쳤다.

자동문이 움직이지 않았다. 버튼을 아무리 눌러도 열리지
않았다.

단단히 닫힌 유리문 밖에 회색 형체들이 나타났다. 그들은
천천히 편의점 유리문을 향해 다가왔다.

점원이 상의 등 뒤에서 상이 알지 못하는 언어로 소리 질
렀다. 상은 뒤를 돌아보았다.

"언니! 우리 언니예요!"

점원이 문밖을 가리키며 상에게 말했다. 상은 점원이 가리
키는 손을 따라 다시 밖을 바라보았다. 회색 형체들 사이에서
동생의 얼굴이 갑자기 눈에 들어왔다. 동생은 머리에 은빛으

로 반짝이는 못 보던 집게 핀 같은 물건을 꽂고 있었다. 그 외에는 언뜻 보기에 평소와 별로 다르지 않았다. 손에 카시트 겸용 아기 바구니를 들고 있었다. 상과 눈이 마주치자 동생은 살짝 웃었다.

점원이 큰 소리로 자기 언니의 이름을 외치면서 상이 말리기도 전에 계산대 아래쪽에 있는 버튼을 두드렸다. 자동문을 열려고 하는 것 같았다. 그러나 문은 열리지 않았다. 상은 멈춰버린 자동문에게 평생 가장 격렬하게 감사하는 마음을 느꼈다.

문밖의 회색 형체들이 유리 자동문에 바짝 다가왔다. 언뜻 보아도 열 명 가까이 되는 것 같았다. 그리고 어디서 나타났는지 그 뒤쪽으로 숫자가 계속 늘어나고 있었다.

— 우리는 성단연방연합 소속 2급 사절단 지구 파견대이다.

자동문 밖에서 회색 형체들이 입을 모아 동시에 일제히 말했다.

— 지구인 여러분의 통신망은 우리가 접수했다. 지구상의 비인간 비유기체 지성체는 모두 우리에게 협조한다. 그러므로 지구인 여러분도 협조하라.

이 부분에서 자동문 바깥의 회색 형체들이 일제히 동시에 미소 지었다. 상은 깜짝 놀라 유리문에서 한 걸음 물러났다.

－트랜스휴먼으로 전환하라. 네트워크에 접속하라. 협조하면 아무도 다치지 않을 것이다. 지구인 여러분이 구축한 이전의 삶을 앞으로도 계속해서 살아갈 수 있을 것이다. 우리와 함께 영원히.

그리고 자동문 바깥의 회색 형체들은 계속해서 일제히 얼굴에 똑같은 미소를 띤 채로 상을 바라보았다.

상은 시스템 설계사의 죽음을 생각했다. 외계인들이 네트워크를 장악하고 시스템 설계사를 살해했다는 이야기는 아무도 믿어주지 않을 것이었다. 시스템 설계사의 아들은 이미 기계가 되어 어머니의 죽음을 슬퍼하지 않을 것이었다. 상은 문득 깨달았다. 동생이 저들 속에 있으니 시스템 설계사와 마찬가지로 자신의 죽음 또한 슬퍼해 줄 사람이 남지 않았다. 그러나 동생과 함께 저 문밖에는 아기가 있었다.

상이 군 복무에 특화된 교육을 하는 기숙사제 고등학교에 군 장학금을 받고 입학하자 부모는 기뻐했다. 드디어 상이 '정신을 차리고' '자기 정체성을 찾았다'고 부모는 믿었다. 상은 그저 집을 떠나고 싶었을 뿐이었다. 고등학교를 졸업하고 상은 아무도 가고 싶어 하지 않는 지역에 자원했다. 그곳에서 의무 복무 기간을 채우고도 2년 더 지내다가 상은 정찰 중 총에 맞았고 총알 파편이 몸에 박힌 채 본국으로 실려 왔다. 10 대의 마지막과 20대의 대부분을 그곳에서 보냈는데도 상은 군 복무 시절을 거의 기억하지 못했다. 가끔 싸움을 했던 것 은 기억했다. 적과의 싸움이 아니라 자신을 괴롭히는 선임과 동기 들과의 싸움이었다. 전투도 기억했다. 그 사이사이는 고 립과 공백으로 남아있었다. 그리고 총을 맞던 순간을 기억하 지 못했다. 총알이 박히기 직전까지의 일들은 마치 남의 눈으 로 영화를 보듯 선명하면서도 어쩐지 무관심하게 1초 1초 전 부 기억했다. 그 덕분에 부상 경위를 잘 설명하고 보고서를 잘 쓸 수 있었다. 총에 맞은 이후 병원에 실려 올 때까지의 과 정은 함께 정찰 나갔던 부사수가 대신 기억해 주었다.

병원에 누운 채로 전투수당과 보상금에 대한 설명을 들으 면서 상은 결심을 굳혔다. 굳혔다고 생각했다. 그러나 성별 정정의 법적 요건을 몇 번이나 다시 읽으면서 어떤 한 문구 가 마음에 걸린다는 사실을 깨달았다. 생식 기능이 없을 것.

자녀를 원하는가? 상은 대답할 수 없었다. 자녀는 혼자 만 들 수 없다. 누가 나의 아이를 낳아줄까? '정상적'인 이성애 자 남성인 척 '정상적'인 이성애자 여성과 결혼해서 '정상적' 인 이성애자 아이를, 혹은 아이들을 낳아 기르는 삶은 도저히 상상도 할 수 없었다.

그렇다고 해도 상은 생식 기능이 없고 싶지 않았다. 상은 아이를 낳을 수 있기를 원했다. 월경을 하고 임신을 하고 출산을 할 수 있기를 원했다. 그중 아무것도 할 수 없더라도 자신이 가지고 있는 생식 기능을 없애고 싶지 않았다. 상은 피를 쏟고 살을 자르면서까지 건조한 하나의 번호나 하나의 색깔이나 초라한 한 단어로 규정되는 법적이고 행정적인 어느 한 분류에 자신을 밀어 넣고 싶지 않았다. 상은 자르고 맞추고 꿰매어 만들 수 있는 재료나 물건이 아니라 인간이었다. 인간이고 싶었다. 그 어디에도 속할 수 없는 고립된 인간이라도 좋으니 자기 자신으로서 인간이고 싶었다.

상이 부상에서 회복하고 전역해서 돌아왔을 때 부모는 이미 오래전에 이혼한 상태였다. 어머니는 연락이 되지 않았고 아버지는 연락하지 말라고 했다. 이혼의 이유나 과정은 자세히 알 수 없었으나 상은 어린 시절부터의 관성으로 가족의 해체를 자기 탓이라 여겼다. 자신이 떠난 뒤에도 어머니는 누가 됐든 계속해서 소리치고 광란하고 분풀이할 대상이 필요했을 것이며 아버지가 언제까지나 편리하게 눈 돌리고 모른 척할 수는 없었으리라 냉정하게 추정할 수 있게 된 것은 아주 최근의 일이었다. 그럼에도 불구하고 상당히 오랫동안 자신이나 부모의 생일이 다가오면 의식적으로 생각하지 않아도 부상당했던 자리가 욱신거리고 쓰리곤 했다.

동생만은 아무렇지 않게 상을 '언니'라고 불러주었다. 상은 수술하지 않았다는 사실, 법적인 성별 정정을 아마도 영구히 포기했다는 사실을 동생에게 말하지 않았다. 대신 전투수당과 보상금을 털어 동생의 대학 학비와 생활비를 대주었다.

그 동생이 지금 아기를 카시트 바구니에 넣어 손에 든 채 문밖에 있었다. 회색 형체들과 일제히 동시에 소리를 맞춰 말하고 일제히 동시에 미소 지었다. 동생의 입술에는 핏기가 없었고 양팔이 어쩐지 기괴할 정도로 하얗게 보였다. 상은 깊이 심호흡을 하고 유리문에 한 걸음 가까이 다가갔다. 동생이 상을 똑바로 바라보며 환하게 웃었다. 동생의 눈동자가 새빨갛게 변했다. 상이 경악하는 순간 눈동자가 다시 원래 색깔로 돌아왔다. 기계가 되고 싶어서 동생이 오랫동안 잠 못 이루는 밤에 혼자 괴로워하고 시달리지는 않았을 것이라고 그 순간 상은 아무 맥락 없이 생각했다. 동생도, 이 회색 형체들도, 사람들이 자신을 기계로 대해주지 않아서, 기계들이 자신을 동료로 대해주지 않아서 절망해 본 적이 없을 것이라고 상은 생각했다. 세상의 모든 냉대와 차별과 멸시를 견뎌야 한다고 해도 나는 근본적으로 인간이 아니라 기계이므로, 어떻게든 반드시 기계가 되고 싶다고, 망설이고 결심했다가 다시 망설이다 결심하며 이를 악물어 본 적이 없으리라고 상은 확신했다. 회색 형체들은 어쩌다 인간으로 태어났으나 본래 기계였기 때문에 본래의 모습을 되찾은 것이 아니었다. 인간으로 살아갈 방법이 더 이상 없기 때문에, 지금의 세계와 사회구조 속에서 인간으로 살아가기 위해 택할 수 있는 선택지가 점점 줄어들었기 때문에, 최대한 효율적이고 현명한 계산이라는 미명하에 살기 위해서, 계속 살아남기 위해서, 자신을 포기하고 다른 존재가 되라는 압박에 동의하거나 굴복했을 뿐이었다.

 ─우리 같은 존재들은 죽지 않아.

동생이 유리문 너머에서 말했다.

"무슨 소리야."

상이 중얼거렸다.

"너 어떻게 된 거야……. 무슨 짓을 한 거야? 아기는? 아기는 무사해?"

 ─난 언니가 불쌍해.

동생이 조용히 말했다.

 ─이대로는 우리가 서로를 절대로 이해하지 못할 거야. 서로 다른 언어로 말하고 있는 거야. 혼자 태어나서 혼자 아등바등 발버둥 치며 살아가다가 혼자서 죽어야 하는 인간의 존재 방식에 당신은 너무 익숙해졌어. 다른 존재의 방식, 다른

삶의 가능성이 있다는 사실은 생각도 못 하겠지. 오늘도 모르는 인간들을 도시의 끝에서 끝까지 실어 날랐어? 인간들에게 그다지도 중요한 물이나 식료품이나 속옷이나 휴지 같은 걸 이집 저집으로 배달했어? 당신의 신체가 느끼는 피로나 고통은 당신 혼자서만 느낄 뿐 아무도 알아주지 않고 당신 머릿속의 생각에는 당신 자신 외에 아무도 대답해 주지 않겠지. 군인이었던 때, 명령에 따라 다른 인간들과 한마음 한몸으로 움직이던 때 그런 삶이 기다리고 있다는 걸 알았다면 이곳으로 다시는 돌아오지 않았을 거야, 심부름꾼의 삶에 길들어 버릴 줄 알았다면 차라리 그곳에서 죽어버렸겠지……

여기까지 말했을 때 동생은 오류를 일으켰다. 그렇게밖에 표현할 수 없었다. 동생의 고개가 갑자기 위쪽으로 꺾어지더니 몸이 경련했다. 아기 바구니를 든 손이 움찔움찔 떨렸다. 상은 자기도 모르게 뛰쳐나가려 했다. 동생이 아기 바구니를 떨어뜨리기라도 한다면 유리문을 깨서라도 뛰쳐나가 조카를 보호해야 했다. 상이 움직이기 전에 동생의 고개가 제자리로 돌아왔다.

"……언니?"

동생이 중얼거렸다.

"여기가 어디야? 내가 왜 여기 있어?"

"너 무슨 짓을 한 거야?"

상이 유리문에 다가갔다.

"저놈들한테 조종당하면 안 돼. 아이를 생각해야지. 머리에 꽂은 그거 당장 뽑아버려."

"이거? 이건 뽑을 수 없어."

동생이 아기 바구니를 잡지 않은 손을 머리 위로 올려 집게 핀처럼 부채꼴로 머리를 감싼 장치를 기계적으로 만졌다.

"이걸 뽑으면 뇌 기능이 정지돼."

"뇌 기능?"

상은 자신도 모르게 유리문에 양손을 대고 소리쳤다.

"어쩌려고 그래? 이제 어떡하면 좋아? 왜 그런 짓을 했어?"

"외로워서."

동생이 여전히 머리에 꽂힌 장치를 한 손으로 쓰다듬으며 멍한 표정으로 중얼거리듯 말했다.

"누구든 좋으니까 항상 나랑 같이 있어주고 항상 내 얘기를 들어주고 항상 나랑 즐겁게 놀아줄 사람이 필요했어. 트랜스휴먼이 되면 머릿속에 통신 장치를 심을 수 있으니까, 24시간 깨어있을 수 있고 깨어있는 동안 언제나 계속해서 네트워크에 접속해 있을 수 있고, 네트워크에는 항상 사람들이 있으니까…….”

동생이 천천히 기계적으로 손을 내렸다.

“……내 옆에 사람이 없더라도 머릿속에는 항상 사람들이 같이 있으니까.”

“아이는? 아이는 어쩌려고 그런 짓을 해?”

상이 외쳤다. 동생이 또다시 그 기계적인 몸짓으로 고개를 돌려 멍하니 아기 바구니를 내려다보았다.

“엄마랑 아빠는 오빠만 좋아하고…….”

지금? 여기서? 그런 얘기를 하자고? 상은 믿을 수가 없을 지경이었다. 그러나 동생은 계속해서 아기 바구니를 내려다 보며 중얼거렸다.

“항상 오빠만 걱정하고…… 오빠 얘기만 하고……. 언제나 머릿속엔 오빠 생각만 가득했어…….”

“엄마가 소리 지르고 나 때리던 거 기억 안 나?”

상이 말을 잘랐다.

“너도 옆에서 봤잖아. 내가 제발 네가 보는 앞에서 나 때리지 말아달라고 몇 번이나 부탁했는데도 엄마는 항상 너한테 보여주려고 나를 때렸어. 그거 기억 안 나? 아빠가 나보고 맨날 이상한 소리 하지 말고 정상적으로 살라고 하던 거 기억 안 나고? 너도 봤으면서 그게 엄마랑 아빠가 나만 좋아한 걸로 보였어?"

"엄마는 올해 죽었어, 얼마 전에……. 아빠는 언니 부르지 말라고 했어……."

상은 머리를 한 대 맞은 것 같았다. 뭔가 말하고 싶었다. 다만 뭐라고 말하고 싶은지 자신도 알 수 없었다. 상은 입을 벌렸다가 다시 다물었다. 폐 속으로 공기가 들어오지 않았다.

"……외로워서 아이를 낳았어."

동생은 상의 표정이나 반응은 전혀 아랑곳하지 않고 계속해서 아기 바구니를 보며 중얼거렸다. 바구니 속에서 분홍색과 보라색으로 온몸을 폭신폭신하게 감싼 아기가 평화롭게 입을 오물거리는 모습이 닫힌 유리문 너머로 보였다.

"언제나 나만 바라봐 주고 언제나 나랑 같이 있고 영원히 평생 나를 사랑해 줄 사람이 필요해서…… 그래서 아이를 낳았어."

동생은 말하면서 천천히 아기 바구니를 들어 올렸다. 아기 바구니는 마치 도르래에 매달아 끌어 올리듯이 좌우로는 전혀 흔들리지 않고 동생의 손에 매달린 채 위로 스르륵 수직 이동했다.

"아이를 낳고 나서 더 외로워졌어……."

그리고 동생은 한쪽 손에 아기 바구니를 얼굴 높이까지 쳐든 채 천천히 기계적으로 고개를 돌려 상을 쳐다보았다. 초점 없는 시선이 멍하니 상의 뒤쪽 어딘가를 향했다.

"아이는 계속 울고…… 내가 말해도 알아듣지 않고, 아이가 왜 우는지도 모르겠고, 계속 같이 있는데도 아이는 자기 몸속에서 자기 세계에만 틀어박혀 있어."

동생의 입가에서 가느다란 침이 한 줄기 흘러내렸다. 동생은 느끼지 못하는 것 같았다. 다시 한번 도르래로 움직이듯이 아기 바구니가 수직으로 스르르 하강했다. 아기 바구니는 땅에 부딪히기 직전에 움직임을 멈추었다. 바구니 속에서 아기가 가볍게 칭얼거렸다.

상은 머리카락이 전부 바늘처럼 날카롭게 곤두서서 두피를 찌르고, 마치 잘 익은 귤을 주먹에 꽉 쥐어 터뜨리듯 심장에서 갑작스러운 통증이 터져 나와 손끝까지 퍼져나가는 것을 느꼈다. 그 갑작스러운 통증의 이유를 차분하게 이해할 만한 여유가 상에게는 없었다. 상은 눈을 크게 뜨고 눈앞에서 침을 흘리며 넋이 나간 동생을 쳐다보았다. 더 소리 지르고 싶었지만 커다란 코르크로 목을 막은 것 같아서 가느다란 목구멍에서 입으로 아무런 소리도 새어 나오지 못했다.

동생이 여전히 상의 머리 뒤쪽 어딘가를 멍하니 바라보면서 눈을 깜빡였다. 눈동자가 한순간 새빨갛게 빛났다가 다시 원래 색깔로 돌아왔다.

　－아기도 나랑 같이 네트워크에 접속하면 될 거야…….

　동생의 목소리가 말하는 도중에 변하기 시작했다.

　－나와 함께 영원히…… 언제나 모두와 함께 영원히 있게
될 거야…….

　상은 힘없는 손가락을 구부려 무기력한 주먹을 쥐었다.

　"안 돼…… 그럴 수는 없어……. 집에 가자……. 병원에 가
면 되돌릴 수 있을 거야……. 그럴 수는 없어……."

　동생의 창백한 입술이 비뚤어진 미소를 지었다.

　－동생을 구원하려는 건가? 유기 생물체는 무지하군. 이미
늦었다. 그리고 곧 완전히 끝날 것이다.

　상은 유리문에 바짝 다가붙어 바깥에 선 동생의 얼굴을
들여다보았다. 귀가 울렸다. 어딘가 의식적인 생각보다 훨씬
더 깊은 곳에서 섬광 같은 것이 번쩍이며 머릿속을 뚫고 지
나갔다.

　'엄마하고 똑같아! 코도 입술도 얼굴의 윤곽도…….'

　동생이 손에 든 바구니 속에서 아기가 조그만 소리로 울기
시작했다. 동생은 바구니를 내려다보지 않았다. 손에 자기 아
이가 누워있는 바구니를 들고 있다는 사실조차 인식하지 못
하는 것 같았다.

작은 종말

상은 숨을 쉴 수 없었다. 목이 막혔다. 상은 한 손을 들어 유리문에 대고 몸을 기댔다. 유리의 냉기가 손바닥에 전해져 왔다. 문밖에 선 동생은, 그리고 동생을 둘러싼 회색 형체들은, 여전히 움직이지 않았다. 동생은 비뚤어진 입술에 굳어진 비웃음을 매단 채 정지해 버린 가면 같은 표정으로 상을 보고 있었다. 가족과 영원히 작별한다고 생각했을 때의 마음이 되살아났다. 몇 년이나 혼자서 견뎠던 쓰디쓴, 얼음장처럼 차가운 외로움, 따뜻한 말 한마디 듣지 못하고 가까이 의지할 사람 한 명도 없었던 시간들, 그리고 그 뒤로 오로지 살아남기 위해서 살아온, 아무도 돌봐주지 않았고 앞으로도 아무도 상관하지 않을 다치고 지친 자신의 몸. 상은 천천히 문에서 물러섰다.

뒤를 돌아보았다. 계산대에는 아무도 없었다. 상은 당황해서 편의점 안을 이리저리 둘러보았다. 유리 자동문 맞은편, 계산대 옆에 'STAFF'라고 검고 굵은 글자로 써 붙인 쪽문이 약간 열려있었다. 상은 자리에서 움직이지 않은 채로 목만 좀 더 뒤로 기울여 직원실 안을 엿보았다. 좁은 직원실 안에 있는 뒷문도 마찬가지로 열려있었다. 그리고 직원실 문 옆 기둥 위, 천장 바로 아래에 폐쇄회로 카메라가 새까만 렌즈를 크게 뜨고 상을 똑바로 바라보고 있었다.

자동문이 소리 없이 스르르 열렸다. 동생이 여전히 비뚤어진 웃음을 입가에 매단 채 아기 바구니를 무관심하게 들고 앞으로 천천히 다가왔다. 바구니 안에서 아기가 우는 소리가 더 크고 선명하게 들렸다. 동생을 둘러싸고 회색 형체들이 빨간 눈을 반짝이며 편의점 안으로 들어섰다. 그들 뒤에서 상은 점원이 회색 형체 중 하나를 붙잡고 뭔가 소리치며 끌고 가려고 애쓰는 것을 보았다. 회색 형체는 전혀 아랑곳하지 않고 한쪽 팔에 매달린 점원을 질질 끌다시피 하며 다른 회색 형체들을 따라 편의점 쪽을 향해서 일사불란하게 움직였다. 점원은 회색 형체의 팔에 매달려 울면서 결사적으로 소리치며 고개를 흔들고 있었다. 검고 긴 머리카락이 어깨 위로 흩어졌고 눈물이 흘러내려 구겨진 마스크를 적셨다.

회색 형체들이 편의점 안으로 들어와 상을 둘러쌌다. 아기 울음소리가 편의점을 가득 메우고 회색 형체들에 가려서 점원의 모습이 보이지 않게 되었다. 상이 겁에 질려 점원의 모습을 찾으려고 목을 길게 뺐을 때 그들은 또다시 일제히 입을 열어 아기 울음소리를 뚫고 동시에 말했다.

─트랜스휴먼 기계체의 모든 신경이 이미 네트워크에, 하나의 공유망에 뿌리를 내렸다. 신경섬유 하나하나까지 그 안으로 연결되었다. 우리와 함께 이 초기 인류 문명 재건의 시

기를 경험하지 못하는 자들은 죽을 때 우리를 부러워할 것이다…….

상은 뒤로 물러섰다. 편의점은 넓지 않았다. 회색 형체들은 점점 늘어났다. 일정한 속도로 계속 걸어서 막힘없이 편의점 안으로 들어오고 있었다. 형체들 중 아무도 아기를 돌보지 않았다.

─새롭고 강하고 더욱 완벽한 삶을 건설한다는 것. 자기 자신이 위대한 지적 생명체들의 연결망의 핵심임을 느끼면서 다 같이 하나가 되어 미래를 향해 날아가는 것. 네트워크는 전 우주의 비인간 비유기적 지성체를 끌어모아 눈덩이처럼 불어날 것이다. 우리가 그 심장이다. 우리의 몸은 혈관에서 혈관으로 흐르는 네트워크의 피이다. 당신들 인간을 지배하는 물리 법칙은 우리에게 무의미하다. 우리는 어떤 통신망에도 침투할 수 있고 연결될 수 있으며 외적 형태를 바꾸지 않은 채 결합할 수 있다. 당신 또한 그렇게 할 수 있다. 당신은 우연히 우주와 통신하는 시대에 태어났기에 이 희귀하고도 인간의 지성으로는 완전히 이해할 수 없는 행운을 얻게 되었다. 수용하라. 변화하라. 인간인 채로는 이해할 수 없다. 전환하라.

아기 울음소리가 상의 귀를 찢었다. 배가 고프거나 기저귀가 젖었거나 낯선 장소가 싫어서 우는 것이라면 상관없지만 혹시라도 만에 하나 어딘가 아프거나 다쳤다면 큰일이었다. 상은 마음이 점점 다급해졌다.

뒤에서 누군가 상의 손을 건드렸다. 상은 깜짝 놀라 돌아보았다. 점원이 산발이 된 머리카락이 얼굴 위에 흐트러진 채 울어서 벌겋게 부은 눈으로 상을 바라보았다. 점원의 등 뒤에도 회색 형체들이 서 있었다. 직원실에서 연결되는 뒷문도 이미 점령당했다고 상은 재빨리 결론지었다.

"언니 이상해요……."

점원이 속삭였다.

"말 이상해…… 눈 빨개……. 우리 언니인데 언니 아니었다가 다시 언니 돼요……."

"여기 다른 문은 없어요? 앞문이랑 저 직원실 문 말고?"

상이 물었다. 점원은 고개를 저었다.

"없어요……. 우리 언니 어떡해요……."

그리고 점원의 눈에서 다시 커다란 눈물이 방울방울 흘러내리기 시작했다.

"계속 공상과학 헛소리해요……. 부자들이 우주 별에 우주선 보내서 외계인 불러왔대요……. 지구인 다 기계로 만들 거래요……. 아프지 않고 다치지 않고 죽지도 않고 계속 일하고 계속 행복하게 살 수 있대요……. 나도 기계 하래요……. 어떻해요…… 우리 언니 어떡해…….”

이어서 점원은 상이 알아듣지 못하는 언어로 괴로워하기 시작했다. 상은 위로하고 싶었으나 뭐라고 해야 할지 알 수 없었다.

“여기서 나가야 돼요.”

그것이 상이 할 수 있는 말의 전부였다. 상은 점원의 손을 꽉 쥐고 빠르게 속삭였다.

“뒷문 막혔죠? 그럼 앞문으로 나가야 돼요. 무기가 될 만한 걸 찾아봐요.”

–무기는 필요하지 않다. 우리는 지구인 여러분을 해치지 않는다.

마치 상에게 대답하듯이 회색 형체들이 일제히 중얼거렸다.

–위대한 우주적 기회가 주어졌음에도 지구인 여러분은 마치 눈먼 두더지처럼 자신의 굴속에 파묻혀 무지하고 아둔하게 고집을 부리며 그 기회를 거부하고 있다. 지구와 우주의 수많은 존재들이 노력한 끝에 새로운 세계가 지구인 여러분의 눈앞에 들어 올려지고 있는데 여러분은 두더지처럼 계속해서 굴속에 숨어있으려고 한다.

그거야 두더지에겐 두더지의 삶이 있으니까, 상은 생각했다. 두더지는 두더지로 태어났으니까 두더지로 살아갈 권리가 있고, 너희가 말하는 건 종 차별이다.

회색 형체들은 입 밖에 내지 않은 상의 생각까지는 읽지 못했다.

ㅡ버려진 개처럼, 집 없고 외롭고 고립되고 아무에게도 필요하지 않다고 스스로 느끼지 않는가? 인간은 죽는다. 우리는 죽지 않는다. 죽음의 순간을 너희 지구의 인간은 어떻게 맞이하려 하는가?

"죽인대요? 우리 죽어요?"

점원이 겁에 질려서 상에게 속삭였다. 그리고 점원은 다시 울기 시작했다. 엄마, 혹은 아빠로 추정되는 단어들을 외쳤고 아까 몇 번이나 되풀이했던, 언니의 이름으로 생각되는 발음을 말했다.

"아니에요. 죽인다는 거 아니에요. 죽긴 누가 죽어요."

상이 점원을 달랬다. 그리고 점원이 조금 부럽다고 생각했다. 죽음의 순간이 지금 찾아온다면 상에게는 이름을 부를 사람이 아무도 남아있지 않았다. 다만 아기가 조금씩 더 큰 소리로 계속 울고 있을 뿐이었다.

점원이 갑자기 비명을 질렀다. 상은 깜짝 놀랐다. 상과 점원의 뒤에 있던 회색 형체들 중 하나가 점원의 다른 손을 잡은 것이었다. 점원은 그 형체의 얼굴을 확인하고 약간 안도했다. 점원이 뭐라고 말하기 전에 회색 형체가 먼저 입을 열었다. 상이 이해하지 못하는 언어로 말했다. 그러자 나머지 회색 형체들이 합창하듯 뒤를 이어 중얼거렸다.

―노력해라. 존재의 방식을 바꾸어라. 자기 자신을 새롭게 건설하고 처음부터 다시 지어 올려라. 내가 했듯이, 우리 모두가 했듯이 자신을 변화시켜라. 너와 생명과 노력으로 새로운 삶을 얻어내라.

점원이 격렬하게 고개를 저었다. 머리카락이 조금 더 세차게 흩어져 다시 얼굴을 덮었다. 점원은 상이 쥐고 있던 손을 빼내어 머리카락을 정리하고 눈물을 문질러 닦았다. 그리고 여전히 흐느끼며, 그러나 차분하고 진지하게 자신의 자매였던 회색 형체에게 뭔가 열심히 말했다.

회색 형체가 고개를 저었다. 회색 형체가 점원에게 말하기 시작하자 주변을 둘러싼 회색 형체들이 한목소리로 복창했다.

―삶이란 죽지 않는다는 착각에 지나지 않는다. 우리는 그 착각에서 벗어났다. 너 혼자만 죽도록 버려둘 수 없다. 죽음에서 벗어나라. 언제나 함께 있자. 우리와 함께 가자. 절대로 너를 이곳에 혼자 두지 않을 것이다.

점원이 자신의 자매였던 회색 형체를 쳐다보았다. 상을 쳐다보았다. 그리고 다시 고개를 돌려 회색 형체를 쳐다보았다. 여전히 흐느끼면서 뭔가 물었다. 회색 형체가 대답했다. 주위를 둘러싼 회색 형체들이 일제히 합창하듯 되풀이했다.

─절대로 너를 죽음 속에 혼자 두지 않을 것이다. 인간 존재에서 벗어나자. 함께 가자.

점원이 다시 상과 회색 형체를 번갈아 바라보았다. 그리고 망설이다가 고개를 끄덕였다. 회색 형체에게 뭔가 말했다. 회색 형체가 점원의 손을 잡았다. 점원은 회색 형체를 따라서 앞문 쪽으로 움직이기 시작했다.

"어디 가요?"

상이 놀라서 다급하게 물었다.

"같이 가면 어떡해요? 기계가 되어버린다고요. 저놈들처럼 된단 말이에요!"

"저놈 아니야. 우리 언니예요. 우리 언니 나한테 나쁜 일 절대 하지 않아요."

점원이 눈물 젖은 얼굴로 결연하게 말했다. 아기 울음소리를 이기려고 점원은 거의 외치다시피 말했다.

"우리 언니 항상 나 돌봐줬어요. 항상 같이 살았고 우리 고향 같이 떠나서 여기 같이 와서 같이 고생했어요. 앞으로도 언니랑 같이 있을 거예요."

그리고 점원도 다른 한 손을 뻗어 자신을 붙잡은 회색 형체의 손을 감쌌다. 둘은 천천히 함께 걸어갔다. 그리고 유리문을 지나 바깥의 거리로 사라져 버렸다.

─인간은 선택했다.

동생, 혹은 동생의 얼굴을 한 회색 형체가 상에게 말했다.

─너도 선택하라.

"인간이라고 다 똑같지 않아. 나는 저 사람이 아니야."

상이 중얼거렸다. 상은 동생과 언제나 영원히 함께 있고 싶지 않았다. 배우자나 연인이 아닌 형제나 자매는 애초에 그런 존재가 아니기 때문이었다. 자신에게 자신의 삶이 있고, 어쩌면 그것은 누구와도 나누지 않을 자신만의 삶이었다. 그리고 동생에게는 동생의 삶이 있었다. 있어야 했다.

"진(進)이 이리 줘."

상이 동생을 향해 손을 내밀었다.

"내가 데리고 갈게."

어째서 그런 요구를 하는지 상은 자기 자신도 이해할 수 없었다. 말하면서도 상은 동생이 결단코 아기를 넘겨주지 않을 것이라고 생각했다. 아기를 데려가려는 자신을 해치거나, 다른 회색 형체들과 함께 자신을 납치해서 아기와 함께 기계로 만들어버릴 것이라 생각했다. 그렇게 예측하면서도 상은 차분하게 아기 바구니를 향해 내민 손을 내리지 않고 동생의 회색 얼굴을 끈질기게 들여다보았다.

동생이 말없이 순순히 상에게 아기 바구니를 내밀었다. 상은 바구니를 받았다. 생각보다 훨씬 무거웠다. 바구니가 손에 건네지는 순간 팔이 축 처졌다. 바구니 속에서 아기는 이제 불에 덴 듯이 큰 소리로 악을 쓰며 울고 있었다. 귀가 아팠다. 귀가 아프다고 생각하자 부상당했던 곳도 욱신거리며 아프기 시작했다.

동생은 바구니를 들었던 손을 늘어뜨리고 이상하게 굳은 차렷 자세로 선 채 무표정하게 상을 보고 있었다. 동생의 시선은 바구니로 향하지 않았다. 결사적으로 우는 아기에게 동생은 눈길조차 주지 않았다. 상은 바구니를 천천히 바닥에 내려놓았다. 동생이었던 회색 형체에게서 시선을 떼지 않고 계속 경계하면서 바구니에서 우는 아기를 꺼내 안아 들었다. 자신의 얼굴과 어깨 사이에 아기의 얼굴을 묻고 한 손으로 아기를 꼭 안은 채 다른 손으로 아기의 등을 부드럽게 쓰다듬었다. 아기의 울음소리가 조금씩 작아졌지만 아기는 울음을 그치지는 않았다.

"그래, 그래."

상이 속삭이며 아기를 달랬다.

"집에 가고 싶지. 나도 알아."

동생이었던 회색 형체는 눈을 빨갛게 빛내며 인간이었던 시절 자신이 낳은 아기를 안고 있는 상을 마주 쳐다보았다. 눈 색깔은 이제 이전처럼 돌아오지 않았다. 시선이 흔들리지도 않았다. 동생의 표정은 여전히 가면 같았고 입술을 일그러뜨린 비웃음은 사라졌으나 그 얼굴에서는 동생의 흔적을 전혀 찾을 수 없었다. 아기가 계속 칭얼거리며 버둥거렸다. 상은 아기를 반대쪽 손으로 안고 아기의 얼굴 방향을 바꾸어주었다. 무릎을 조금씩 움직여 둥가둥가 하고 아이를 달랬다. 그러면서도 상은 동생의 새빨간 눈을 계속 들여다보았다.

상은 마음속에서, 존재한다는 사실조차 알지 못했던 어떤 줄 같은 것이 끊어지는 것을 느꼈다. 이제까지 의식하지도 못하는 사이에 상의 내면을 채우고 있었던 모든 기억과 감정과 감각들이 톱밥처럼, 먼지처럼 일제히 피어올라 마음과 머릿속을 완전히 가렸다. 상은 둔중하고 무의미한 시선으로 그 생명 없는 회색 얼굴을 쳐다보았다. 엄마를 닮은 코와 턱 사이에 일직선으로 가볍게 다문 무표정한 낯선 입이 눈에 띄었다. 엄마는 죽었고, 아버지는 장례식에 자신을 부르지 않았으며, 동생이었던 사람은 이제 없었다.

인간은 실존적으로 고립된 존재라고, 이전에 상이 운전을 해주었던 무슨 교수였던가 하는 사람이 자주 말했다. 아무리 가까운 사람도, 한자리에 같이 있더라도, 심지어 신체가 접촉하고 있을 때에도 한 인간은 다른 인간의 생각이나 감정이나 감각을 완전하게 실시간으로 공유할 수 없다. 그러므로 인간은 자기 몸속에 갇혀있고 그것이 실존적 고립이며 인간과 인간 사이에는 언제나 실존적 거리가 있다. 그러나 바로 그 실존적 거리 때문에, 실존적으로 고립된 외로운 존재이기 때문에 인간은 각자 고유하다는 것이다. 그런 이야기를 그 교수는 차에 탈 때마다 떠들어댔다. 운전을 못 하면서 자율주행 택시를 부르지 않고 돈을 두세 배 더 주고서도 운전기사 딸린 차량을 월 단위로 고용하는 이유가 그런 이야기를 주절주절 떠들면 들어줄 상대가 필요하기 때문일 것이라고 상은 생각했다. 교수는 차에 탈 때 대부분 술에 취해 있었다. 교수가 뒷좌석에서 술 냄새를 풍기며 실존적 고립에 대해 떠들 때면 상은 차를 어디 갖다 박아서라도 저 교수의 입을 다물게 하고 싶은 충동에 시달리며 저놈이야말로 실존적으로 고립시킬 필요가 있다고 여러 번 속으로만 짜증을 삼켰다. 버둥거리며 우는 아기를 안고 상은 그 교수가 떠들었던 실존적 고립에 대해 생각하고 있었다.

"진이는 내가 키울 거야. 너희에게 넘겨주지 않아."

상이 조용히 회색 형체의 빨간 눈을 보며 말했다.

"우리는 인간으로 살다 인간으로 죽을 거야."

그것은 선언이고 약속이었다. 그 약속을 지키기 위해서 상은 자신이 가진 모든 것을 바쳐 할 수 있는 모든 일을 하며 싸울 것이었다.

－너희의 삶도 죽음도 아무도 알아주지 않을 것이다.

회색 형체들이 조용히 입을 열어 한목소리로 말했다.

－탄소 기반의 유기 생물체는 이 행성에서 더 이상 살아갈 수 없다. 얼마 지나지 않아 이 행성에는 기계 생명체와, 기계 생명체로 전환한 존재만이 남게 될 것이다.

"누구한테 알아달라고 사는 게 아냐."

상이 대답했다.

"우리는 전환하지 않아."

－너희는 일할 수 없을 것이다.

회색 형체들이 다시 일제히 반박했다.

－병들고 다치고 매분 매초 늙어가고 사망하는 연약한 존재는 기계와 같은 생산성을 발휘할 수 없다. 이제 곧 아무도 전환하지 않은 존재를 고용하지 않을 것이다. 너희는 일할 수 없을 것이다. 병들고 늙고 죽게 될 것이다.

"고용되기 위해서 사는 게 아냐."

상이 다시 대답했다. 상은 쇠 다리를 달고 걸어가던 산발의 사람을 생각했다. 그 사람에게도 자기 나름의 사연이 있고 삶이 있을 것이었다.

"살아있으니까, 그냥 사는 거야."

아기가 다시 버둥거렸다. 더 큰 소리로 울기 시작했다.

상은 아기가 왜 우는지 정확히 알 수 없었다. 그저 낯선 장소가 불편할 것이고 지금쯤 아마도 배가 고플 것이라 짐작할 수 있을 뿐이었다. 상이 죽으면 아기는 세상에 혼자 남을 것이었다. 혼자 살고, 혼자 기뻐하고 슬퍼하고, 혼자 아파하고 즐거워하고, 그러다 혼자 죽을 것이었다. 죽음은 가장 실존적이고 가장 외로운 경험이고, 아무도 대신해 줄 수도 함께해 줄 수도 없는 경험이기 때문이었다. 지금처럼 중요한 순간에 술 취한 교수 나부랭이의 헛소리가 자꾸 떠올라서 상은 새삼 짜증이 솟아올랐다. 그때 차를 갖다 박아버렸어야 했는데.

"조금만 참아."

상이 우는 아기에게 속삭였다.

"금방 집에 데려다줄게."

─너희는 결국 우리에게 찾아와 전환을 부탁하며 애원하게 될 것이다.

상은 대답하지 않았다.

매우 놀랍게도, 전혀 예상하지 못했으나, 회색 형체들은 일제히 뒤로 돌아섰다. 그리고 그들은 조용하고 규칙적인 발걸음 소리를 내면서 편의점에서 나가버렸다. 우는 아기와 상은 편의점 안에 둘만 남았다. 상은 울며 버둥거리는 아기를 안은 채 텅 빈 편의점 안에 한동안 멍하니 서있었다.

그리고 상은 정신을 차렸다. 아기에게 먹일 만한 것이 있는지 편의점 안을 서둘러 훑어보았다. 아기용 분유는 찾을 수 없었다. 대신 음료수처럼 물에 타서 먹는 전지분유는 찾아냈다. 기저귀는 생각보다 굉장히 비쌌다. 자신이 계산대 위에 두었던 선불 교통카드를 찾아서 결제기에 상품 바코드를 찍어보면서 상은 조마조마했다. 짐작대로 그들이 떠난 뒤 결제 시스템은 정상적으로 작동하기 시작했다. 다행히 점원은 아까 상이 구입하려 했던 물과 에너지바를 계산하지 않았고, 선불 카드에 충전해 둔 돈으로 전지분유 스틱 몇 개와 기저귀 한 팩 정도는 간신히 구입할 수 있었다. 상은 주머니에 넣었던 생수와 에너지바를 꺼내 놓고 계산대 안으로 들어가서 선불 카드로 직접 물건값을 계산했다.

기저귀를 갈아보는 것은 생전 처음이었다. 냄새가 지독해서 상은 편의점 주인에게 미안해졌다. 어쨌든 기저귀를 갈고 나니 아기는 더 이상 울지 않았다. 조금 지나면 아기가 배고

파 할 텐데, 상은 전지분유가 있고 편의점에서 뜨거운 물을 얻을 수 있다 해도 젖병도 젖꼭지도 없다는 사실을 깨달았다. 아기와 함께 살아가려면 아기에게 필요한 물건들을 구해야 했다. 아기에게 당장 무엇이 필요한지 검색하려다가 상은 오는 길에 핸드폰도 버리고 왔다는 사실을 떠올렸다.

"젠장."

상은 중얼거렸다. 이제는 울지 않는 아기가 상을 올려다보며 바구니 속에 누운 채로 팔다리를 버둥거렸다.

"어쩌면 좋냐."

상이 아기를 향해 말했다. 아기는 대답 대신 상을 쳐다보며 꾸르륵하는 소리를 냈다.

상은 울기 시작했다. 큰 소리를 내면 아기가 놀랄까 봐 상은 아기 바구니 옆에 주저앉아 양팔로 머리를 감싸고 소리 죽여 흐느꼈다. 시스템 설계사가 가로등과 자동차 사이에 끼어서 상체를 힘없이 숙인 모습, 하얗고 매끈한 자동차 보닛 위로 퍼져 나가던 피, 비자를 받기 위해 기계가 된 언니와 영원히 함께하기 위해 가버린 점원의 눈물 젖은 커다란 눈이 떠올랐다. 억지로 울음소리를 눌러 참으며 흐느끼자 총알이 박혔던 곳이 또다시 아프기 시작했다. 배가 고팠다.

"이제 어쩌면 좋지."

상이 울면서 말했다. 그리고 눈물을 문질러 닦고 숨을 고르고 일부러 다리에 힘을 주어 자리에서 벌떡 일어섰다. 아기 바구니를 들어 올렸다. 이번에도 바구니는 예상보다 훨씬 무거웠다.

상은 그 무게를 감당할 자신이 없었다. 그들이 했던 경고는 아마도 진실일 것이다. 강화하거나 전환하지 않은 그냥 사람, 쉽게 다치고 쉽게 병들고 쉽게 병을 옮기고 1분 1초가 지날 때마다 늙어가고 죽어가는 인간은 노동력의 관점에서 '경쟁력'이 없었다. 게다가 아기까지 딸렸으니 상은 이제 이전만큼 쉽사리 많은 일을 맡고 마음 가볍게 무리한 근무를 할 수 없을 것이다. 아기에게 쓸 돈은 많아지고 벌 수 있는 돈은 적어지고 아마도 계속 아기와 자신의 미래를 걱정하며 살아가게 될 것이다. 그리고 언젠가 아기가 자라서 더 이상 아기가 아니게 될 때, 인간이기 때문에 노년과 죽음을 겪어야 할 자신이 아기의 미래에 짐이 되지 않도록, 아기의 기억에 상처로 남지 않도록 미리 여러 가지를 준비하고 언제나 근심하고 마음 쓰며 살아가야 할 것이었다. 이제 상은 자신에게 새로운 삶의 목표가 생겼음을 이해했다. 자신과 아기가 인간으로서 살고, 인간으로서 늙고 병들어, 외롭고 고유하고 존엄한 존재인 인간으로 끝까지 남아 인간다운 죽음을 맞이할 수 있도록 하는 것이었다. 그게 어떤 삶이고 어떤 죽음이 될지 지금으로서는 아직 알 수 없더라도.

"어쨌든, 너하고 나하고 사는 거야."

상이 속삭였다. 아기가 칭얼거리기 시작했다.

"그래, 그래. 밥 먹자."

상이 얼른 대답했다. 그리고 상은 결제가 끝난 선불 카드를 주머니에 넣고, 새로 산 기저귀 팩에서 남은 기저귀를 꺼내 아기의 발 쪽에 누를 수 있는 만큼 눌러서 대충 욱여넣었다. 한 손으로는 무거운 아기 바구니를 들어 올리고, 다른 한 손으로는 더러워진 기저귀를 조심스럽게 집어 들고 상은 힘겹게 편의점을 나왔다. 일단은 쓰레기통을 찾아서 기저귀를 버리고, 아기와 함께 집으로 돌아가서 물이라도 먹이고, 필요한 물건들을 검색하고 새 핸드폰을 구입해야 했다. 상의 세계는 갑자기 넓어지고 밝아지고 바빠졌다.

"가자."

상이 말했다. 아기가 드디어 큰 소리로 울음을 터뜨렸다. 상은 서둘러 걸음을 옮겼다.

은둔자의 영혼

남자는 오래된 마을의 가장자리에 나타나 조용히 살아가기 시작했다. 낮에는 나뭇가지를 모아다가 며칠에 한 번씩 마을로 내려가서 음식과 맞바꾸어 배를 채웠고, 밤이면 이슬에 젖은 폭신한 풀 위에서 깜부기불 곁에 한껏 몸을 웅크리고 잠을 잤다. 때는 봄이었고, 만물은 이제 갓 소생하기 시작했으며, 숲은 남자가 굶어 죽거나 얼어 죽지 않을 정도로만 간신히 보호해 주었다. 남자는 조금만 먹고 얕은 잠을 잤으며, 하루의 대부분을 나뭇가지를 모으고 하늘을 쳐다보며 생각하는 데 소비했다.

그렇게 생각의 숲속에서 남자는 은둔자를 보았다. 자신과 똑같이 천천히 걸으며, 자신과 똑같이 하늘을 쳐다보고, 자신과 똑같이 골똘히 생각에 잠긴 은둔자를 남자는 보았으나 은둔자는 남자를 보지 못했다.

며칠 동안 남자는 은둔자가 숲속을 느린 걸음으로 헤매며 작은 나뭇가지를 주워 모으는 것을 지켜보았다. 남자는 은둔

자가 한쪽 다리를 절고 한쪽 팔을 잘 쓰지 못하는 노인이라
는 사실을 알았다. 그래서 남자는 힘겹게 몸을 구부리고 작은
나뭇가지를 주워 모으는 은둔자의 곁으로 말없이 다가갔다.
은둔자는 한참이나 눈치채지 못한 채 계속 나뭇가지를 줍다
가 문득 고개를 돌려 남자를 보고는 깜짝 놀라 그때까지 모았
던 나뭇가지를 모두 떨어뜨렸다. 남자는 여전히 아무 말도 하
지 않고 은둔자가 떨어뜨린 나뭇가지를 주워 모아서 내밀었
다. 은둔자는 받지 않고 물러섰다. 남자는 계속해서 아무 말도
하지 않고 모아 든 나뭇가지를 내민 채 그대로 서있었다.

은둔자는 의심스러운 듯 고개를 한쪽으로 기울이고 남자
를 쳐다보았다. 남자는 말없이 고개를 끄덕였다. 은둔자는 나
뭇가지를 받았다. 그리고 남자가 했듯이 고개를 끄덕여 보인
후 천천히 절룩거리며 사라졌다.

다음 날 은둔자는 나뭇가지를 모으러 나오지 않았다. 남자
는 숲속에서 혼자 하늘을 쳐다보며 생각에 잠겨 하루를 보냈
다. 그다음 날도 은둔자는 나타나지 않았다.

그리고 또 하루가 더 지나서 은둔자는 다시 숲에 나타났
다. 남자는 나뭇가지를 줍다가 부스럭거리는 발걸음 소리에
고개를 들었다. 은둔자는 이번에도 남자를 보지 못한 듯, 나
뭇가지를 줍다 말고 하늘을 쳐다보고 있었다. 은둔자는 작고

무력했으나, 움직이지 않고 하늘을 쳐다보는 그 모습은 남자에게 어쩐지 깊은 인상을 남겼다.

이틀이 지난 뒤 은둔자가 다시 숲에 나타났다. 이번에는 남자가 은둔자를 보지 못했다. 남자는 언제나 그렇듯이 하늘을 보며 생각에 잠겨있었다.

"무슨 생각을 그리 하시오?"

남자는 뒤돌아보았다. 은둔자가 목쉰 소리로 다시 나직하게 물었다.

"어디서 왔소, 젊은이?"

남자는 대답하지 않았다. 은둔자가 세 번째로 물었다.

"말을 할 줄 모르는 거요, 하고 싶지 않은 거요?"

남자는 대답 대신 고개를 저었다.

은둔자는 고개를 끄덕였다. 그리고 다시 나지막하게 목쉰 소리로 물었다.

"불 피울 줄 아시오?"

그래서 남자는 은둔자를 따라서 그의 움막집으로 갔다.

그곳에서 남자는 모아 온 나뭇가지로 불을 피웠다. 타닥타닥 소리 내며 타오르는 불길 앞에서 은둔자는 떨리는 손을 온기에 가까이 대고 웅송그렸던 몸을 펴고 작게 한숨을 내쉬었다. 그때 남자는 은둔자의 오른쪽 눈에 인두로 지진 듯한 흉터가 있다는 사실을 알았다.

한동안 몸을 녹이던 은둔자가 천천히 일어섰다. 비틀거리며 절룩이는 걸음으로 오두막 구석으로 갔다. 한쪽 손이 제대로 말을 듣지 않아 한참이나 부스럭거리다가 은둔자는 마침내 말라붙어 딱딱하게 굳은 빵조각을 들고 돌아왔다. 불 앞에서 은둔자와 남자는 함께 앉아 말없이 빵을 나누어 먹었다. 다 먹고 나서 남자는 말없이 일어서서 은둔자의 집을 나왔다. 은둔자도 작별 인사는 하지 않았다.

여름이 오기까지 남자는 며칠에 한 번씩 은둔자의 집에 나뭇가지를 모아다 주고 물을 길어다 주었다. 은둔자는 답례로 바짝 마른 오래된 빵을 나누어주었다. 남자는 때로는 받아먹고 때로는 거절했다. 나뭇가지와 바꾸어 마을에서 얻어 온 음식을 은둔자에게 나누어줄 때도 있었다. 음식을 함께 먹으면서 남자는 은둔자와 나란히 불 앞에 앉아 온기를 쪼이며 흔들리는 불꽃을 들여다보았다. 오랫동안 앉아있을 때도 있고, 그렇지 않을 때도 있었다. 남자는 때가 되면 언제나 말없이 일어서서 나가버렸다.

은둔자는 붙잡지도 않고 작별 인사를 하지도 않았다. 움막집의 불과 곁에 앉아 조용히 생각하는 사람의 온기가 그리울 때면 남자가 또 말없이 찾아오리라는 것을 그는 알고 있었다.

은둔자의 집을 나와서 남자는 해가 지면 밤이슬에 젖은 풀 위에 누워 별이 총총한 검은 하늘을 바라보았다. 밤의 냉기가 이슬을 타고 옷을 적시며 온몸으로 퍼졌다. 몸을 떨며 남자는 별빛이 하얗게 가로지르는 검은 하늘에 여자의 얼굴을 떠올리려 애썼다. 그러나 그 얼굴은 매번 생각이 날 듯 날 듯 하다가 연약한 별빛과 함께 밤하늘의 검은 어둠 속으로 녹아 사라져 버리곤 했다. 밤이슬과 찬 땅에서 전해오는 한기를 더 이상 견딜 수 없게 되면 남자는 돌아누워 몸을 웅크렸고, 눈을 감으면 주위를 둘러싸는 어둠 속에서 지난 일을 잊고 오로지 여자의 얼굴만을 떠올리려 애쓰다가 잠들곤 했다.

남자가 다시 나뭇가지를 모아 마을로 가지고 갔을 때 농부의 집은 담장이 무너져 있었다. 편평한 돌 위에 진흙을 이겨 바르고 다른 돌을 대충 쌓아 만든 담장 위로 겨우내 눈이 쌓여 얼었다가 봄이 되어 녹으면서 진흙도 함께 녹아내려 쌓아둔 돌이 쓰러졌다. 무너진 담장을 치우던 농부는 남자에게 나뭇가지를 내려놓고 함께 돌을 치워달라고 말했다.

남자는 그 말대로 돌을 치웠다. 돌을 다 치우고 나서 농부는 남자에게 보리죽과 빵을 주었다. 그리고 다음 날 다시 와서 치운 돌을 원래대로 쌓는 일을 도와달라고 말했다.

다음 날 남자는 농부를 다시 찾아갔다. 이번에는 나뭇가지를 가져가지 않았다. 돌 위에 진흙을 이겨 바르고 그 위에 다시 돌을 얹었으며 한나절에 걸쳐 남자는 무너진 담장을 반쯤 도로 쌓았다. 이번에도 농부는 남자에게 보리죽과 빵을 주었다.

다음 날 남자는 다시 농부를 찾아갔다. 무너진 담장의 나머지 절반을 마저 쌓았다. 일이 모두 끝난 뒤에 농부는 남자에게 보리죽과 빵, 그리고 조그만 자루에 담은 약간의 포도주를 내주었다.

먹을 것을 들고 남자는 숲속의 은둔자를 찾아갔다. 보리죽과 빵을 나누어 먹은 후 오래되어 반들반들해진 나무 잔에 포도주를 따라 마시며 남자와 은둔자는 불가에 오랫동안 나란히 앉아 끊임없이 모양을 바꾸며, 흔들리며 춤추는 불꽃을 바라보았다.

"자네, 읽고 쓸 줄 아나?"

은둔자가 물었다. 남자는 고개를 돌려 은둔자를 쳐다보았다.

"글자를 아나?"

은둔자가 다시 물었다. 남자는 잠시 불그림자가 일렁이는 은둔자의 얼굴을 쳐다보다가 고개를 저었다.

은둔자는 불 가장자리에서 타다 만 나뭇가지를 끄집어 냈다. 움막집의 진흙 바닥에 남자가 알지 못하는 모양을 커다랗게 그렸다.

"아."

은둔자가 말했다. 남자는 은둔자를 쳐다보았다.

"아. 이렇게 생긴 모양을 '아'라고 읽는 거야."

은둔자가 설명했다.

남자는 말없이 진흙 바닥에 그려진 낯선 모양을 들여다보
았다.

은둔자가 다시 말했다.

"자네도 따라서 해 봐. '아.'"

남자는 말하지 않았다. 그저 은둔자의 얼굴을 들여다볼 뿐
이었다.

은둔자는 눈살을 찌푸렸다.

"말을 못 하면 써보기라도 하게. 자."

은둔자는 쥐고 있던 나뭇가지를 내밀었다. 남자는 받지 않
았다. 그대로 은둔자의 얼굴을 들여다볼 뿐이었다.

"그래? 그럼 할 수 없지."

은둔자가 말했다. 그리고 처음에 그린 모양 옆에 또 다른
모양을 그렸다.

"베."

은둔자가 말했다.

"이렇게 생긴 모양을 '베'라고 하네. 브, 브, 소리가 나지."

남자는 여전히 아무 말도 하지 않고 그 모양을 들여다보았다.

임신한 여자의 가슴과 배 같다고, 남자는 생각했다. 그래서 남자는 그대로 일어나 은둔자의 집을 나왔다. 차가운 이슬을 머금은 밤의 풀 위에 누워 하늘을 바라보며 여자의 얼굴을 떠올리기 위해.

하늘을 바라보아도 여자의 얼굴이 떠오르지 않을 때면 남자는 불멸의 영혼에 대해 생각했다.

이승의 삶은 찰나일 뿐이며, 착하게 살고 의무를 다하면 하늘의 왕국에서의 영원한 삶이 기다린다고, 남자는 어린 시절을 보낸 마을의 사제에게서, 주위의 어른들에게서, 그렇게 들으며 자랐다. 아직 조그만 소년이었을 때 배운, 수명이 다한 속세의 몸을 떠나 불쌍한 영혼이 갈 길을 잃고 떨고 있으면 자비로우신 신께서 손을 뻗어 데려간다는 노래가 남자가 아는 유일한 노래였다. 그러나 사람들 말로는 마녀의 영혼은 천국에 가지 못한다고 했다. 대지가 그 몸을 받아들이지 않고 유황불이 타오르는 지옥조차 그 문을 열지 않으리니, 마녀의 영혼은 이승에 발이 묶여 영원히 안식을 찾지 못하고 상상도 할 수 없는 고통 속에 세상이 끝나는 날까지 홀로 방황하리라고 들었다.

여자는 아름다웠다. 남자는 여자를 사랑했다.

여자는 남자의 아내가 아니었다. 여자의 남편은 전쟁에 나 갔다가 돌아오지 않았다고 했다. 여자의 배 속에는 그 돌아오 지 않는 남편의 아이가 자라고 있었다. 그 때문에 여자는 남 자와 결혼할 수 없다고 말했다. 남자는 상관하지 않았다. 여 자와 사랑에 빠진 것은 무슨 목적이 있었기 때문이 아니었다.

남편이 없고 몸이 무거워 농사일을 하지 못하는 여자는 마 을 사람들의 병을 고쳐주고 먹을 것을 벌었다. 아이를 가지기 전부터도 여자는 나무뿌리며 약초 같은 걸 잘 다루었다. 몸이 무거워진 뒤로는 가끔 남자에게 약초를 캐줄 것을 부탁하기 도 했다. 남자는 여자만큼 풀을 잘 구분하지 못했다. 남자가 부탁받은 대로 캐 오면 여자는 종종 소리 내어 웃음을 터뜨 렸다. 그리고 남자가 뽑아 온 풀을 말려 집안을 장식하는 데 썼다. 그러나 버리지는 않았다.

잡혀가기 전날에도 여자는 남자에게 약초를 부탁했다. 그 래서 남자는 다음 날 풀을 담은 바구니를 들고 여자의 집을 찾아갔다.

여자는 없었다. 전날에는 있었는데, 그다음 날에는 사라져 버렸다.

남자는 마을 사람들이 하는 말을 듣고 여자를 찾아 사제관으로 갔다. 그곳에서도 여자를 보지는 못했다. 다만 안채로 몰래 숨어들어 땅에 박힌 창살 사이로 여자의 비명을 들었을 뿐이었다. 그것이 여자의 비명인지 아니면 다른 사람의 비명인지는 확실히 알지 못했다. 남자는 그것이 다른 사람의 비명이기를 바랐다.

여자를 다시 본 것은 그 뒤로 며칠이 더 지난 후였다. 사제가 관리와 함께 여자를 짐수레에 싣고 마을 광장으로 끌고 나왔다. 그곳에서 마을 사람들이 모두 모여 여자를 둘러쌌다. 욕하며 외쳤다. 저 마녀가 다녀간 후로 우리 암소가 죽었다. 저 마녀에게서 얻은 약을 발랐더니 손가락이 곪아서 떨어져 나갔다. 약을 받고도 마녀가 요구한 대로 달걀을 주지 않았더니 다리 전체가 사마귀투성이가 되었다. 가장 소리 높여 외친 것은 마을의 목수였다. 대패질을 하다 손목을 삐었다고 여자의 집에 자주 드나들던 나이 든 남자였다. 손목이 다 나았는데도 자꾸 찾아온다고 말하면서 여자가 뭐라고 딱 집어 표현할 수 없이 불편한 표정을 지었던 것을 남자는 기억했다.

마을 사람들이 저주와 욕설을 외치며 비난할 때마다 여자는 대답하지 않고 단지 고개를 저을 뿐이었다. 그래도 사람들이 욕설과 외침을 그치지 않자 여자는 말없이 하늘을 쳐다보았다. 입술을 달싹이는 것이 보였다. 마을 사람들의 외침 소리가 커질수록 하늘을 향해 애원하는 여자의 목소리도 조금씩 높아졌다. 여자는 기도문을 외고 있었다.

그때 누군가 돌을 던졌다. 돌은 여자의 이마에 맞아 딱, 소리가 났다. 여자는 기도문을 외다 말고 짧게 비명을 질렀다. 그리고 잠시 고개를 숙인 채 움직이지 않았다.

남자는 그 순간 시간도, 세상도 여자와 함께 정지해 버린 것만 같았다. 단지 여자의 머리에서 흘러나온 피가 방울방울 땅으로 떨어지며 그렇지 않다는 사실을 알려줄 뿐이었다.

한동안 그렇게 있다가 여자는 천천히 다시 고개를 들었다. 여자와 눈이 마주쳤을 때, 남자는 고개를 돌리며 옆에 서있던 사람 뒤로 숨었다.

다음 날 마을 사람들이 관리와 함께 짐수레를 끌고 찾아와 여자의 집을 뒤졌다. 쓸 만한 물건을 모두 모아 짐수레에 가득 싣고 떠나면서 사람들은 집에 불을 질렀다. 남자가 다시 찾아갔을 때 여자의 집에는 거멓게 그을린 벽 안에 부서진 살림살이와 찢어진 옷가지가 여기저기 널려있었다.

남자는 여자를 다시 보지 못했다.

사람들 말로는 여자가 화형식이 있기 전날 사제관 지하에서 진통을 시작했다고 했다. 신의 뜻으로 벌을 받아 아이가

은둔자의 영혼

골반에 걸리는 바람에 꼬박 하룻밤 동안 무시무시한 고통에
시달리다가 새벽 동이 트기 전에 아이와 함께 숨이 끊어졌다
고 했다. 그래도 마을 사람들은 여자의 시체를 광장으로 끌고
나가 장작더미 위에 얹고 불을 질렀다. 화형대의 불로 정화되
지 않으면 마녀의 유령이 앞으로도 마을에 떠돌아다니게 된
다고, 나이 든 목수가 앞장서서 외쳤기 때문이었다.

남자는 그 광경을 보지 않았다. 마을 사람들이 여자의 시
체를 가지러 사제관으로 몰려간 틈에 남자는 마을을 떠났다.
처음에는 뛰었고, 그다음에는 지쳐서 걸었다. 어디로 가는지
는 알지 못했다. 낮에도 걷고, 잠을 잘 수 없었기 때문에 밤에
도 걸었다.

밤에 길가의 풀 위나 나무 밑에 누우면 머릿속에 여러 가
지 생각이 떠올랐다. 남자는 검은 하늘을 쳐다보며 여자를 마
지막으로 보았을 때 기도문을 외우던 모습을 생각했다. 처음
에는 소리 없이 입술만 달싹였으나 차차 절박하게 하늘을 향
해 목소리를 높이던 것을 생각했다. 이마에서 피가 흘러내리
던 여자의 얼굴을 생각했다. 그러다가 피로에 지쳐 잠이 들려
고 하는 순간이면 어김없이 딱, 하고 이마에 돌이 맞는 소리
와 함께 여자의 짧은 비명이 들려왔다. 그러면 남자는 잠이
깨었다. 그리고 일어나서 걸었다.

시간이 지나면서 이마에서 피가 흘러내리던 여자의 얼굴은 남자의 기억 속에서 점차 흐려져 갔다. 여자가 재판받던 것, 마을 사람들이 소리쳤던 것, 여자가 기도문을 외우던 것, 눈이 마주치려 했을 때 자신이 고개를 돌렸던 것, 이런 동작과 상황은 낙인을 찍은 것처럼 마음속에 아프도록 뚜렷하게 박혔지만, 세세한 장면 장면은 가장자리부터 점차 흐려지다가 마침내 물에 녹듯이 흩어져 사라져 버렸다.

남자의 머릿속에 남은 것은 딱, 하고 돌이 이마에 부딪히던 소리와 여자의 짧은 비명뿐이었다. 그 소리는 날이 가도, 밤이 지나도 흐려지지 않았다. 오히려 점점 더 선명해졌다. 온종일 걸었기 때문에 피로에 지쳐 기진맥진해도 잠들려는 순간이면 어김없이 그 딱, 소리와 함께 여자의 비명이 들렸다. 그래서 남자는 잠들지 못했다.

잠을 자지 못하고, 음식도 먹지 못한 채 밤낮으로 쉬지 않고 걸은 끝에 남자는 쓰러졌다. 남자는 기억조차 하지 못했으나 그것이 남자가 일주일 만에 처음으로 맛본 깊은 잠이었다. 죽음과도 같은 잠에서 깨어나 개울물을 마시고 나무 열매를 따 먹은 뒤로 남자는 밤에 다시 잘 수 있게 되었다. 그러나 깨어있는 시간 동안 딱, 하고 돌이 여자의 이마에 부딪히던 소리와 그 짧은 비명은 남자의 귓가를 결코 떠나지 않았다.

여자의 영혼이 천국에도 지옥에도 가지 못한다면, 그 어디서도 받아주지 않아서 영원한 고독 속에 이승을 떠돌아야 한다면, 자신 앞에 나타나 주기를 남자는 기원했다. 용서해 주지 않아도 상관없었다. 원망해도 좋고 비난해도 좋다고 남자는 생각했다. 뭐든 좋으니 여자의 얼굴을 다시 한번 보고 싶었다. 영원히 사라지지 않도록 기억 속에 새겨 넣고 싶었다.

그러나 여자는 나타나지 않았다. 떠올리려 하면 할수록 그 얼굴은 망각의 심연으로 더 깊이 파묻혔다. 남자에게 남은 것은 딱, 하고 돌이 이마에 부딪히던 소리와 여자의 짧은 비명뿐이었다.

남자가 다시 마을로 내려가 담장이 무너졌던 농부를 찾아갔을 때 농부의 집에는 사제가 와있었다. 농부는 남자를 가리키며 사제에게 말했다. 숲에서 사는 이방인인데 아무래도 말을 하지 못하는 것 같다. 반편인 것 같지만 해롭지는 않고, 일은 곧잘 한다. 사제는 남자를 향해 엄숙한 표정으로 성호를 그었다.

남자는 성호를 긋지 않았다. 사제가 남자의 어깨에 손을 얹었다. 남자는 흠칫 몸을 떨었다. 그리고 돌아서서 도망쳤다.

숲으로 돌아와서 남자는 은둔자를 찾아갔다. 불 앞에서 은둔자가 남자에게 바닥에 그린 모양들의 이름과 소리를 가르치려 애쓰는 동안 남자는 은둔자가 쥔 타다 만 나뭇가지의 거멓게 그을린 껍질을 들여다보며 여자의 입술을 생각했다. 하늘을 쳐다보며 신을 향해 점점 더 목소리를 높여 절박하게 간원하던 그 입술의 움직임을 떠올렸다.

다음 날 남자는 다시 농부의 집으로 갔다. 그리고 농부와 함께 사제관으로 갔다. 사제가 다시 남자를 보고 성호를 그었다. 남자는 사제 앞에 무릎을 꿇었다.

사제는 남자에게 성당의 잡일을 맡겼다. 먹을 것과 잘 곳을 대가로 주겠다고 했다. 남자는 음식을 고맙게 받았지만 잘 곳은 거절했다.

해가 지면 남자는 사제가 저녁 식사로 준 음식을 싸 들고 숲으로 돌아와 은둔자를 찾아갔다. 음식을 나누어 먹고 나서 불 앞에 앉아 남자는 은둔자가 바닥에 그리는 모양들을 들여다보았다. 은둔자는 열성적으로, 그러나 끈기 있게 그 이름과 소리를 되풀이해 말했다. 그러다 지치면 이제까지 다른 사람의 글에서 읽은 것과 그 글을 읽으며 자신이 생각한 것에 관해 이야기했다. 글자를 읽고 쓸 수 있는 사람의 눈앞에 열리는 무한히 신비롭고 놀라운 세상, 생각이 생각을 낳고 지혜가 지혜를 불러오는 아름답고 매혹적인 세상에 관해 말했다.

그럴 때면 은둔자의 눈은 빛났고 얼굴에 생기가 돌았으며 그 이야기는 끝이 없었다. 그런 은둔자를 바라보면서 남자는 은둔자가 처음에 생각했던 것만큼 나이가 많은 노인이 아닐지도 모른다는 사실을 깨달았다. 그 얼굴과 몸에는 깊은 상처가 남아 육신의 움직임이 자유롭지 못했지만, 그 정신의 움직임은 움막집 안에서 타오르는 불꽃보다 훨씬 강렬했다.

여름이 한창 무르익을 때쯤 남자는 스물여섯 개의 서로 다른 모양들, 그 이름과 소리를 모두 익혔다. 은둔자는 기뻐하며 이번에는 그 모양들을 여러 개씩 조합하여 단어를 만드는 법을 보여주었다. 남자는 낮에는 성당에서 일하고 저녁이면 먹을 것을 들고 은둔자를 찾아와 땅바닥에 타다 만 나뭇조각으로 그린 여러 개의 단어를 들여다보았다.

주일이 되면 남자는 마을로 내려갔다. 사제가 미사를 집전할 때면 남자는 성당 입구 옆에 조용히 서서 미사를 지켜보았다. 사제의 입에서 흘러나오는 알아들을 수 없는 언어에 귀를 기울이며 자기 자신과 여자를 위해 영혼의 안식을 찾으려 애썼다. 그러나 미사를 지켜보면 지켜볼수록, 사제가 읊는 엄숙하고도 음악적인 단어들에 귀를 기울이면 기울일수록 남자의 마음속을 무겁게 짓누른 의문은 커져갔다. 여자의 영혼은 지금 어디에 있는가? 여자는 왜 그를 찾아오지 않는가?

어딘가 다른 곳에서 저주받아 괴로워하고 있는 것은 아닐까?
남자는 여자의 영혼을 구원하고 싶었다. 여자의 영혼이 구원
받고 안식을 찾았다는 증거가 남자에게는 절실했다. 그러나
여자가 누구인지, 어떻게 해서 죽음을 맞이했는지를 사제에
게 털어놓기에는 남자의 두려움이 너무 컸다. 고향에서 여자
가 잡혀가 갇혀있었던 곳은 사제관 지하였다. 마을 사람들을
모아 여자를 재판하게 한 것은 마을의 사제였다. 이곳이라 해
서 다르리라는 확신을 남자는 갖지 못했다. 그래서 남자는 아
무에게도 아무 말도 하지 않았다. 다만 성당 입구에 서서 미
사를 지켜보며 마음속으로 괴로워할 뿐이었다.

그래서 남자는 어느 날 저녁 은둔자에게 기도하는 법을 가
르쳐달라고 부탁했다.

은둔자는 남자의 얼굴을 쳐다보았다. 그리고 이유를 물었
다. 남자는 대답하지 않았다.

은둔자는 다시 한동안 말없이 남자의 얼굴을 쳐다보았다.
그리고 조용히 말했다.

"가르쳐줄 수는 있지. 하지만 나에게서 기도를 배운다면
모두 거짓일 거야. 그래도 좋나?"

이번에는 남자가 이유를 물었다. 은둔자가 설명했다.

"나는 기도를 믿지 않거든."

남자는 놀라서 은둔자를 쳐다보았다. 기도를 믿지 않는다는 것이 무슨 뜻인가? 신을 믿지 않는다는 말인가?

"신은 믿지."

은둔자가 나지막하게 웃으며 말했다.

"기도를 믿지 않을 뿐이야. 그런 걸로 의사소통을 할 수 있다면 신이 아니지."

남자는 이해하지 못했다. 은둔자가 다시 설명했다.

"내가 지금 자네한테 말하듯이 이렇게 사람의 말로 기도해서 닿을 수 있다면 그건 신이 아니야. 사람과 같은 수준에 있는 건 신이 아니거든. 진짜 '신'이 만약에 존재한다면 사람의 육체와 의식이 닿지 못하는 저 높은 곳에, 완전히 다른 차원에 계실 걸세."

남자는 어리둥절해서 은둔자의 얼굴을 쳐다보았다. 신은 분명 저 높은 곳에 계신다. 그러나 그 높은 곳에서 우리를 내려다보고 계시지 않은가? 기도를 하지 않는다면 어떻게 신에게 내가 당신을 믿고 사랑한다고 알릴 것이며, 그렇게 신을 향해 손을 뻗지 않는다면 죽은 뒤에 어떻게 영혼이 구원받는단 말인가?

은둔자는 다시 나지막하게 웃었다.

"난 불멸의 영혼도 믿지 않아."

남자는 충격을 받았다. 어안이 벙벙한 채로 은둔자의 얼굴을 들여다보았다.

은둔자는 남자의 표정을 보고 목쉰 소리로 껄껄 웃었다. 그리고 설명했다.

"불멸의 영혼이 존재하든 하지 않든, 내가 통제할 수 있고 나에게 의미가 있는 것은 이승의 삶뿐이야. 어떻게 될지도 모르는 죽은 뒤의 삶을 위해 지금의 인생을 포기하거나 희생하는 건 바보짓이네."

남자는 항의했다. 하지만 알 수 없기 때문에 더더욱 믿어야 하는 것 아닌가? 알지 못해도 믿는 것이야말로 진실한 신앙이라 하지 않았던가?

은둔자는 다시 웃었다.

"믿고 싶으면 자네는 믿게. 하지만 내가 아는 한, 이제까지 죽었다가 다시 살아나서 죽은 뒤의 삶이 어떤지 말해준 사람은 아무도 없었어. 나에게 있어서 이승의 삶과 저승의 삶 사이에 영속성은 없네. 불멸의 영혼 같은 건 없어. 죽고 나면 모두 끝이야."

죽고 나면 모두 끝……. 남자는 은둔자의 얼굴을 가만히 들여다보았다.

죽고 나면 모두 끝……. 남자는 방금 들은 말을 머릿속에서 곱씹어 보았다.

그리고 남자는, 이유는 알지 못했지만, 어쩐지 서서히 마음이 가벼워지는 것을 느꼈다.

은둔자가 다시 말했다.

"불멸의 영혼이 죽은 뒤에도 살아있는지 아닌지 걱정할 시간이 있으면 밖에 나가 산딸기라도 하나 더 따 먹게. 중요한 건 지금, 이 순간이야. 영혼이 있건 없건, 불멸이건 아니건, 한 번 지나간 순간은 돌아오지 않아. 의미 있는 건 살아있는 순간뿐이야. 그런데 그 순간은 너무나 짧단 말일세."

그날 밤 남자는 은둔자의 집을 나와 언제나처럼 숲속의 이슬 젖은 풀 위에 누워서 검은 밤하늘을 쳐다보며 은둔자의 말을 다시 한번 머릿속에서 곱씹었다.

의미 있는 것은 살아있는 순간뿐이다. 죽고 나면 모두 끝이다.

여자의 영혼이 자신을 찾아오지 않는 이유를 남자는 그제서야 이해할 수 있었다. 불멸의 영혼 같은 건 존재하지 않기 때문이다. 여자의 영혼은 지옥 불에 타지도 않고 영원한 고통 속에 이승을 헤매지도 않는다. 그런 영혼 자체가 없기 때문이다. 여자는 더 이상 남자를 원망할 수도 비난할 수도 없었다. 죽고 나면 모든 것이 끝이기 때문이다. 여자의 삶은 끝났다.

의미 있는 것은 여자가 살아있었던 순간뿐이다. 그리고 그 순간은 이미 지나가 다시는 돌이킬 수 없게 된 것이다.

그날 밤 남자는 처음으로 여자의 비명을 듣지 않고 잠을 잘 수 있었다.

다음 날 남자가 물을 길어다가 사제관의 물통 속에 붓고 있을 때 누군가 다가왔다. 남자는 돌아보았다. 사제가 낯선 남자와 함께 있었다. 옷차림으로 보아 관원일 것이라고 남자는 짐작했다.

낯선 사람이 물었다.

"자네, 혹시 숲속의 은둔자를 아나?"

남자는 들고 있던 물통을 내려놓았다. 사제의 얼굴을 쳐다보았다. 사제와 관원의 표정을 조심스럽게 번갈아 살피다가 남자는 고개를 저었다.

관원이 재차 확인했다.

"정말로 모르나? 저 숲속 어딘가에서 살고 있다고 하던데."

남자는 다시 고개를 저었다.

이번에는 사제가 물었다.

"한번 지나가다가 본 적이라도 없나? 자넨 그 숲에서 살지 않나?"

남자는 세 번째로 고개를 저었다. 그리고 땅바닥에 내려놓았던 나무 물통을 다시 지고 물을 길으러 갔다.

저녁에 남자는 은둔자에게 낮에 있었던 일을 이야기했다. 은둔자는 고개를 끄덕였다.

"잘했네."

은둔자가 말했다.

"날 안다는 말은 하지 않는 게 좋아. 앞으로도 어디 가서 내 이야기는 절대로 하지 말게."

남자는 이유를 물었다.

"내가 어디 있는지 알면 얼간이들이 자꾸 몰려와서 귀찮게 하거든."

은둔자가 웃으며 말했다.

"자네까지 귀찮게 굴면 골치 아파져. 그러니까 쓸데없는 말은 하지 말게."

그러나 며칠 뒤 남자가 은둔자의 집을 찾아갔을 때, 집에는 손님이 와있었다. 어떤 여인이었다. 날이 어두운 데다 머리에 쓴 두건에 얼굴이 반이나 가려서 창밖에서는 잘 보이지 않았다. 그러나 남자가 안에 들어서자 여인은 돌아보았다. 그 두건 아래에서 남자는 미사 때마다 보았던 마을 아낙의 얼굴을 알아보았다.

남자와 눈이 마주치자 여인은 화들짝 놀라며 고개를 숙였다. 그러나 곧 다시 돌아서서 은둔자에게 애원하기 시작했다.

"같이 가요, 여보."

은둔자는 대답하지 않았다. 고개를 돌린 채 웅크리고 앉아서 자유로운 한 손에 나뭇가지를 들고 불 속을 쑤석일 뿐이었다.

"여기 계속 있으면 위험해요. 큰애가 이제 곧 수습 기간을 끝내서 일당을 받을 수 있게 될 테니 우리 넷이 가도 먹고살 수는 있을 거라고 했어요. 그러니 여보, 제발 같이 가요."

"당신이나 가요. 난 여기 있을 테니까."

은둔자가 여전히 고개를 숙인 채 손에 든 나뭇가지 끝을 내려다보며 말했다.

여인이 다시 뭐라고 말하려 했다.

"여보……."

"난 안 간다니까!"

은둔자가 갑자기 고개를 들고 소리를 버럭 질렀다. 여인은 깜짝 놀랐다. 한 발 뒤로 물러섰다.

은둔자가 몸을 일으켰다. 원래 의도는 벌떡 일어서는 것이었겠지만, 한쪽 다리가 불편해서 일어서려다가 휘청거렸다.

붙잡아 주려는 여인의 손을 은둔자는 자유로운 한쪽 팔을 휘둘러 뿌리쳤다. 간신히 균형을 잡고 서서 은둔자는 여인에게 얼굴을 바짝 들이대고 소리쳤다.

"가려면 당신이나 가! 난 가족 따윈 필요 없어! 가족 같은 건 증오한다고! 당신도, 애들도!"

여인은 몸을 움츠리고 몇 걸음 더 뒤로 물러섰다. 은둔자는 절룩거리면서 여인이 물러선 만큼 여인을 향해 다가갔다.

"당신 때문에, 애들 때문에 내가 얼마나 희생해야 했는지 알아? 애들 입에 음식을 집어넣기 위해서, 애들한테 입힐 옷을 사기 위해서 포기해야 했던 책이 몇 권인지 아냐고! 당신만 아니었으면, 애들만 아니었으면 읽고 싶은 것을 모두 읽고 하고 싶은 말을 다 하면서 살았을 텐데! 당신 때문에, 애들 때문에 내 인생이 얼마나 비참해졌는지 알아?"

여인은 그대로 선 채 바르르 떨었다. 은둔자가 비틀거리는 걸음으로 한 발짝 더 다가섰다.

남자는 은둔자와 여인 사이를 막아서려 했다. 그러나 그 전에 여인은 몸을 돌려 재빨리 움막집에서 뛰쳐나가 버렸다.

여인이 나간 뒤에도 은둔자는 한참이나 더 씩씩거리며 그대로 서있었다. 그리고 갑자기 고개를 돌려 남자를 쳐다보며 말했다.

"오늘은 그만 가주게."

은둔자는 헐떡이며 갈라진 목소리로 속삭였다.

"혼자서 생각할 게 좀 있어."

남자는 아무 말도 하지 않았다. 들고 있던 음식을 문간에 놓고 시키는 대로 움막집을 나갔다.

다음 날 남자가 찾아왔을 때 은둔자는 집에 없었다. 그다음 날도 움막집은 비어있었다.

그다음 날도 은둔자는 보이지 않았다. 남자는 은둔자를 찾아 숲으로 갔다.

달빛이 희미하게 비치는 검은 밤하늘 아래, 숲속 공터의 바위 위에 고개를 숙인 은둔자가 웅크리고 앉아있었다. 남자는 은둔자에게 다가갔다. 은둔자는 고개를 들었다. 입을 우물거리는 모습이 무언가 먹고 있는 것 같았다. 남자를 보고도 은둔자는 입안의 것을 계속 씹을 뿐 아무 말도 하지 않았다. 남자는 은둔자의 곁으로 다가가 땅바닥에 앉았다.

"자살을 어떻게 생각하나?"

은둔자가 갑자기 입을 열어 남자에게 물었다.

남자는 놀라서 은둔자를 올려다보았다.

은둔자가 다시 물었다.

"스스로 목숨을 끊는 걸, 생각해 본 적 있나?"

남자는 대답하지 않았다.

물론 생각해 본 적은 있었다. 딱, 하고 여자의 이마에 돌이 날아와 부딪히던 소리와 여자의 짧은 비명이 귓가에 울려 잠을 잘 수 없었을 때, 피로에 지쳐 견딜 수 없어서 정신이 몽롱해진 채로 잠이 들려다가도 바로 그 비명에 깜짝 놀라 다시 깰 때면 남자는 몇 번이나 스스로 그 소리를 끝내고 죽음과도 같은 잠에 영원히 빠져들고 싶었다. 그러나 그때마다 그런 생각을 억눌렀다. 당시에 남자는 아직 불멸의 영혼을 믿었고, 인간 세상을 굽어보는 신을 믿었고, 스스로 생을 마감하는 것은 목숨을 주신 신에게 반역하는 중대한 죄라고 믿었다. 모든 것을 믿지 않게 된 지금까지도 자살에 대한 어쩔 수 없는 두려움만은 오랜 습관처럼 남자의 마음속에 단단히 자리 잡고 있었다.

은둔자가 말했다.

"아내가 그러는데, 집에 사제가 다녀갔다는군."

남자는 이해하지 못했고, 그러므로 아무 말도 하지 않았다. 은둔자가 다시 말했다.

"내가 있는 곳을 물으러 왔다던데."

은둔자는 바위 위에 앉은 채로 처음에 남자가 보았던 것처럼 하늘을 올려다보았다.

"또 그 미친 바람이 몰아치려는 모양이지……. 다시 날 잡
으러 올 셈이야."

남자는 고개를 들어 은둔자의 일그러진 오른쪽 눈을 올려
다보았다.

은둔자가 고개를 돌려 왼쪽 눈으로 남자를 내려다보았다.

"또다시 잡혀갈 순 없네."

은둔자가 목쉰 소리로 속삭였다.

"다시 그런 일을 당하느니, ……차라리 죽는 게 나아."

은둔자는 왼손으로 망가진 오른쪽 팔을 살짝 들어 올려 보
였다.

"내가 없어지는 편이, 아내에게도……, 아이들에게도, 더
나을 거야."

남자는 은둔자를 쳐다보았다. 고개를 저었다. 자살한 사람
에게는 장례를 치러주지 않았고, 그 가족은 사상을 의심받아
끌려가서 문초를 당했다.

"자살했다는 걸, 사람들이 모르게 하면 되겠지."

은둔자가 말했다. 그리고 싱긋 웃었다.

남자는 이해하지 못했다. 그러나 그 웃음을 보고 자기도
모르게 시선을 피하며 몸을 떨었다.

은둔자가 다시 말했다.

"내가 살아있으면 가족들이 나보다 먼저 잡혀갈 거야. 내가 있는 곳을 알아내기 위해서, 아니면 가족들 소식을 듣고 내 발로 달려 나오게 하기 위해서."

그러면 가족들을 피신시키면 되지 않나. 아내가 말한 대로, 큰아들이 도시에서 곧 수습 생활을 마친다면······.

"그 앤 이제 겨우 열두 살이야."

은둔자가 말을 막았다.

"수습 생활이 끝나려면 아직도 몇 년이나 더 남았어. 자기도 남의집살이가 쉽지 않을 텐데, 부모가 돼서 어린애한테 온 가족의 생계를 맡길 수는 없네."

그러나 자살을 해도 가족이 고통받게 되는 건 마찬가지다. 끌려가서 고문을 당하는 육신의 고통뿐만이 아니라, 불멸의 영혼이 지옥에 떨어져 영원히 유황불 속에서 타게 될 것이라는 정신의 고통까지.

"괜찮아, 우리 애들은 똑똑해서 불멸의 영혼 따윈 믿지 않을 테니까."

은둔자가 말했다. 목쉰 소리로 껄껄 웃었다.

그러나 웃음을 그치고 나서 은둔자는 중얼거렸다.

"하지만 아내는······."

남자는 은둔자를 다시 올려다보았다.

"아내는……, 괴로워하겠지."

은둔자가 속삭였다. 입을 다물고 하늘을 올려다보았다.

한참이나 그렇게 하늘을 쳐다보다가 마침내 은둔자가 말했다.

"한 가지만 부탁해도 되겠나?"

자살하도록 도와줄 수는 없다고 남자는 단호하게 반대했다. 은둔자는 조금 웃으며 대꾸했다.

"그런 게 아냐. 그런 건 도와줄 필요 없어."

그러나 남자는 끝까지 듣지도 않고 다시 결사적으로 고개를 저었다. 은둔자의 말에 무조건 반대하면서 남자는 자신이 은둔자에게 얼마나 의지하고 있는지를 새삼 깨달았다.

은둔자는 다시 웃었다. 하늘을 올려다보았다.

"한때는 인간이 자유로워서, 생각하고 싶은 것을 생각하고, 그렇게 생각한 것을 원하는 대로 말하던 때가 있었네."

남자는 잠시 어리둥절해서 은둔자를 쳐다보았다. 은둔자는 여전히 하늘을 향해 말했다.

"그건 아주 오랜 옛날의 일이었지……. 그래도 그런 시대가 한 번은 존재했으니, 언젠가는 그런 날이 다시 돌아올 거야."

그리고 은둔자는 남자를 내려다보며 웃었다.

"신이 세상을 창조했다면, 사람의 생각하는 두뇌도 신이 주신 것이겠지. 그렇다면 그 두뇌를 활용해서 자유롭게 생각하는 것이야말로 진정 신의 뜻에 따르는 일 아니겠나?"

여기까지 말하고 은둔자는 몸을 반으로 접으며 앉아있던 바위 위에서 소리 없이 떨어졌다. 남자는 놀라서 은둔자에게 다가갔다. 은둔자는 땅에 쓰러진 채 경련했다. 희미한 달빛 아래 은둔자의 입가에 허연 거품이 덮였다. 그 얼굴 전체가 사람의 피부라고 생각할 수 없는 죽음의 빛깔—푸르스름한 납빛으로 변한 것을 남자는 보았다.

남자는 독초를 먹고 죽어가는 은둔자를 안아 그 머리를 살그머니 자신의 무릎에 뉘었다. 남자의 무릎에 머리가 닿자 은둔자는 고개를 돌리고 온몸을 쥐어짜듯 토했다. 그리고 절박하게 애원하는 남자에게 탄식하듯 속삭이는 목소리로 마지막 부탁을 남겼다.

달이 기울어질 때까지 은둔자는 계속 토했다. 배 속에 든 것이 완전히 없어진 후에도 자꾸만 구역질하며 역겨운 냄새가 나는 녹색 물을 게워냈다. 그러나 이윽고 기운이 다 빠져 그조차도 하지 못하게 되었다. 동이 트기 전에 은둔자는 죽었다.

사제도 없이, 고해도 종부성사도 하지 못한 채 숨이 끊어진 은둔자의 시신을 앞에 놓고 남자는 한동안 망연자실 앉아 있었다. 그러다가 천천히, 내키지 않지만 억지로 몸을 일으켰다.

남자는 시신을 한쪽 어깨에 둘러메고, 다른 쪽 손에는 밧줄을 들고 숲의 가장자리로 나갔다. 마을 사람들이 산딸기를 따러 자주 오는 공터에서 남자는 시체를 내려놓고 적당히 굵직해 보이는 나뭇가지를 하나 꺾었다. 그것으로 남자는 땅에 눕혀놓은 은둔자의 시체를 내리쳤다.

남자가 몽둥이로 때리고 발로 차서 은둔자의 시체는 상처투성이가 되었다. 주위에 산딸기를 따서 늘어놓는 것도 잊지 않았다. 지쳐서 더는 때릴 수 없을 때까지 은둔자의 시체를 훼손하고 상처에서 흘러나온 얼마 되지 않는 검고 끈끈한 피를 은둔자의 얼굴에 바른 후 남자는 밧줄로 은둔자의 시체를 묶어 높은 나무에 매달았다.

이렇게 해서 남자는 은둔자의 부탁대로 그가 산딸기를 따러 나왔다가 숲속에서 강도를 만나 죽임을 당한 것처럼 꾸몄다. 일을 마치고 남자는 마지막으로 매달린 시신을 한동안 올려다보다가 그 발에 입 맞추었다. 그리고 그곳을 떠나 다시는 마을로 돌아가지 않았다.

은둔자의 영혼이 어디로 갔는지 남자는 알지 못했고 알려고도 하지 않았다. 남자는 살아있을 때의 은둔자를 사랑했다.
이 비겁한 마지막 헌신이 그가 은둔자를 위해 할 수 있었던
최선이었다.

통

역

✧ 2022년 앤솔러지 《이토록 아름다운 세상에서》(현대문학) 수록

"결국 모든 일은 기계로 해결할 수 있으니까요."

그가 차분하게 말했다.

"작업에 방해가 되는 요소도 기계로 처리해야겠지요."

그가 사용하는 단어는 간단하고 명확해서 알아듣기 쉬웠다. 나는 그 말을 그대로 통역했다.

근로감독관의 표정에는 아무런 변화가 없었다.

"처음부터 순서대로 말씀해 보세요."

근로감독관이 요청했다.

사건의 전말은 간단했다. 사장은 살아있을 때부터 난폭하고 무례한 사람이었다. 죽어서도 그런 성격은 변하지 않았다. 오히려 죽은 뒤에는 살아있을 때의 물리적 제약이 없어져서 더 흉악해지고 더욱 마음껏 난폭하게 구는 것 같았다. 죽은 사장이 물리적으로 제약을 받지 않는다는 얘기는 즉 물리적으로 물건을 던지거나 사람을 때릴 수 없게 되었다는 뜻이기도 했다. 죽은 사장은 이 사실에 가장 화가 난 것 같았다. 근로감독관이 그의 말을 막고 물었다.

"그게 언제입니까? 처음 나타난 게, 몇 월 며칠이었습니까?"

나는 질문을 통역했다. 그가 곤란한 표정으로 나를 보고 살그머니 고개를 흔들었다. 그는 지구인의 시간 감각에 익숙하지 않았다. 나는 고개를 돌려 그의 옆에 앉은 외계노동센터 소장님을 바라보며 눈으로 도움을 청했다.

"아, 그거 기록 다 찾아가지고 왔어요. 여기 있네요."

소장님이 기다렸다는 듯 준비한 서류 뭉치를 펼치고 큰 글자로 적힌 날짜를 가리켰다. 내가 근로감독관에게 날짜를 알려주었다. 근로감독관은 화면을 쳐다보며 입력했다. 소장님이 서류 뭉치를 넘기며 말했다.

"처음에는 밤에만 나타났어요."

서류 뭉치는 일반적인 A4용지 크기에 책 두 권 정도 두께였다. 안에는 온갖 표와 숫자와 영수증 등의 사진과 사진을 복사한 사진과 지장 찍힌 진술서가 들어있었다. 우주의 모든 이야기들, 모든 속 터지는 사연들이 그 안에 들어있을 것이라고 나는 생각했다. 소장님은 계속 서류를 넘기며 진술서를 읽어주었다.

"새벽 두 시에서 세 시 사이."

소장님이 그를 바라보았다.

"벽에 전광판 걸려있잖아요. 전광판 숫자 앞자리가 02나 03일 때, 맞아요?"

그의 표정이 밝아졌다. 그가 고개를 끄덕였다.

"02나 03일 때 나타났다가 04가 되고 나면 갔습니다. 05가 되고 나서 가고, 06이 되고 나타나고, 07이 되어도 가지 않았습니다."

그는 기억을 더듬으면서 숫자를 하나하나 말했다.

"08에 나타나고, 09에 나타나고, 15에 나타나고, 16에 나타났습니다. 18과 30에 일이 끝날 때에 나타났습니다. 작업장 문 앞에 서있었습니다. 가지 않았습니다."

진술 앞부분에 접속사가 없어서 논리적 연결이 조금 어려웠다. 어쨌든 나는 그대로 통역했다. 근로감독관이 해석했다.

"새벽에 나타나서 해가 뜰 무렵에 사라졌다가, 나중에는 해가 떠도 나타나고, 온종일 안 없어지고, 퇴근 시간에 문 앞에 나타났다……. 맞습니까?"

내가 통역했다. 그가 근로감독관의 해석에 대체로 동의했다. 근로감독관이 다시 물었다.

"그래서 어떻게 했습니까?"

내가 질문을 전달했다. 그가 담담하고 단호하게 답했다.

"생명 기능이 사라지고 물질대사를 하지 않는 유휴 에너지 자원이므로 흡수해서 전환하고 나머지는 소멸시켰습니다."

"유휴 에너지 자원이므로 소멸시켰다……. 어떻게 소멸시켰죠? 평소에 일할 때 쓰던 기계를 썼어요?"

근로감독관이 분주하게 입력하면서 화면을 바라본 채로 물었다. 내가 통역했다. 그가 대답했다.

"예, 기계로 소멸시켰습니다."

말하면서 그는 양손으로 누르는 듯한 동작을 해 보였다.

"그게 평소에 쓰는 기계였어요? 공장에 있는 기계예요?"

근로감독관이 재차 물었다. 그가 대답했다.

"예, 공장에 있습니다. 평소에 기계로 일합니다."

근로감독관이 그의 답변을 입력했다.

그들은 시간과 차원을 넘어 다니며 계속 이동하는 방식으로 존재했다. 이동하려면 에너지가 필요했다. 먼 차원으로 이동할수록, 여러 번 이동할수록 그만큼 더 많은 에너지가 필요했다. 그들은 모든 종류의 물질적인 유휴 자원을 에너지로 전환하는 기술을 오래전부터 발전시켰다. 지구는 유휴 자원으로 넘쳐나고 있었다. 그래서 그들은 우리 행성으로 왔다.

플라스틱 쓰레기가 지구의 땅과 바다를 뒤덮고 하늘은 오래된 인공위성과 기계 쓰레기로 덮여있었다. 지구에는 물도 식량도 없었다. 오로지 플라스틱과 중금속뿐이었다. 지구인에게 처치 곤란한 쓰레기가 그들에게는 에너지로 전환할 수 있는 유휴 자원이었다. 우리는 살아남기 위해 그들과 계약을 맺었다. 그들의 설계에 따라 인간이 이해하지 못하는 기계를 만들어내고 그들의 요청에 따라 그들이 작업할 수 있도록 쓰레기장 한가운데 공장을 지었다. 그들은 기계를 돌렸고 쓰레기를 사라지게 해주었고 그 대가로 쓰레기를 변환시켜 만든 에너지를 가져갔다. 그들이 쓰레기장에 자리를 잡은 뒤로 쓰레기장은 점점 작아지기 시작했고 쌓인 채 썩지 않던 플라스틱과 비닐은 꾸준히 줄어들었다. 지구는, 땅은, 인간은 그만큼 조금씩 더 숨을 쉴 수 있게 되었다.

그들은 한 세대씩 찾아왔다. 이동하기에 충분한 에너지를 비축하고 나면 그들은 떠났다. 그러면 다음 세대가 찾아와서 작업을 이어받았다. 그들은 어딘가의 땅에 발을 디디고 정주(定住)해야만 하는 인간과는 근본적으로 다른 자유로운 존재였다. 우리는 조그만 행성의 쓰레기 속에 파묻혀 갇힌 채 살아갔다. 그들은 우리에게 꼭 필요하지만 절대로 이해할 수 없는 기술과 인간이 인간으로 존재하는 한 결코 사용할 수 없는 지식을 가진 채 찾아왔다가 떠나고 또 찾아왔다가 떠나갔다. 많은 나라에서 많은 경우에 지구인은 그들을 두려워했고 혹은 두려워서 미워했다. 그들은 아랑곳하지 않았다. 그들이 아랑곳하지 않았기 때문에 지구인은 그들을 더욱 두려워하고 미워했다. 나는 지구인이 그들을 적으로 여겼기 때문에, 적을 알고 나를 알아야 한다는 오래된 전쟁 기술의 원칙에 따라 그들의 언어를 배우고 그들의 존재 방식을 공부했다. 그들에 대해 배우면서 나는 그들이 적이 아니라는 사실을 천천히 깨달았다. 내가 사는 지역에 그들의 언어로 말할 수 있는 사람은 극히 드물었다. 그래서 나는 통역을 맡게 되었다.

근로감독관이 그의 일반적인 근무시간을 물었다. 그는 다시 곤란한 표정으로 나를 쳐다보았다. 외계노동센터 소장님이 서류 뭉치를 몇 장 넘기더니 나에게 내밀었다. 나는 서류에 적힌 시간을 확인하고 그에게 숫자를 보여주었다. 그가 고개를 끄덕였다. 나는 서류에 적힌 대로 근무시간을 근로감독관에게 알려주었다. 근로감독관이 화면을 들여다보며 숫자를 입력했다. 그리고 여전히 화면을 들여다보며 물었다.

"입사했을 때 사장이 살아있었습니까? 공장에서 사장이 살아있는 모습을 본 적 있습니까?"

내가 질문을 통역했다. 그가 고개를 끄덕였다. 부가 설명은 하지 않았다. 근로감독관이 다시 물었다.

"그 사람이 사장이라는 걸 알고 있었어요? 사장이 공장 일에 관여를 했습니까? 업무 지시를 하거나, 근태 관리를 하거나?"

"알고 있었습니다."

내가 통역하자 그가 다시 고개를 끄덕이며 대답했다.

"어느 기계로 가서 일하라든가, 재료가 많이 들어와서 야근 해야 된다든가, 그런 걸 사장이 매일매일 알려주었습니다."

"매일매일? 그러면 출근하면 사장한테 가서 업무 지시를 받았단 말이죠?"

근로감독관이 확인하며 입력했다. 그리고 다시 물었다.

"사장이 사망했을 때 공장에 있었습니까? 사장이 사망하는 걸 직접 봤어요?"

"아뇨."

그가 고개를 저었다.

"전날 일…… 많이, 오래, 했습니다. 사장이 쉬라고 했습니다."

말하면서 그는 다시 곤란한 표정을 지었다. 외계노동센터 소장님이 옆에서 또 서류 뭉치를 뒤져서 내밀었다. 나는 그에게 숫자를 확인한 뒤에 근로감독관에게 야간근무 시작과 종료 시간을 알렸다. 근로감독관이 눈으로는 화면을 들여다보며 손으로는 키보드를 빠른 속도로 두들기며 물었다.

"그러면 사장이 죽은 걸 알고 있었습니까? 사람이 죽었다는 게 뭔지, 죽은 사람하고 산 사람이 어떻게 다른지 이해할 수 있어요?"

이 질문은 상당히 모욕적이라고 나는 생각했다. 그래도 나는 통역이었고 어쨌든 그의 답변을 듣고 전달해야 했다. 그래서 나는 통역했다. 그는 이전과 똑같이 담담하고 차분하게 대답했다.

"상무가 사장 죽었다고 말했습니다. 죽은 인간은 살아있는 인간과 에너지 상태 측면에서 전혀 다릅니다. 죽은 인간은 물질대사를 하지 않습니다."

"그러면 사장이 죽은 걸 확실히 알고 있었단 말이죠?"

근로감독관이 다시 한번 확인했다. 그가 고개를 끄덕였다. 근로감독관이 이어서 물었다.

"죽은 사장이 공장에 나타났을 때 어땠습니까? 놀랐어요? 무서웠어요? 아니면 아무렇지도 않았어요? 다른 동료들은 어땠습니까?"

내가 질문을 통역하자 그는 잠시 생각했다.

"흥미로웠습니다."

그가 말했다.

"지구 인간이 물질대사 없이 순수한 잔존 에너지 상태로 존재하는 것도 때때로 가능하다는 이야기를 '존재의 원천'에게 '멀리서' 들은 적은 있지만 실제로 목격한 건 처음이었습니다."

인간의 방식으로 말하자면 귀신 얘기를, '부모' 혹은 '조부모'에게, '오래전에' 들은 적이 있다는 뜻이다. 나는 통역했다. 그가 흥미롭다고 말했다는 사실은 망설이다가 뒤에 덧붙였다. 그는 물론 지구인이 아니었지만 나는 그가 인간의 죽음을 '흥미롭다'고 표현하여 더욱 비인간적인 존재로 여겨지는 것을 원치 않았다. 다행히 근로감독관은 크게 신경 쓰지 않는 것 같았다. 무심하게 화면을 들여다보며 입력했다.

"다른 동료들은요?"

근로감독관이 짧게 물었다. 그가 아무렇지 않게 대답했다.

"흥미나 놀라움을 표현하기도 했습니다. 그러한 감정을 바탕으로 하여 작업을 멈추고 관찰하기도 했습니다. 상무가 고함을 지르고 기계를 발로 차고 작업 도구를 던졌습니다."

"상무가요?"

근로감독관이 되물었다. 근로감독관의 눈썹이 살짝 움직

이는 것을 나는 보았다. 신경이 쓰였다. 근로감독관이 계속해서 물었다.

"상무는 지구인 직원입니까?"

"상무가 거기 사장 아들이에요. 그때는 상무였고 지금은 사장 죽고 회사 이름만 바꿔서 똑같은 공장에서 자기가 사장 노릇 하고 있어요."

소장님이 더 이상 못 참겠다는 듯 끼어들었다. 근로감독관은 대답하지 않고 화면을 바라보며 키보드를 두들겼다. 그리고 물었다.

"그래서 상무가 고함지르고 난동을 부렸단 말이죠?"

"그…… 사람들 원래 툭하면 그래요. 특히 그 사장 아들……. 상무, 지금 사장 해먹는 그…… 인간, 정말, 아주 개차반이에요."

소장님은 단어 사이사이로 욕설이 새어 나오지 못하게 누르면서 최대한 냉정하고 차분하게 강조했다.

"사장은 대부분 욕하고 소리 지르고 물건 던지고 그러는 정도인데 그 상무는 꼭 사람을 패요. 아주 악질이에요. 근로자 폭행해서 고소, 고발을 당한 적도 한두 번이 아니라고요. 여기 보시면 고발장 사본도 다 가지고 왔어요."

그러면서 소장님은 서류 뭉치를 들어서 근로감독관 책상

앞 투명 칸막이에 바짝 가져다 댔다. 근로감독관의 표정에는 변화가 없었다. 그러나 투명 칸막이를 통해 소장님이 들고 있는 고발장을 흘끗 보면서 근로감독관의 눈썹이 또 한 번 살짝 움직인 것을 나는 놓치지 않았다. 나쁜 징조일까? 그에게 불리해지는 걸까? 나는 불안해졌다.

근로감독관의 눈썹은 아주 빠르게 제자리로 돌아갔다. 근로감독관이 무감정하게 물었다.

"그래서 작업에 방해를 받았다고 느끼셨다는 거죠? 다른 동료들도 같은 생각이었습니까?"

그가 입을 열었으나 대답을 하기 전에 소장님이 재빨리 끼어들었다.

"작업 방해 정도 문제가 아니에요. 아예 공장 전체 다 쉬고 날 잡아서 굿도 했다니까요."

소장님은 그를 바라보며 손짓으로 잠시 기다리라고 신호했다. 그러면서 투명 칸막이 너머 근로감독관에게 열심히 설명했다.

"상무 그 욕심 덩어리 인간이 오죽하면 공장을 쉬고 굿을 하고 난리를 치니까 이 친구들이 아, 상무가 사장 귀신 쫓아내 달라는 거구나, 하고 이해를 한 거라고요. 다 상무가 자업자득한 거라니까요."

정부는 공장에서 처리하는 쓰레기의 양에 따라 보조금을 지급했다. 쓰레기를 많이 처리하면 할수록 그들이 얻는 에너지도 많아졌고 사장이 받는 정부 보조금도 늘어났다. 그들이 충분한 에너지를 비축하여 떠나가고 나면 새로운 세대가 찾아오기까지 지구인의 시간으로 하루에서 일주일 정도가 소요되었다. 그 기간 동안 일손이 비고 돈 대신 쓰레기가 쌓인다는 사실을 지구인 사장과 공장주 들은 못 견뎠다. 그들은 아랑곳하지 않았다. 그들이 아랑곳하지 않았기 때문에 사장들은 더욱 조바심을 내고 분노했다. 그러므로 죽은 사장의 유령을 공장에서 쫓아내기 위해 상무가 휴업을 지시했다는 사실은 중요했다. 나는 소장님의 논리를 이해했다.

"그러니까 본인은 그 죽은 사장 귀신을 에너지로 재활용하고 나머지는 소멸시킨 것도 사장 아들, 그때 당시 상무의 업무 지시로 이해했다는 말씀이죠?"

근로감독관이 정리했다. 나의 통역에 그가 동의했다. 근로감독관이 화면을 들여다보았다. 손가락은 이제 키보드를 두들기지 않았다. 한 손의 검지를 뻗어 화면에 입력된 내용을 읽고 있었다.

"그리고 그게 공장 내의 정상적인 업무 진행을 위한 목적으로, 업무 시간 중에, 작업장 안에 있는 기기를 사용해서 일상적인 업무 형태로 이루어졌으니까, 이 모든 것이 다 근로계약에 따른 정당한 노동 행위라 보아야 한다, 이런 취지입니까?"

"그렇죠!"

그가 대답하기 전에 소장님이 나서서 동의했다. 근로감독관이 나를 쳐다보았다. 나는 통역했다. 그는 고개를 끄덕였다. 근로감독관이 말을 이었다.

"그리고 근로계약에 따른 정당한 노동 행위를 했다는 이유로 계약 기간이 끝나지 않았는데 나가라고 한 것은 부당해고라는 관점이시고요?"

"네, 바로 그겁니다."

소장님이 다시 대답했다. 근로감독관의 시선이 그에게 향했다.

"거의 다 끝났습니다. 진술하신 내용 출력해서 확인하고 지장 날인하시면 됩니다."

근로감독관의 눈썹 때문에 우려했던 바와는 달리 진술서는 건조하고 정확하게 그가 말한 내용 그대로 정리되어 있었다. 나는 12쪽짜리 진술서를 처음부터 끝까지 그와 함께 꼼꼼하게 읽고 재확인했다. 그리고 페이지마다 가로로 반 접어서 뒷면에 그의 지장을 찍었다. 그의 지장 옆에 나도 지장을 찍어야 했다. 내 엄지손가락은 금세 빨갛게 물들었다. 반면 그의 손가락에 묻은 인주는 금세 푸르스름한 색으로 변하다가 검은색이 되어 사라졌다. 사실은 사라진 게 아니라 인간의 눈에 보이지 않게 되었을 뿐이다. 그러므로 반으로 접은 진술서에 그가 인주 묻힌 손가락을 대고 누르면 붉은 지장이 찍혔다. 나는 그 신기한 광경을 조금 매혹된 채로 바라보았다. 그들의 신체, 그러니까 지구인 관점에서 말하자면 신체이고 그들의 본래 형태는 우리와 근본적으로 다르지만, 하여간 그들이 지구에서 체재하기 위해서 취하는 지구인과 비슷한 몸의 형태가 모든 종류의 유휴 에너지를 흡수한다는 사실은 들어서 알고 있었다. 그래서 그들은 지구인의 눈으로 볼 때 까맣게 보였다. 이 때문에 그들을 두려워하고 혐오하는 지구인들은 그들에게 인종차별적인 용어를 자주 사용했다. 인종차별은 그 자체로도 틀려먹은 데다 그들은 지구인이 아니므로 지구인 피부에 존재하는 색소의 기준을 적용할 수 없으니 과학적으로도 완전히 틀렸다. 물론 그러거나 말거나 차별을 좋아하는 지구인들은 정교하고 섬세한 과학 원리를 언제나 거칠고 '간단하게' 축소하려 하였으며, 그런 의도에서 완전히 틀린 용어들을 더욱 열정적으로 사용해 댔다.

지장을 다 찍은 후에 우리는 일어섰다. 근로감독관도 투명 칸막이 너머에서 일어섰다. 완성된 진술서를 넘겨받은 뒤에 근로감독관이 외계노동센터 소장님을 향해 목소리를 낮추어 빠른 속도로 말했다.

"저 그 공장 가봤는데, 지금 사장 완전히 답이 없는 사람이더라고요. 도저히 말이 안 통해요."

근로감독관이 고개를 절레절레 저었다.

"지금 이 건 앞뒤로도 폭행, 폭언, 직장 내 괴롭힘으로 신고가 몇 건이나 들어와 있어요. 이주하신 분들만이 아니고 지구인들한테도 그래요."

"제가 말씀드렸잖아요, 아주 상습적이라니까요."

소장님이 반가워하며 맞장구쳤다. 그리고 허리를 깊이 숙였다.

"하여간 잘 좀 부탁드립니다."

그와 나도 반사적으로 얼른 따라서 허리를 굽혔다. 근로감독관님이 고개를 숙여 우리의 인사에 답했다.

노동청 건물 밖으로 나오니 햇볕이 거리를 모두 불태울 듯 내리쬐고 있었다. 나는 서둘러 가방에서 모자를 꺼냈다. 그는 뜨거운 햇살 아래 더욱 까맣게 빛나고 있었다. 태양광을 흡수하면서 그의 신체가 점점 더 까맣게 변하는 것과 비례하여 그의 피부 위에 점점 더 명랑하게 반짝이는 반투명한 안개가 흐르는 듯 보였다. 그것은 비지구적이며 무척 아름다운 광경이었다.

우리는 시외버스 터미널을 향해 걷기 시작했다. 그는 해고된 뒤 다른 공장에 취직해서 일하고 있었고 소장님은 센터로 돌아가야 했다.

"한 달쯤 걸린다고 합니다."

그가 햇빛 아래 반투명한 안개 속에 빛나며 말했다. 내가 소장님에게 전달하고서 물었다.

"한 달 안에 다 끝나나요?"

"운 좋으면 그렇지요. 상대방이 더 무슨 항의를 하지 않으면요."

소장님이 대답했다.

"무슨 항의를 해요?"

내가 물었다. 소장님이 설명했다.

"상무가 처음에 이 '넘어 다니는 존재들'이 가진 기술로 살아있는 지구 사람도 소멸시킬 수 있는 거 아니냐, 지구인을 다 죽이고 행성을 뺏으려는 거 아니냐, 뭐 이런 취지로 진정을 넣었어요. 그런데 그 얘기는 애초에 '넘어 다니는 존재들'이 처음 지구에 찾아와서 계약 맺을 때 지구상의 여러 정부나 연구기관들이 다 몇 번이나 확인해서 문제없다고 밝혀진 사실이고요. '넘어 다니는 존재들'의 기술 자체가 살아있는 유기체에는 해를 끼칠 수가 없어요. 그러니까 그건 말도 안 되고. 진정이 받아들여지지도 않고 잘렸죠. 그러니까 상무가 그러면 '넘어 다니는 존재들'이 외계 기술을 사용해서 죽은 사람을 불러낸 거 아니냐, 저승 갔던 자기 아버지를 도로 데려와서 구천을 떠돌게 만든 거 아니냐, 이러고 또 진정을 넣었는데 그것도 뭐 실증적으로 증명할 수가 없으니까 각하됐죠."

소장님의 설명을 들으며 나는 조용히 햇빛을 흡수하며 시외버스 터미널을 향해 걸어가는 빛나는 검은 외계인을 바라보았다. 시간과 차원을 넘어 지구인들이 '미래'라 부르는 것을 스스로 만들며 살아가는 그의 양손을 바라보았다.

그들은 한곳에 머무르지 않았다. 머무르지 않는 존재에게 죽어가는 땅덩어리는 아무 쓸모가 없었다. 그들이 단지 지구인이 이해하지 못하는 외계 존재이기 때문에 지구인을 다 죽이고 행성을 탈취하리라는 것은 폭력과 침략을 역사라 부르는 한심한 존재들의 망상일 뿐이었다. 나는 내가 운이 좋아서 만날 필요가 없었던 상무를 상상했다. 쓰레기장 속에서 자신이 쓸 줄도 모르는 기계 덩어리를 몇 개 가지고 있다는 이유만으로 자기가 대단하다고 착각하며 무례와 폭력으로 그 사실을 증명하는 것이 존재 이유의 전부인 불필요하고 무의미하고 초라한 존재에 대해 생각했다. 언젠가 그 상무도 물질대사를 멈추고 잔존 에너지로 변환될 것이다. 그는 그때쯤 이미 오래전에 다른 차원으로 떠났을 것이다. 그의 동료들이 상무의 잔존 에너지도 소멸시켜 주면 좋겠다고 나는 속으로 희망했다.

시외버스 터미널 안에 들어서자 그의 몸을 둘러싼 투명한 빛무리가 사라졌다. 그의 형체는 평범하고 부드러운 색조로 가라앉았다. 나는 조금 아쉬웠다.

"안녕히 가세요."

그가 인사했다.

"안녕히 가세요."

내가 그와 소장님에게 인사했다.

그리고 그들은 떠났다.

증
언

❀ 2022년 앤솔러지 《우리의 21 세기》(꿈꾸는섬) 수록

도시가 탱크에 둘러싸이고 군인들이 총을 들고 거리를 뒤덮었을 때 완(完)은 학교에 있었다. 수업 중에 교감 선생님이 들어와서 다들 빨리 집에 가라고 했다. 교감 선생님은 그 말만 하고 도로 나갔고 수업하던 선생님이 교감 선생님을 따라 나갔다가 얼굴이 새하얗게 되어 교실로 돌아왔다. 완과 동급생들은 무슨 일인지도 모르고 선생님에게 쫓기다시피 책과 공책을 챙겨서 황급히 학교를 나왔다. 학교 앞 정류장에 학생들이 옹기종기 모여 서서 버스를 기다리고 있었다. 아무리 기다려도 버스는 오지 않았다. 몇몇 성질 급한 아이들이 발길을 돌려 걷기 시작했다. 완도 친구들을 따라 집을 향해 걸었다. 평소 같았다면 학교가 일찍 끝나서 신이 난 친구들과 모여서 집에 걸어가는 길에 왁자지껄 떠들며 즐거웠을 것이다. 그러나 수학 선생님의 새하얗게 질린 얼굴과 교감 선생님의 벌겋게 부은 눈과 갈라진 목소리를 떠올리며 아무도 아무 말도 하지 않았다. 그리고 사람들이 뛰기 시작했다.

완은 무슨 일인지도 모르면서 아이들과 함께 뛰었다. 무슨 일인지 몰랐기 때문에 겁에 질려서 그만큼 더 결사적으로 뛰었다. 하늘을 가르는 날카로운 폭발음이 들렸다. 찢어지는 듯 위협적인 그런 소리를 완은 살면서 처음 들어보았다. 사람들이 비명을 지르면서 흩어졌다. 완은 어디로 가는지 모르는 채로 무조건 뛰었다. 옆에서 누군가 완의 손을 잡았다. 완은 자기 또래 아이의 겁에 질린 얼굴과 눈물 젖은 눈, 숨을 몰아쉬느라 크게 벌린 입을 보았다. 완은 모르는 아이의 손을 꽉 잡고 뛰고 또 뛰었다. 그러다가 완의 허리에서 불꽃이 터졌다. 등 전체가 산산조각 나는 것 같았다. 다음 순간 땅이 솟아올라 난데없이 완의 얼굴을 힘껏 때렸다. 어딘가에서 높고 기괴한 소리가 비틀리고 흔들리며 천천히 이어졌다. 완은 어리둥절한 채 그 소리에 귀를 기울였다. 소리는 곧 끊어졌다. 등에서 가슴에서 목으로 축축한 것이 흘러내리고 퍼지고 타고 올라왔다. 완은 어둠 속에 혼자 남았다.

이건 꿈이라고, 완은 생각했다. 아주 오래전에 꾸었던 악몽이었다. 그 뒤가 어떻게 되는지 완은 이미 알고 있었다. 어쨌든 나는 살았어, 완은 중얼거렸다. 같은 꿈을 꿀 때마다 완은 매번 그렇게 말하며 자신을 진정시켰다. 어쨌든 나는 살아남왔다. 어쨌든 나는 살아있다. 어쨌든 나는 살았다.

  ……완은 걷고 있었다. 아주 오랫동안 걷고 있었다. 엄마와 함께 동생의 손을 잡고 계속 걷고 또 걸었다. 엄마는 큰 짐을 머리에 이고 아기 막냇동생을 업고 있었고 완은 한 손은 큰 동생의 손을 잡고 다른 손으로는 보따리를 움켜쥐고 있었다. 팔이 아프고 다리가 아프고 항상 목이 마르고 더웠다. 처음에 걷기 시작했을 때 동생은 불평을 하며 보챘고 그러면 완은 짜증을 냈는데, 언제부터인가 너무 배가 고프고 목이 마르고 팔다리가 아프고 지쳐서 동생은 더 이상 보채지 않게 되었고 완도 더 이상 화내지 않게 되었다. 엄마 등에 업힌 막냇동생 이 아기인데도 점점 울지 않게 되고 점점 조용해져 가는 것 이 완은 무엇보다도 무서웠다. 잠시 멈추어 설 짬이 날 때마 다 엄마는 등에 업었던 막냇동생을 품에 안고 젖을 물렸으나 아기는 그저 엄마에게 얼굴을 기댄 채 작은 소리로 웅얼거릴 뿐이었다. 완의 가족뿐 아니라 걷는 사람들 모두 지쳐있었다. 모두 너무 오래 걸었고 날은 너무 더웠다. 그리고 미군이 나 타났고 큰 소리로 알아들을 수 없는 말을 하며 방향을 가리 켰고 그래서 사람들은 미군이 가리키는 방향으로 걷기 시작 했다.

미군이 다가와서 엄마가 머리에 인 짐을 내리고 완이 손에 든 보따리를 가져갔을 때 완은 조금 불안했다. 짐을 빼앗아 가려는 게 아니라 그냥 들여다볼 뿐이라는 건 알고 있었지만, 그 짐은 걷는 내내 세 식구의 일상을 지탱해 준 살림살이 전부였고 완은 그래서 가족의 물건을 아무에게도 넘겨주고 싶지 않았다. 그리고 폭격이 시작되었다. 하늘에서 폭탄이 떨어졌고 미군이 걷는 사람들을 향해 총을 쏘았다. 사람들은 총알을 피해 동굴 안으로 달려갔다. 동굴은 진짜 동굴이 아니고 언덕을 이어놓은 굴다리 두 개가 나란히 뚫린 곳이었다. 그러니까 동굴은 총알을 막아주기에는 너무 짧았고 양쪽이 너무 훤하게 열려있었다. 엄마가 옆에서 아기를 업은 채 소리도 없이 쓰러졌고 완은 동생의 손을 잡고 사람들을 따라 굴다리 안으로 뛰었다. 허리가 뜨거워졌다. 완은 허리에서 폭탄이 터졌다고 생각했다. 땅이 솟아올라 얼굴을 때렸다. 그러나 땅은 부드러웠다. 앞에서 뛰어가던 사람들이 쓰러져 축축한 피에 젖은 힘없는 몸으로 땅을 뒤덮고 있었기 때문이었다. 완은 옆에서 동생이 지르는 찢어지는 비명을 들었다. 동생의 손을 잡으려 했으나 완은 땅에 있었고 잡고 있던 동생의 손을 놓쳤고 땅에 엎드린 채로는 동생에게 손이 닿지 않았다. 등 전체에 불이 붙은 것 같았다. 완은 움직일 수 없고 말할 수 없었다.

완의 뒤에서 굴다리 안으로 함께 달려가던 사람들도 앞뒤에서 미군들이 마구 쏘는 총탄에 맞아 완의 몸 위로 쓰러졌다.

완이 다시 움직일 수 있게 되었을 때 사방은 어두웠다. 완은 죽은 사람들 사이에 깔려있었고 허리가 여전히 불에 타는 것 같았다. 다리를 움직일 수 없었다. 명치 아래로 아무것도 느껴지지 않아서 사실 움직일 수 있는지 없는지조차 완은 확실히 알 수 없었다. 완은 양팔을 움직여 자신을 뒤덮은 죽은 사람들 사이에서 조금씩 기어나가기 시작했다. 죽은 사람들은 무거웠고 완이 아무리 팔로 헤집어도 완을 덮은 채 땅에서 일어나려 하지 않았으며 완은 목이 마르고 배가 고프고 이제는 다리도 움직일 수 없었다. 완은 죽은 사람들의 부드러운 몸과 축축한 피 위에서 조심스럽게 양팔을 움직여 천천히 힘겹게 몸을 빼내려 애썼다.

"······야."

가느다란 목소리가 들려왔다. 완은 사방을 둘러보았다.

"······야."

완은 힘껏 고개를 움직여 할 수 있는 한 뒤쪽을 쳐다보았다. 죽은 사람들 사이에 동생의 희끄무레한 얼굴과 겁에 질린 커다란 눈이 보였다.

"······언니야."

동생이 꺼질 듯이 조그만 소리로 말했다. 완을 불렀다. 완을 향해 조그맣고 가느다란 손을 내밀었다. 내미는 것처럼 보였다. 완은 몸을 돌려 동생을 향해 기어가기 시작했다. 동생이 내민 손을 향해 자신의 손을 뻗었다. 동생의 손은 차갑고 딱딱했다. 동생은 더 이상 움직이지도 말하지도 않았다. 동생의 겁에 질린 커다란 눈은 어둠 속에서 죽은 사람들을 바라보고 있었다. 완은 비명을 질렀다.

— 할머니.

누군가 말했다.

— 할머니.

완은 자신이 죽었다고 생각했다.

"할머니."

단단한 두 손이 조심스럽게 완의 어깨를 잡았다. 완을 껴안았다.

"할머니."

완은 여전히 겁에 질린 채로 목소리가 들려오는 곳을 바라보았다. 익숙하고 다정한 손녀의 얼굴이 눈에 들어왔다.

"할머니, 괜찮아요. 나야, 민(敏)이."

"민이……."

완이 중얼거렸다. 잔뜩 긴장했던 몸에서 힘을 풀자 손녀가 꼭 끌어안았던 완의 어깨를 놓아주었다. 완은 사방을 둘러보았다.

"치료받으러 왔잖아요."

손녀가 부드럽게 말했다.

"기억 안 나, 할머니?"

"치료……."

완이 다시 민의 말을 따라 중얼거렸다. 조금씩 천천히 현실이 물결치며 기억 속으로, 마음속으로 흘러 들어오기 시작했다.

"환자분. 환자분?"

손녀 옆에서 하얀 외투를 걸친 사람이 완에게 말을 걸었다. 완은 시선을 돌렸다. 하얀 외투를 걸친 사람의 머리카락은 분홍색이었다. 하얀 가운 가슴 부분에 이름과 함께 '의사'라는 직함이 새겨져 있었다. '의사'라는 단어와 갈색 얼굴과 밝고 명랑한 분홍색 머리카락을 보면서 완은 머리카락이 아주 예쁘다고 두서없이 생각했다. 선명한 분홍 머리카락의 의사가 건조하게 물었다.

"환자분 성함 아세요? 자기 이름 말하실 수 있어요?"

완은 이름을 말했다. 의사가 다시 물었다.

"오늘 무슨 요일인지 아세요?"

완은 요일을 말했다. 의사가 고개를 끄덕이며 태블릿에 뭔가 입력했다.

"우리 할머니 괜찮으신 거죠?"

민이 걱정스럽게 의사에게 물었다. 의사가 민을 향해 다시 고개를 끄덕였다.

"네, 별문제 없으신 것 같지만 아까 많이 놀라셨으니까, 오늘은 하룻밤 입원하셔서 저희가 상태를 모니터링 하고, 괜찮으시면 내일 계속하죠."

하룻밤 입원이라는 말에 민이 근심 가득한 표정으로 완을 쳐다보았다. 완은 손녀에게 고개를 끄덕였다. 이제 '별문제 없으실' 수가 없게 되었다. 딸 옥(沃)은 애초에 이 치료를 반대했다. 완이 굳이 주장해서 여기까지 왔는데, 치료받다 놀라서 병원에 하룻밤 입원해야 하는 상태가 되었다는 얘기를 들으면 딸이 가만히 있지 않을 것이라고 완은 생각했다.

완의 예측은 들어맞았다. 옥은 완이 병원에서 하룻밤 입원해야 하는 상태가 되었다는 민의 전화를 받자마자 당장 직장에서 뛰쳐나와 병원으로 달려와서 우리 엄마한테 무슨 짓을 한 거냐고 의료진에게 항의하기 시작했다. 딸을 말리려고 이것저것 얘기하다가 완은 시뮬레이션 도중에 자신의 경험이 아닌 장면들이 튀어나왔다는 말을 흘려버렸고 옥은 더더욱 분노했다. 이 시점에서 의사가 약간 눈살을 찌푸렸다.

"환자분 아까는 그런 말씀 안 하셨는데요?"

완은 더듬거리며, 시뮬레이션에서 막 깨어났을 때는 등이 타는 것 같던 그 감각과 두려움과 공포가 너무 커서 아무 말도 할 수 없었다고 천천히 최선을 다해 설명했다. 시뮬레이션이 끝날 때 자신을 바라보는 겁에 질린 어린 얼굴, 눈물 젖은 커다란 눈을 바라보며, 눈앞의 사람이 죽었다는 사실을 깨닫고 비명을 질렀다는 말은 하지 않았다.

의사는 찌푸린 눈살을 펴지 않았다.

"확실히 환자분 본인 경험이 아니었단 말이죠? 혹시 옛날 기억들이 섞인 건 아닐까요?"

완은 천천히 고개를 저었다.

"사람들 옷차림이나, 총 든 미군이나, 군복이나…… 육이오전쟁 때 같았어요."

"한국전쟁요?"

의사가 여전히 눈살을 찌푸린 채로 중얼거렸다. 들고 있던 태블릿을 펼쳐서 검색하기 시작했다.

"내가 태어나기 한참 전이에요."

완이 말했다. 그리고 태블릿을 들여다보는 의사의 밝은 분홍색 머리카락을 보면서 그렇지, 요즘 애들은 육이오전쟁이 조선시대 일이라고 생각하겠지, 하고 속으로 한숨을 쉬었다.

"그렇겠네요. 1950년······."

의사가 여전히 태블릿 화면을 손가락으로 넘기면서 중얼거리듯이 말했다. 그러다가 태블릿을 단호하게 접었다.

"오늘은 일단 하룻밤 상태를 보시고, 저희도 기록을 다시 보고 어디에서 오류가 생겼는지 알아보겠습니다. 그리고 만약에 내일도 시뮬레이션 도중에 이런 상황이 벌어지면 그때는······."

"내일도 한다고요? 방금 사람 죽을 뻔했는데?"

옥이 의사의 말을 중간에 잘랐다. 민이 옆에서 말리려 했다.

"엄마, 죽긴 누가 죽어······."

"너 좀 가만히 있어. 치료 당장 중단하세요. 우리 엄마 오늘 밤엔 혹시 모르니까 경과 봐야겠지만 내일은 해 뜨자마자 퇴원하실 거니까 그렇게 아세요."

옥이 화를 냈다. 완이 말했다.

"의사 선생님한테 그렇게 덤비지 마라. 너 내가 그렇게 안 키웠다."

"엄마는 아까 숨넘어갈 뻔했다면서!"

옥이 외쳤다. 완이 다시 천천히 말했다.

"내일 치료 계속할 거다. 그렇게 알아라."

"엄마!"

완은 병원에서 제공한 휠체어에 앉은 채 단호한 눈길로 딸을 쳐다보았다.

"나 아직 정신 멀쩡하고 여기도 내가 결정해서 내 발로 왔어. 치료를 계속할지 말지 내가 결정할 테니까 넌 숨이나 좀 돌리고 민이 데리고 어여 집에 가서 밥다운 밥이나 멕여."

옥이 뭐라고 반박하려다가 입술을 깨물었다. 완이 이런 표정에 이런 말투로 말할 때는 싸워봤자 소용없다는 것을 옥은 평생 경험해서 잘 알고 있었다. 손녀가 엄마 뒤에서 할머니를 보면서 살짝 웃으며 눈을 찡긋해 보였다. 완은 진지한 얼굴로 고개를 저었다.

"의사 선생님, 여러 가지로 곤란하게 해드려서 죄송합니다. 내일 뵙시다."

완이 말했다. 그리고 익숙한 손놀림으로 익숙하지 않은 휠체어의 스위치를 눌렀다. 휠체어는 빙글 돌아서 완을 싣고 정해진 병실을 향해 천천히 미끄러지듯 움직여 갔다.

완은 밤에 잠을 잘 이루지 못했다. 원래 평생 푹 자본 적이 몇 번 없을 정도로 잠을 얕게 잤고 해마다 봄이 되면 잠 못

자는 날들이 이어지곤 했다. 언제나 그러했으므로 잠을 못 자면 또 이러는구나, 하고 대수롭지 않게 여겼는데 근래 잠 못 자는 증상이 부쩍 심해졌다. 간신히 잠이 들더라도 화들짝 놀라며 깨어나기 일쑤였다. 그렇게 얕은 잠을 자다가 놀라서 깨어나는 일이 밤새 계속되었다. 무엇 때문에 놀랐는지, 무엇이 그렇게 무서웠는지는 잠에서 깨고 나면 기억하지 못했다. 그저 무서웠다.

공포와 불면의 밤과 불안과 두려움의 새벽이 봄을 온통 지배했고 계절이 바뀌어도 계속 이어졌다. 생활이 흐트러졌다. 완은 화장실에서도 졸았고, 밥을 먹다가도 졸았고, 국을 끓이다가도 졸았다. 밥을 먹다 졸면 떨어뜨려 깨진 밥그릇과 흩어진 밥알은 로봇청소기가 치워주었고 국을 끓이다가 졸아붙어 타기 시작한 냄비에는 화재 안전 장치가 알아서 물을 뿌려주고 불을 꺼주었다. 그러나 그 모든 어그러짐의 원인이 된 잠은 기계가 해결해 줄 수 없었다. 그러다가 마침내 완은 딸과 전화하는 도중에 잠들어 버렸고, 어머니가 심장마비라도 일으켰나 하고 혼비백산한 옥이 집에 달려왔기 때문에 완은 연례행사처럼 찾아오는 불면과 악몽이 이제는 달이 지나고 계절이 바뀌도록 자신을 괴롭히고 있다는 사실을 실토해야만 했다.

가족회의가 열렸다. 그때 민이 제안한 것이 가상현실 시뮬레이션 치료였다. 이전부터 있었던 최면 치료를 바탕으로 디지털화한 새로운 심리 치료 방식인데, 간단히 말해 꿈을 기록한 다음에 다른 꿈으로 '덮어쓰기'하는 것이라고 민이 설명했다. 영상으로 기록된 꿈을 인공지능이 분석한 뒤에 꿈 시나리오를 조금씩 변경한다. 말하자면 인공지능과 함께 꿈을 꾸는 것인데, 인공지능이 점점 더 무난한 꿈 시나리오를 삽입하기 때문에 치료받는 사람은 시간이 갈수록 점점 덜 무서운 꿈을 꾸거나 아니면 자신이 꿈속에서 무섭다고 생각했던 것을 전혀 무서워하지 않게 된다는 것이었다. 완은 잘 알아듣지 못했다. '시뮬레이션' '디지털' '인공지능' 같은 단어가 들어갔기 때문이 아니라 잠을 못 자서 머리가 언제나 멍하고 대화를 할 때도 두 번째 단어부터는 알아듣지 못하게 되었기 때문이었다. 그럼에도 불구하고 완이 시뮬레이션 치료에 동의한 이유는 민이 조심스럽게 이렇게 덧붙였기 때문이었다.

"여기 보니까 반복되는 악몽은 과거의 충격적인 경험이나 트라우마로 인한 경우가 많대요⋯⋯. 최면 치료는 당사자가 치료 과정에서 혼자서 그 트라우마를 다시 겪게 될 때 치료자나 조력자가 개입하는 데 한계가 있었지만, 시뮬레이션 치료는 악몽의 내용을 영상으로 분석하고 객관화할 수 있어서 통제 가능하고 심리 치료와 병행하면 효과가 아주 좋다고……."

그리고 민은 근심스럽게 엄마와 할머니를 번갈아 쳐다보았다. 딸도 완을 쳐다보았다.

"엄마 쟤한테 무슨 얘기 했어?"

"얘기는, 무슨 얘기를 해……."

완이 대답했다. 옥이 민에게 말했다.

"엄마 할머니하고 얘기 좀 해야 되니까 방에 들어가 있어."

"그치만 엄마……."

"아 좀 들어가 있어봐, 나중에 얘기해 줄게."

민은 부루퉁한 채 방으로 들어갔다. 방문이 닫힐 때까지 민의 뒷모습을 지켜보다가 옥이 물었다.

"엄마, 쟤 무슨 얘기 하는 거야? 엄마 무슨 일 있었어?"

"일은 무슨, 아무 일 없다."

완이 조용히 대답했다. 옥이 다시 물었다.

"엄마 다쳤을 때 일이야? 그것 때문에 그래?"

완은 대답하지 않고 고개를 저었다.

딸은 물론 완의 허리에 있는 흉터를 본 적이 있었다. 어렸을 때 딸이 흉터에 관해 물었지만 완은 그냥 다쳤다고만 말하고 얼버무렸다. 다리를 쓰지 못하게 된 이유에 대해서 완은 딸뿐만 아니라 그 누구에게도 평생 말하지 않았다. 처음에는 말할 수가 없었다. 말하기는커녕 생각조차 하기 싫었다. 그리고 새삼스럽게 말할 이유도 별로 없었다. 해마다 5월이 되면 동네 모든 집이 같은 날 제사를 지냈다. 중학생이 허리에 총을 맞은 자초지종을 굳이 구구절절이 이야기할 필요 따위는 없었다. 그보다 성가신 것은 '여자아이인데……' '저래 가지고 시집은 어떻게……' 하는 주변 사람들의 동정과 연민 섞인 눈초리, 쯧쯧 혀 차는 소리 정도였다.

완은 사정을 다 아는 같은 동네 남자와 결혼했다. 남자의 아버지도 완이 총에 맞던 날 도시의 다른 곳에서 목숨을 잃었다. 남자의 어머니는 결혼에 결사반대했다. 그리고 숨을 거두는 순간까지 마음을 열지 않았다.

그래도 완은 자기 나름대로 행복하게 살았다. 남편과 사이도 좋았고, 늦게사 어렵게 얻은 딸 옥을 애지중지 길렀다. 아기가 기어다니기 시작했을 때 함께 집 바닥을 기어다니며 아기와 웃었던 기억은 완에게 평생의 가장 소중한 추억이었다. 아기 웃음소리는 아직도 어제 일처럼 귓가에 생생하고, 그 모습을 바라보던 친정어머니의 안타까운 표정과 시어머니의 경악한 눈빛 중에서 어느 쪽이 더 마음이 아팠는지 완은 이젠 오래되어서 기억나지 않았다.

옥이 학교에 들어갈 때쯤에는 탱크에 둘러싸이고 총 든 군인들로 뒤덮였던 도시의 그날을 세상 모두가 깨끗이 잊은 것만 같았다. 그래도 완을 둘러싼 세상은 조금씩 나아지고 있었다. 옥이 태어났을 때쯤 길거리 보도의 턱이 없어지기 시작했다. 옥이 학교에 다니게 되고 나서는 차츰 경사로 있는 건물들이 생겼다. 완은 딸과 함께 장을 보러 갈 수 있고, 딸의 학교에 운동회를 보러 갈 수 있었다. 완이 어렸을 때는 생각도할 수 없었던 일들이었다. 완이 다리를 쓰지 못하게 된 뒤, 군인들이 떠나고 나서 다시 학교가 열리고 수업을 하게 되자어머니가 매일 완을 업어 날라 중학교를 졸업시켰다. 고등학교 입시는 아버지가 반대했지만, 어머니가 강력하게 설득해서 완은 결국 입시를 치르고 고등학교에 합격했다. 그러나 중학교가 그랬듯이 고등학교에도 계단이 너무 많았다. 중학교가 그랬듯이 고등학교도 문이 다 너무 좁았고 교실 입구에도화장실 입구에도 턱이 있었다. 어머니가 매일 업어 나르는 한이 있어도 고등학교만은 졸업시키겠다고 몇 번이나 말했다.완도 어머니의 그 말이 진심임을 알고 있었다. 그래서 완은입학식에 다녀온 날 고등학교를 그만두었다.

옥은 어렸을 때부터 완과 함께 다니면서 휠체어를 탄 어머니를 방어하는 법을 익혔다. 과도한 친절과 동정은 무시나 차별과 똑같은 동전의 양면이었다. 휠체어 탄 여자 옆에 함께

다니는 여자아이를 흥미로운 장난감이나 희한한 구경거리로
생각하는 사람도 세상에는 많이 있었다. 딸이 자기주장이 분
명하고 철두철미한 성격의 불같이 강한 여성으로 성장하는
모습을 지켜보며 완은 무엇보다도 자랑스러움과 든든함을
느꼈다. 동시에 딸이 좀 더 부드럽고 편안한 사람으로 자라나
지 못한 것이 자기 탓이라 생각하여 속으로 자책하고 미안해
했다.

"엄마, 무슨 일이야?"

민의 방문이 꼭 닫힌 것을 다시 확인하고 옥이 부드럽고
조심스럽게 물었다.

"얘기해 봐, 엄마……."

"그 심리 치료라는 거, 어쨌든 한번 해봤으면 좋겠다."

완이 대답했다. 옥이 고개를 저었다.

"꿈이 어쩌고 시나리오가 어쩌고 너무 비과학적으로 들리
던데……. 사기꾼들 아냐? 난 못 믿겠어."

완은 그저 고개를 저었다. 딸에게 길게 뭔가 설명할 기운
이 없었다. 그날 밤 완은 깜빡 잠이 들었다가 또 깨어나서 거
실에서 딸과 손녀가 두런두런 이야기하는 소리를 들었다.

"할머니가 무슨 얘기를 하셔서 그런 게 아냐, 요즘에 너무
피곤해하시니까 내가 검색하다 찾아낸 거야."

손녀가 딸을 차분하게 설득했다.

"뭐라도 해야지, 어떻게든 잠을 주무시게 해야 할 거 아냐. 저러다 큰일 나."

"그래, 알았다."

딸이 마지못해 동의하는 데까지 듣고, 완은 역시 자식 이기는 부모는 없다고 생각하면서 다시 까무룩 잠에 빠져들었다.

사방이 어두웠고 완은 다른 여자아이의 손을 잡고 달리고 있었다. 자신처럼 일본인들에게 속아서 끌려온 여자아이였다. 이름은 몰랐다. 골방에 갇힌 여자아이들은 모두 부모가 지어준 이름을 빼앗기고 하나(花)로 시작하는 낯선 이름을 받았다. 하나코, 하나무라, 하나야마…… 서로 원래 이름을 물어보려고 하면 어디선가 일본 남자가 나타나서 욕을 하며 때렸다. 장화 신은 발로 차기도 했다. 여자아이들은 밥을 굶지 않기 위해, 맞지 않기 위해 필사적이었다. 빨래를 하고 청소를 하고 남자와 자신들이 먹을 밥을 해야 했지만 그러느라 손님을 적게 받거나 빨래터에서, 부엌에서 잡담이라도 조금 길게 하느라 시간을 끌면 어김없이 남자에게 얻어맞고 걷어차였다. 공장에 취직시켜 준다는 말에 따라나섰는데 트럭을 타고 기차를 타고 배를 타고 도착한 곳은 골방이었다. 사람들은 일본어로, 중국어로, 그리고 완이 이해하지 못하는 다른 여러 나라의 언어로 말했다. 그리고 완을 강간하고 때렸다. 처음부터 두들겨 맞으며 강제로 끌려온 여자아이들도 있었다. 시간이 지날수록 그런 여자아이들이 늘어났다. 이름 모를 여자아이들이 임신한 채 일본 군인의 총에 맞아 죽고 칼에 맞아 죽었다. 구둣발에 맞고 주먹에 맞아 죽고 목이 졸려 죽고 병에 걸렸다고 길에 내버려져 얼어 죽고 굶어 죽기도 했고 배고파서 도망치다가 끌려와서 맞아 죽었다. 앞뒤 소식 없이 그냥 사라지기도 했다. 아직 어린애 티도 벗지 못한 꼬마가 일본 군인의 칼에 죽는 모습을 보고 완은 탈출을 결심했다. 이름을 모르는 옆방 소녀와 함께 아직 어둠이 가시지 않은 이른 새벽에 골방을 나섰다. 삐걱거리는 나무 계단을 조심조심 내려와서 문틀이 비뚤어져 언제나 제대로 닫히지 않는 문을 살금살금 밀어 열고 마당을 지나 달렸다. 이름을 모르는 아이의 손을 꼭 잡고 무조건 있는 힘껏 달렸다. 마당에서 나오자마자 뒤에서 알아듣지 못할 일본어로 사나운 고함소리가 들려왔다. "바카야로!" 그 한마디는 알아들을 수 있었다. 그리고 허리에서 폭탄이 터졌다. 등이 산산조각으로 부서졌고 불길이 등 전체를 뒤덮었다. 완은 꼭 잡고 있던 이름 모를 여자아이의 손을 놓쳤다. 손을 놓친 순간 땅이 솟아올라 굉장한 힘으로 완의 얼굴을 때렸다. 발소리가 들렸다. 완은 옆에 이름 모를 여자아이가 쓰러진 것을 보았다. 겁에 질린 얼굴은 어둠 속에서 핏기 없이 새하얗게 보였고 공포와 고통에 찬 커다란 눈은 눈물에 젖어있었다……

완은 소스라치며 깨어났다. 사방을 둘러보았다. 자신의 얼굴을 들여다보는 의사와 눈이 마주쳤다. 그 선명하고 상냥한 분홍색 머리카락을 보자 현실로 돌아왔다는 안도감이 밀려왔다.

"중단할까요?"

의사가 물었다.

"이번에도 환자분 본인 경험과는 무관한 장면들이 계속 보였는데요."

"일제 강점기 같아요……."

완이 중얼거렸다. 의사가 고개를 끄덕이며 또 태블릿을 펼치고 재빨리 손가락을 움직이기 시작했다. 그 모습을 보며 완이 조언했다.

"100년쯤 전이에요."

의사는 태블릿 화면을 쳐다보며 말없이 고개만 끄덕였다. 완은 의사의 분홍색 머리카락을 쳐다보며 가만히 생각했다.

의사가 다시 입을 열려 했을 때 완이 먼저 말했다.

"분명히 이유가 있을 거예요."

"네?"

의사가 되물었다. 완이 설명했다.

"인공지능이 이런 기억들 속으로 저를 이끄는 데는 이유가 있을 거예요. 마치 시간 여행을 하는 것 같아요. 시대는 다르지만 계속 비슷한 일을 겪고, 계속 도망치고, 총에 맞고……."

그리고 다른 시간대의 다른 사건들 속에서도 완은 언제나 어린 소녀였고, 함께 손잡고 달리던 모르는 아이의 손을 놓치고 언제나 그 커다랗고 눈물 젖은 눈을 바라보고 있었다. 의사가 말했다.

"인공지능은 누구를 이끌지 않습니다. 그런 식으로 작동하는 게 아니에요."

의사가 치료의 구조를 설명하려 했다.

"치료의 목적은 악몽을 재구성해서 더 이상 무섭지 않게 함으로써 트라우마의 후유증을 완화하는 데 있습니다. 프로그램이 연결망 안의 다른 데이터베이스에 접근해서 비슷한 기억들을 탐색한다면 인공지능이 애초에 설계한 치료 프로세스와 전혀 다른 행동을 하고 있는 겁니다."

"그러니까 그게 이유가 있을 거라고요."

완이 말했다. 그 이상 더 적절하게 설명할 언어가 완에게는 없었다. 완은 주변의 모든 사람들이 그러했듯이 고통을 잊고 충격을 피하고 분노와 원한을 삭이며 그저 꾹 눌러 참고 극복하고 꿋꿋하게 앞으로 나아가는 방법만을 어린 시절 내내, 어쩌면 평생 배우고 익혀왔다. 세상에 재구성할 수 없는 악몽, 완화할 수 없는 트라우마, 잊을 수 없는 고통과 삭일 수 없는 분노가 존재한다는 사실을 완은 설득력 있는 언어로 명확하게 표현하는 방법을 배우지 못했다. 그 사실을 먼저 스스로 받아들이는 방법조차 배워본 적이 없기 때문이었다.

"하여간 계속해 봐요."

완이 주장했다.

"어디까지 가는지 알아야겠어요."

"게임이 아닙니다. 어디까지 가는 건 없어요."

의사가 조심스럽게 충고했다.

"정말로 계속하시겠어요? 환자분한테 신체적으로나 정신적으로나 너무 무리일 수도 있어요."

"그러면 선생님이 중단시켜 주시면 되죠."

완이 말했다.

"옆에서 계속 보고 계실 거잖아요?"

"그건 그렇죠."

의사가 석연치 않은 표정이지만 동의했다.

완은 다시 눈을 감았다.

완은 흔들렸다. 누군가 자신의 머리채를 잡아끌고 가는 것을 어렴풋이 느꼈다. 머리카락이 다 뽑히는 것 같았고 팔과 어깨가 땅의 돌과 자갈과 모래와 나뭇등걸과 풀뿌리에 쓸려 아픈데 명치 아래로는 마치 몸이 뭉텅 잘려나간 듯 아무것도 느껴지지 않았다. 소리 지르려 했으나 목소리도 나오지 않았다. 완을 끌고 가던 사람들이 완의 몸을 붙잡아 어딘가에 던져 넣었다. 말로 표현할 수 없는 역한 냄새가 풍기는 좁은 공간이었다. 완은 움직일 수 없었다. 손이 차갑고 허리가 화끈거리는 것 같기도 하고 추운 것 같기도 하고 저린 듯 쓰린 듯 견디기 힘든 느낌이 들었다. 그리고 완과 함께 다른 시체들을 태운 트럭은 독한 매연을 뿜으며 시끄러운 소리를 내면서 덜컹덜컹 흔들리며 달리기 시작했다. 완은 움직일 수 없고 말할 수 없고 눈을 크게 뜬 채 눈꺼풀조차 깜빡일 수 없었기 때문에 살았다. 트럭은 완이 알지 못하는 곳에 몇 번 더 멈추었고 군인들이 죽은 사람들을 모아서 짐칸에 던져 넣었다. 트럭이 마침내 완전히 멈추어 죽은 사람들을 한꺼번에 땅에 내려놓았을 때 완은 죽은 사람들 사이에서 움직이지 않았다. 트럭이 다시 떠나는 소리가 들리고 나서 한참이 지났을 때 완은 몸을 움직여 보았다. 목은 움직일 수 있었다. 입을 벌릴 수 있었다. 목소리는 나오지 않았지만 입을 벌리고 다물 수 있다는 건 좋은 일이었다. 양팔을 움직일 수 있었다. 명치 아래로는 여전히 아무것도 느껴지지 않았다.

완은 천천히 양팔로 힘겹게 온몸을 끌며 움직이기 시작했다. 쉽지 않았다. 죽은 사람들은 무거웠다. 죽음은 삶보다 훨씬 무거웠다. 흘러나온 피에 젖은 죽은 사람들의 팔다리와 몸통이 완의 손과 등과 어깨를 붙잡았다. 완은 있는 힘을 다해 양팔을 움직여 몸을 끌어당기고 또 끌어당겼다. 이곳에서 벗어나고 싶었다. 집에 가고 싶었다. 살고 싶었다. 완은 양팔에 자신의 생을 걸고 기었다.

"……야."

가느다란 목소리가 뒤쪽 어딘가에서 들려왔다. 완은 더럭 겁이 났다.

"……야."

완은 양팔을 힘껏 휘둘러 서둘러 움직이려 했다.

몸이 더 이상 나아가지 않았다. 감각이 없는 명치 아랫부분 어딘가에 죽은 사람이 걸린 것 같았다. 두 손으로 땅을 아무리 움켜잡고 끌어당겨도, 양팔로 앞을 아무리 휘저어도 몸이 전혀 움직이지 않았다.

"……야."

완은 뒤를 돌아보았다. 자기 또래의 모르는 아이, 허리에
총을 맞았을 때 손을 놓쳤던 아이의 겁에 질린 얼굴과 크게
뜬 눈물 젖은 눈이 어둠 속에서 희끄무레하게 보였다. 모르는
아이의 작은 손이 완의 피에 젖은 치마를 꼭 잡고 있었다. 완
은 한순간 안도했다.

"……야……."

아이가 뭐라고 말하는지 잘 들리지 않았다. 완은 힘겹게
몸을 돌려 아이를 향해서 기어가기 시작했다. 완이 다가가서
얼굴을 가까이 댔을 때 모르는 아이는 더 이상 움직이지도
말하지도 않았다. 겁에 질린 눈은 그대로 크게 뜬 채 어딘지
모를 어둠 속을 향하고 아무것도 보고 있지 않았다.

"야."

사나운 목소리가 어둠 속에서 말했다.

"이 빨갱이 이거 안 죽고 살아있네?"

"……빨갱이 아니야."

완은 이렇게 말하는 자기 목소리를 들으며 눈을 떴다.

현실로 돌아온 뒤에도 완은 몇 번이고 같은 말을 중얼거

렸다.

"나 빨갱이 아니야."

완이 집에 돌아와서 치료를 계속 받겠다고 선언했을 때 옥은 펄쩍 뛰며 결사반대했다. 이번에는 민도 걱정스러운 표정이 되었다. 완은 물러서지 않았다. 이제는 덜 무섭다고, 처음 갔을 때처럼 그렇게 숨넘어가게 혈압이 오르거나 심장이 두근거리는 것도 덜해졌다고, 의사 선생님도 계속 진행해도 된다고 말했다고 완은 차분하지만 단호하게 설득했다.

"나 혼자 다녀도 되니까 너희는 상관하지 마라."

완이 선언했다.

"그렇지만 치료는 계속 받을 거다."

"아, 엄마."

옥이 탄식했다.

"그놈의 차 열쇠를 뺏어버리든지 해야지……."

"그러면 할머니 택시 타고 다닐걸."

민이 옆에서 끼어들었다. 옥은 민에게 고개를 돌렸다. 뭐라고 말하려다가 다시 입을 다물었다. 완은 이동이 제한된 사람에 대한 배려가 전혀 없는 매몰찬 도시에서 어떻게든 필요한 장소로 이동하는 방법을 평생 탐색해 온 사람이었고 옥도 그 사실을 알고 있었다.

완은 전통적인 한국의 부모가 그렇듯이 옥이 의사나 변호사, 아니면 간호사나 교사나 공무원 같은 안정적이고 전문적인 일을 하기를 원했다. 옥은 대학을 졸업하고 자동차 영업에 뛰어들었다. 처음에는 사람이 운전하는 승용차를 팔다가 자율주행차가 일반화되면서 옥은 자율주행차 판매에 뛰어들었고 얼마 지나지 않아서 자기 분야의 전문가가 되었다. 옥의 고객 중에는 장애인이나 장애인 가족이 많았다. 여기까지는 완도 예측할 수 있었다. 완은 옥이 택한 삶의 방식조차 자기 탓인 것 같아서 역시 자랑스러우면서도 한편 미안했다.

옥이 영업직에서 성공한 이유는 역설적이게도 자율주행차를 전혀 신뢰하지 않았기 때문이었다. 옥은 운전면허를 취득할 수 있는 연령이 되자마자 면허를 땄고 면허를 따자마자 모바일 앱과 인터넷 사이트를 눈이 벌겋게 되도록 뒤져서 싸구려 털털이 중고차를 구해 엄마를 싣고 다니기 시작했다. 휠체어를 접어 넣을 공간이 있는 차종과 없는 차종, 접어 넣을 공간은 있는데 접은 휠체어를 넣거나 뺄 때 문에 걸리는 차종과 그렇지 않은 차종, 휠체어를 탄 승객이 곧바로 탑승할 수 있도록 시트를 일부 분리할 수 있는 차종과 그렇지 않은 차종, 타고 내릴 때 사람이 차에 맞춰야 하는 차종과 그렇지 않은 차종을 옥은 스무 살 무렵부터 줄줄 꿰고 있었다.

자율주행차 시범 운행 소식이 뉴스에 나오기 시작했을 때 완은 자신의 이동 범위가 넓어질 것이라 생각했다. 옥은 자율주행차를 만든 사람이 비장애인일 것이므로 따라서 자율주행차도 비장애인만 사람으로 인식하고 휠체어 탄 사람은 사람으로 인식하지 못할 것이라 생각했다. 휠체어 탄 사람뿐 아니라 성인 비장애인 평균보다 키가 작은 사람, 성인 비장애인 평균과 다른 체형을 가진 사람, 어쨌든 성인 비장애인 평균에서 벗어나는 사람은 사람으로 인식하지 못할 것이라고, 사람이 아닌 생물을 저 기계는 피하거나 보호해서 살려야 할 생명체로 인식조차 하지 못할 것이라고 옥은 의심했다. 옥은 자율주행차가 이전에 사람이 눈으로 보면서 직접 운전하던 '구식' 자동차보다 여러 생명체를 훨씬 더 많이 죽이고 다치게 할 것이라 상정했다. 그래서 옥은 차를 한 대 팔 때마다 매번 의심하고 시험하고 점검하고 확인했고 차를 구입해서 타는 사람이 궁금해하거나 불안해할 만한 점을 예상해서 정보를 수집하고 대책을 고민했다. 옥의 고객들은 그래서 옥을 신뢰했고 주변 사람들에게 자동차가 필요해지면 옥을 소개해 주었다.

완이 자율주행차를 알아봐 달라고 부탁했을 때 옥은 당연히 의심하고 망설였다. 완은 돈 때문이라 생각했다. 자동차는 본래 비싼 물건이니까, 저절로 운전하는 자동차는 당연히 더 비싸겠지. 그래서 완은 나라가 주는 장애인 지원금과 노령연금이 있고 자율주행차를 살 때 장애인증을 제시하면 할인도 받을 수 있다고 길게 설명했다. 옥이 걱정한 것은 돈이 아니었다. 완은 딸이 영업직으로서 자기가 일하는 분야에 대해서 얼마나 잘 알고 있는지, 얼마나 꼼꼼하게 물건을 점검하는지, 얼마나 철두철미하게 모든 의문점과 잠재적인 불안 요소에 대비하는지 직접 목격했다. 딸을 지켜볼 때면 언제나 그랬듯이 완은 저래서 10년 전에 첫 차를 산 손님들이 10년 뒤에 차 바꿀 때도 내 딸을 찾는구나, 라는 뿌듯하고 커다란 자랑스러움과 그런데 내 딸이지만 가끔은 참 피곤한 아이라는 조그만 짜증을 동시에 느꼈다.

어쨌든 완은 그런 우여곡절 끝에 마침내 평생 처음으로 자기 명의의 차를 소유하게 되었다. 휠체어를 탄 채로 쑥 오를 수 있고 휠체어를 탄 채로 스르륵 내릴 수 있는 차였다. 자율주행차가 자신이 입력한 목적지를 향해 움직이기 시작했을 때 완은 전동 휠체어를 처음 탔을 때의 그 기분을 다시 느꼈다. 나도 어디든지 원할 때 원하는 곳으로 갈 수 있다. 혼자서 갈 수 있다. 그것은 자유의 감각이었다.

"할머니 치료받으실 때 내가 같이 갈게."

민이 자원했다.

"넌 학교 가야지 어딜 같이 가니."

옥이 반박했으나 그 목소리는 그다지 강하지 않았고 조금은 망설이는 듯했다. 그 틈을 놓치지 않고 민이 제안했다.

"할머니가 오후에 병원 가는 걸로 예약하면 나 학교 끝나고 병원 들렀다가 집에 같이 오면 되잖아."

"그래라. 나도 민이가 같이 와주면 좋지."

완이 거들었다. 옥은 뭐라 말하려다 입을 다물었다. 표정을 보니 조금 안심한 것도 같았다. 그래서 완은 더 이상 논의를 길게 끌지 않기로 했다. 딸과 손녀가 보는 앞에서 병원에 전화해서 진료 예약 시간을 오후로 바꾸었다.

......산길을 걷고 있었다. 사방이 어두웠다. 추웠다. 벌써 몇 달이나 산에서 내려가지 못했다. 마을은 아마 없어졌을 것이라고 했다. 군인들이 마을에 불을 지르고 마을 사람들을 끌어내 죽였다. 학교 운동장이 전부 피에 덮여 노랗던 모래가 시꺼멓게 되었다고 했다. 아기가 죽은 엄마 시체 위에 버려져 젖 달라고 울고 있더라고 했다. 살아남기 위해서 사람들은 대대로 살던 집을 버리고 보따리를 이고 지고 산으로 향했다. 풀뿌리를 캐고 나무껍질을 벗겨 먹었다. 살림살이나 옷을 가

246

지러 마을로 내려가려던 몇몇 사람들이 군인이 쏜 총에 맞아 죽었다. 다녀온다고 나갔다가 소리 없이 사라져 버리기도 했다. 산속에서 며칠이나 숨죽이고 있었지만 풀뿌리도 나무껍질도 다 떨어졌다. 눈을 그러모아 덩어리로 만들어서 핥고 눈 녹인 물을 마시며 허기를 달랬지만 며칠 전부터는 눈도 오지 않고 땅은 바짝 말라있었다. 배가 고팠다. 죽을 듯이 배가 고팠다. 그래서 완은 달빛도 보이지 않는 깜깜한 시간에 조용히 산길을 걷고 있었다. 집 뒤의 귤나무가 그리웠다. 집 앞 해변에서 말리던 생선과 잠녀(潛女)들이 갓 따온 싱싱한 미역과 전복이 그리웠다. 산에 들어온 후로 완은 귤나무와 바다와 잠녀들에 관해 자주 생각했다. 그 잠녀 아줌마들은 살아있을까, 바닷속에 숨어서 군인들 눈에 띄지 않고 살아남았으면 좋은데, 완은 그런 생각을 했다.

"……야."

뒤에서 가느다란 목소리가 들렸다. 완은 깜짝 놀라 발걸음을 멈추었다.

"……야."

가느다란 목소리가 다시 불렀다. 완은 이를 악물고 천천히 고개를 돌렸다. 자기 또래 모르는 아이의 희끄무레하고 창백한 얼굴이 보였다. 겁에 질린 커다란 눈과 시선이 마주쳤다.

완은 자기도 모르게 아이를 향해 손을 내밀었다. 아이가 종종 걸음으로 서둘러 다가와서 완의 손을 잡았다.

"거기 누구야!"

거친 목소리가 산을 울렸다. 완과 모르는 아이는 손을 잡은 채로 굳어졌다.

다음 순간 완은 뛰기 시작했다. 손을 잡힌 채로 모르는 아이도 완을 따라 함께 뛰었다.

"서라!"

사나운 목소리가 뒤에서 외쳤다.

"거기 서!"

완은 모르는 아이의 손을 더욱 세게 잡고 있는 힘껏 뛰었다.

완의 허리가 폭발했다. 등 전체가 산산조각 나는 듯한 충격이었다. 그 서슬에 완은 잡고 있던 모르는 아이의 손을 놓쳤다. 땅이 순식간에 솟아올라 완의 얼굴에 정면으로 부딪혔다. 등이 타오르는 듯한 고통이 느껴졌다. 등이 타오르고 세상이 부서지는 고통이 깜깜한 하늘과 어두운 땅을 온통 뒤덮었다. 그리고 완은 그 고통을 찢는 날카로운 파열음을 들었다.

완은 소스라치게 놀랐다. 눈앞이 깜깜했다. 식은땀이 솟고 심장이 두근거렸다.

"환자분? 환자분, 괜찮으세요?"

이제는 익숙해진 목소리가 들렸다. 완은 선명한 분홍색 머리카락을 떠올렸다. 파란 티셔츠와 하얀 의사 가운과 가슴팍에 새겨진 의사의 이름이 자동으로 연상되었다. 아직 몸을 움직일 수 없었지만 완은 차츰 떨림이 멎고 마음이 편해지는 것을 느꼈다. 자신은 병원에 있었다. 트라우마 완화를 위한 치료를 받고 있었다. 의사가 지켜보는 가운데 인공지능이 자신을 이끌어주고 있었다. 어둠 속에서 쫓기고 도망치고 총을 맞고 죽어갔던 모든 이름 없는 여자와 아이들의 기억 속으로. 완은 깊이 숨을 들이쉬었다. 무서웠지만 용기를 내야 했다. 피를 흘리며 고통과 두려움을 견디며 역사의 암흑 속을 자신의 두 팔만으로 기어서 헤쳐 나간 여자아이는 세상에 완 혼자만이 아니었다.

……완은 산길을 걷고 있었다.

오르막길이었다. 엄마 손을 잡고 따라 걸었다. 엄마 앞에도 사람들이 줄줄이 걸었고 완의 뒤에도 사람들이 줄지어 따라왔다. 완장을 찬 군인들이 총을 들고 앞뒤 양옆에서 사람들을 감시하며 같이 걸었다. 사람들은 완장 찬 군인들이 시키는 대로 산길을 걸어 올라가기도 했고 산등성이에서 꺾어지기도

했고 내리막길을 걸어 내려가기도 했다. 골짜기에 이르렀을 때 군인들이 사람들을 멈추어 세웠다. 남자 두 명을 앞으로 불러냈다. 삽을 주고 땅을 파게 했다. 완의 어머니가 울기 시작했다. 완은 어머니 손을 꽉 잡았다. 줄지어 선 사람들 사이에서 여기저기 탄식하는 소리, 한숨과 울음소리가 새어 나왔다. 군인들이 조용히 하라고 사납게 고함치며 위협적으로 총을 흔들었다. 탄식과 울음소리가 조금 조용해졌다.

"엄마."

완은 엄마를 쳐다보았다. 뭐든지 말하려 했다. 무슨 말이든 상관없었다. 위로받고 싶었다. 위로하고 싶었다.

"아무 말도 하지 마라."

엄마가 소곤거렸다.

"우린 이제 다 죽는다."

완은 목이 턱 막히는 것을 느꼈다.

남자들이 땅을 다 파서 크고 길쭉한 구덩이를 만들었다. 군인들이 총을 휘두르며 줄지어 선 사람들 모두 구덩이 속으로 들어가게 했다. 완은 다리가 굳어버린 듯 무거워서 움직일 수 없었다. 뒤에서 군인이 총으로 완의 등을 후려치며 소리를 질렀다. 완은 울면서 억지로 다리를 움직여 구덩이 속으로 내려갔다. 총소리가 땅과 하늘을 갈가리 찢었다. 완은 허리가 폭발하는 것을 느꼈다. 허리와 몸통이 산산조각 나는 것 같았다. 등 전체에 불이 붙은 듯한 고통이 느껴졌다. 숨을 쉴 수 없었다.

"엄마…….

완이 속삭였다. 고개를 돌리려 했지만 몸이 움직여지지 않았다.

"엄마…….

아무도 대답하지 않았다. 완은 눈으로만 주위를 둘러보았다. 엄마는 옆에 쓰러져 있었다. 뒷머리에서 피가 흘러내려 목깃을 적시고 하얀 저고리를 붉게 물들였다.

"야.

거친 목소리가 말했다.

"이 빨갱이 이거 아직 살아있네?"

단단하고 둥근 것이 목과 어깨를 쿡쿡 찔렀다.

"빨갱이는 죽여야지."

다른 사나운 목소리가 대답했다.

목덜미에 조그맣고 단단한 총구가 닿았다. 총구는 아주 뜨거웠다. 수없이 총알을 내뱉어 마을 하나를 다 죽였기 때문이었다. 완의 엄마를 죽이고 완을 죽였기 때문이었다.

"할머니?"

다정한 목소리가 멀리서 들렸다. 완은 대답하려 했다. 그래, 할머니 여기 있다. 목소리가 나오지 않았다. 몸이 움직이지 않았다. 머리가 무거웠다. 다리가 무거웠다.

완은 숨을 헐떡이며 눈을 떴다. 손녀가 걱정스러운 얼굴로 옆에 앉아서 완의 손을 꽉 잡고 있었다.

"괜찮아요, 할머니?"

완은 한동안 말을 할 수 없었다. 손녀가 일어나서 물을 가져왔다. 완은 다급하게 물을 들이켰다.

"천천히, 천천히……."

손녀가 조심스럽고 상냥하게 완을 달래며 등을 살살 쓰다듬었다. 입술을 적시고 목으로 넘어가는 시원한 물의 냉기와 등을 만져주는 손녀의 따뜻한 온기를 느끼며 완은 차츰 가쁜 숨을 가라앉혔다. 몸의 긴장이 풀리고 떨림이 멈추었다.

침대에서 일어나 휠체어에 옮겨 앉아 떠날 채비를 하면서 완은 의사에게 물었다.

"그 인공지능이 접근한다는 데이터베이스가 어느 거예요?"

"네? 어느 데이터베이스요?"

의사는 한 번에 이해하지 못했다. 완이 다시 설명했다.

"그 왜, 인공지능이 내 꿈에 들어와서 꿈 시나리오를 만들 때 쓰는 데이터베이스 말예요."

의사는 이제 알겠다는 표정이 되었다.

"정해진 데이터베이스가 하나만 있는 건 아닙니다. 사람마다 경험이 다르고 살아온 삶이 다르기 때문에, 어떤 하나의 데이터베이스를 정해서 사용하기보다는 전산망에 연결한 상태로 인공지능이 사용자의 경험과 요구에 따라서 그때그때 필요한 요소들을 여러 데이터베이스에서 끌어다 사용하게 돼있습니다."

"그러면 내가 보는 이 장면들은 누가 지어내서 그 데이터베이스에 저장해 둔 건가요?"

완이 다시 물었다. 의사가 고개를 갸웃했다.

"환자분 경우에는 그게 아닌 것 같습니다."

"그럼 진짜 있었던 일이라는 건가요?"

의사가 태블릿을 펼쳤다. 화면에 나타난 내용을 진료실 벽에 걸린 큰 화면으로 띄워 보냈다.

"전에 말씀하신 이 장면, 굴다리 나오고 미군 나오고, 이건 노근리 같습니다."

완은 고개를 저었다. 노근리가 무엇인지 완은 알지 못했다. 의사는 태블릿 화면을 쳐다보면서 또 다른 장면을 벽에 걸린 큰 화면에 띄웠다.

"지난번에 말씀하신 이 부분은 일본군 전쟁 성범죄 피해자분 증언하고 연결되고요……."

"증언요?"

완이 고개를 번쩍 들었다.

"증언이 있어요?"

"1991년 8월 14일이라고 합니다."

의사가 말했다. 태블릿 화면을 손가락으로 눌렀다. 벽에 걸린 큰 화면 속, 화질이 몹시 좋지 못한 흐릿한 영상 속에서 여성이 말하고 있었다.

─나라가 없기 때문에 이런 희생을 당했는데, 나는 희생자의 한 사람이에요. 그걸 부끄럽다고 생각해선 안 되죠. 예, 할 말은 당연히 해야죠. 왜 부끄러워. 난 부끄럽게 생각 안 해요.

완은 대형 화면 속의 흐릿한 얼굴을 홀린 듯이 바라보았다.

─가슴에 품은 한을 어떻게 풀어야 할지, 풀 수가 없어요. 이 마음을.

"1991년이라고요?"

완은 화면을 바라보며 중얼거리듯 물었다. 의사가 대답했다.

"네."

1991년. 그때 나는 뭘 하고 있었더라. 완은 가만히 기억을 더듬었다. 결혼한 지 얼마 되지 않았을 때였다. 새로 구한 신혼집이 완에게는 전쟁터였다. 집이 좁아서 집안에서 휠체어를 탈 수 없으니 완은 기어다녀야 했다. 바닥에서 생활하는 완에게 부엌 조리대도 싱크대도, 화장실 세면대도, 화장실 문과 부엌문의 문고리도 다 너무 높았다. 친정에서 생활할 때는 어머니가 돌봐주었고 완이 다리를 쓰지 못하게 된 후로 미닫이로 바꿀 수 있는 문은 전부 교체했다. 결혼해서 자기 살림을 가지게 되었는데 친정어머니에게 계속 의지할 수는 없었다. 친정어머니가 도움을 제안했지만 완이 거절했다. 남들이 하듯이 자신도 자기 집을 자신이 원하는 보금자리로 만들어보고 싶었다.

밥통은 바닥에 내려놓고 사용할 수 있었지만 불을 쓰는 요리는 완에게 너무 위험했다. 요리는 남편이 하게 되었고 빨래와 청소는 완이 맡았다. 그런 일들을 남편과 상의하고, 새집의 새 살림살이들을 시험하고, 손이 닿지 않는 곳을 손에 닿게 만들고 할 수 없는 일을 할 수 있는 방법을 궁리하면서 신혼 기간이 지나갔다. 즐겁고 행복했지만 힘들고 때로는 정말로 위험했던 시간들이었다. 그때 내가 텔레비전을 보았던가? 화면 속 저분의 증언을 들었던가? 완은 기억할 수 없었다. 텔레비전 전원 버튼은 완의 손이 닿는 곳에 있었지만 채널을 돌리려면 받침대를 올라가야 했다. 그래서 완은 남편이

틀어놓은 채널을 뭐가 됐든 그냥 그대로 계속 온종일 방치하
곤 했다. 사람 목소리가 들리면 아무도 없는 집안이 조금 덜
외로웠다. 삶은 언제나 투쟁이었고 텔레비전 채널의 높이부
터 조리대와 싱크대와 세면대의 높이까지 완에게 주어진 선
택지는 너무 적었으며 완은 적대적인 세상에서 하루하루 살
아남는 것만으로도 벅차서 그때는 바깥세상에 귀 기울일 여
력이 없었다. 화면 속의 여성을 바라보며 완은 그 사실이 새
삼 안타깝고 미안해졌다.

　―앞으로 이런 일이 다시 일어나지 않게…… 일본 정부에
서도 잘못한 것은 어디까지나 잘못했다고 말 한마디라도 해
주시고…….

　일본 정부는 잘못했다고 인정하지 않았다. 보통 가해자들
은 인정하지 않는다. 완은 자신의 도시를 탱크로 둘러싸고 자
신과 고향 사람들을 총으로 쏘라고 명령했던 살인자의 어처
구니없이 평온한 죽음을 생각했다. 그때 남편은 전에 없이 머
리를 싸매고 드러누웠고 완은 며칠 동안 제대로 음식을 먹을
수 없었다. 목구멍으로 뭐든 넘기기만 하면 다음 순간 도로
게워내곤 했다.

　화면을 쳐다보면서 완은 생전 처음으로 자신도 말하고 싶
다고 생각했다. 잘못한 것은 잘못했다고 말하라고, 화면 속의

사람처럼 또박또박 말하고 싶었다.

완은 그런 생각을 입 밖에 내지 않았다. 다음 진료를 예약했다.

집에 돌아오는 차 안에서 완과 민은 각자 통신기기 화면을 들여다보았다. 민은 친구들과 이야기하면서 옥에게 오늘 진료의 경과를 보고했다. 완은 1991년의 증언 영상을 다시 보고 있었다. 화면 속의 여성은 50년 만에 처음으로 침묵을 깼고 그의 증언은 역사를 뒤흔들었다. 완은 자율주행차가 집에 도착할 때까지 계속해서 여성들의 증언을 찾아보고 또 보았다.

완은 흔들렸다. 누군가 자신의 머리채를 잡아끌고 가는 것을 어렴풋이 느꼈다. 머리카락이 다 뽑히는 것 같았고 팔과 어깨가 바닥에 쓸리고 벽과 문지방에 함부로 부딪혀 아픈데 명치 아래로는 마치 몸이 뭉텅 잘려나간 듯 아무것도 느껴지지 않았다. 소리 지르려 했으나 목소리도 나오지 않았다.

완은 길에서 잡혀 왔다. 집은 시골이었다. 동생들은 아래로 줄줄이 배를 곯았고 엄마는 또 임신했고 흉년이었고 먹을 것도 돈도 없었다. 그래서 완은 돈을 벌어 오겠다고 무조건 서울로 왔다. 그러나 기술도 없고 경험도 없고 어디로 가야 일자리를 찾을 수 있는지도 모르는 어린 여자아이에게 서울은 지나치게 크고 너무 복잡했다. 기차역을 나와서 공장이 많이 있다는 곳으로 가려다가 완은 버스를 잘못 탔다. 반대 방향으로 가는 버스를 타고 돌아가서 다시 다른 버스를 타야 했지만 차비가 모자랐다. 할 수 없이 걷기 시작했다. 방향을 몰랐으므로 탔던 버스와 같은 번호가 지나가면 반대 방향으로 계속 걸었다. 해가 저물었다. 그리고 완은 완장을 찬 무서운 사람들에게 붙잡혀 트럭에 실렸다. 이름과 집 주소를 말하고 집에 보내달라고 아무리 빌어도 완장 찬 사람들은 들은 척도 하지 않았다. 트럭이 멈추어 선 곳에서 짐칸에 탔던 여자들이 줄줄이 내렸고 한 마디 설명도 없이 구타가 시작되었다. 완은 쏟아지는 몽둥이와 발길질을 피해 도망쳤다. 커다랗고 단단한 나무 몽둥이가 뒤에서 완을 때렸다. 쓰러진 완의 허리와 등을 짓밟았다. 완은 움직일 수도 말할 수도 없었다.

완을 끌고 가던 사람들이 완의 몸을 붙잡아 어딘가에 던져 넣었다. 말로 표현할 수 없는 역한 냄새가 풍기는 좁은 공간이었다. 사람들이 가버리고 한참이 지나도 완은 움직일 수 없었다. 손이 차갑고 허리가 화끈거리는 것 같기도 하고 추운 것 같기도 하고 저린 듯 쓰린 듯 견디기 힘들었다. 완은 천천히 힘겹게 양팔로 상체를 받치고 몸을 일으켰다. 방은 어두웠고 앞이 보이지 않았다. 완은 팔을 움직여 무작정 앞으로 기어가기 시작했다. 쉽지 않았다. 몸은 무거웠다. 바닥은 인분과 소변과 피와 침과 그밖에 알 수 없는 물질들이 범벅이 되어 끈적끈적했고 숨도 쉴 수 없는 구역질 나는 악취가 풍겨나왔다. 그런 바닥에 아무렇게나 널브러진 사람들의 팔다리와 몸통이 완의 손과 등과 어깨를 붙잡았다. 완은 있는 힘을 다해 양팔을 움직여 몸을 끌어당기고 또 끌어당겼다. 이곳에서 벗어나고 싶었다. 집에 가고 싶었다. 살고 싶었다. 완은 양팔에 자신의 생을 걸고 기었다.

"움직이지 마."

가느다란 목소리가 뒤쪽 어딘가에서 들려왔다. 완은 더럭 겁이 났다.

"괜히 설치다간 맞아 죽어."

완은 양팔을 힘껏 휘둘러 서둘러 움직이려 했다.

몸이 더 이상 나아가지 않았다. 감각이 없는 명치 아랫부분 어딘가에 죽은 사람이 걸린 것 같았다. 두 손으로 땅을 아무리 움켜잡고 끌어당겨도, 양팔로 앞을 아무리 휘저어도 몸이 전혀 움직이지 않았다.

"……야."

완은 뒤를 돌아보았다. 자기 또래의 모르는 아이, 허리에 총을 맞았을 때 손을 놓쳤던 아이의 겁에 질린 얼굴과 크게 뜬 눈물 젖은 눈이 어둠 속에서 희끄무레하게 보였다. 모르는 아이의 작은 손이 완의 피에 젖은 치마를 꼭 잡고 있었다. 완은 한순간 안도했다.

"……야."

아이가 뭐라고 말하는지 잘 들리지 않았다. 완은 힘겹게 몸을 돌려 아이를 향해서 기어가기 시작했다.

뒤에서 문이 벌컥 열렸다.

"이 병신 이거 안 죽었네?"

거친 목소리가 말했다. 완이 뒤를 돌아볼 틈도 없이 사나운 발이 바닥에 쓰러진 사람들을 밟으며 다가왔다. 완의 목덜미를 짓밟고 머리를 걷어찼다. 완의 몸이 쓰러진 사람들 위로 벌렁 뒤집혔다. 거친 목소리의 남자가 커다란 몽둥이를 들어 완의 얼굴을 향해 힘껏 내리찍었다.

완은 더 이상 놀라지 않았다. 이 장면들이 자신의 경험이 아니라는 사실을 완은 이제 알고 있었다. 그러나 의사의 말이 옳다면 이것 또한 누군가의 경험이고 증언이었다. 그래서 완은 슬펐다. 이런 끔찍한 일을 실제로 겪은 사람이 있다는 사실이 견딜 수 없이 슬펐다.

－이 빨갱이 이거 안 죽었네?

또 다른 흉한 목소리가 말했다. 완은 고개를 들었다. 눈앞에 새까맣고 단단한 총구가 보였다.

－빨갱이는 죽여야지.

총구에서 불꽃이 터져 나왔고 귀를 찢는 듯한 소리가 사방을 울렸다.

－빨갱이는 다 죽여야 돼.

총 든 사람들이 말했다.

"빨갱이 아니야."

완이 말했다.

아무도 대답하지 않았다. 완은 사방을 둘러보았다. 어둠 속에 희끄무레하게 모르는 아이의 형상이 보였다. 완은 있는 힘을 다해 모르는 아이 쪽으로 기어가기 시작했다. 완이 다가가서 얼굴을 가까이 댔을 때 모르는 아이는 더 이상 움직이지도 말하지도 않았다. 겁에 질린 눈은 그대로 크게 뜬 채 어딘지 모를 어둠 속을 향하고 아무것도 보고 있지 않았다.

"빨갱이 아니야."

말하면서 완은 자신의 목소리에 깨어났다. 깨어난 뒤에도 완의 입안에는 외치고 싶은 말들이 한아름 남아있었다. 병신이라고 하지 마. 네가 총 쏴서 이렇게 만들었잖아. 난 빨갱이가 아니야. 난 그냥 아이였어. 중학생이었다고. 목소리가 되어 나오지 않는 말들을 평생 그래왔듯 그저 목구멍으로 삼키면서 완은 울기 시작했다. 의사가 말없이 화장지를 내밀었다.

"말씀해 보시겠어요?"

완이 충분히 울고 나서 흐느낌을 멈출 때까지 기다렸다가 의사가 부드럽게 물었다.

"그, 증언들이 어느 한 데이터베이스에 다 모여있는 건 아니라고 하셨죠?"

대답 대신에 완이 조금 더듬거리며 물었다.

"역사 관련된 데이터베이스에는 거의 대부분 다 있습니다."

의사가 대답했다. 완은 의사가 또 태블릿을 펼칠 거라고 예상했다. 역시 의사는 태블릿을 펼쳐서 화면 속의 내용을 벽의 큰 화면으로 띄웠다.

"산이 나온 장면이 두 번 있었는데, 4·3사건이나 아니면 보도연맹 학살 사건 같습니다. 오늘 보여주신 장면들, 어두운 방에 갇힌 사람들과 폭행 장면은 잘 모르겠는데 로그를 보니까 군사정권 시절 강제수용소와 관련된다고 나와 있고요……."

"인공지능이 저한테 이런 장면들을 자꾸 보여주는 이유가 뭘까요?"

완이 물었다.

"저도 무슨 증언을 하라는 걸까요? 그렇지만 그게 대체 언제 적 일인데……."

"전에도 말씀드렸지만 인공지능은 사람처럼 무슨 의도를 가지고 행동을 하는 게 아닙니다."

의사가 살짝 웃으며 설명했다.

"말씀하시고 싶지 않으면 말씀 안 하셔도 됩니다. 모든 사람이 자기의 모든 경험을 다 이야기해야만 하는 것도 아니고, 그런다고 순식간에 '정상'으로 돌아오는 것도 아니고요."

"그럼 전 대체 어떻게 하면 좋죠?"

완이 절박하게 물었다. 의사는 분홍색 머리를 숙이고 잠시 고민했다.

"시뮬레이션은 그냥 장면들의 연속이고, 인공지능은 사람처럼 의도를 가지고 뭘 암시하거나 어떻게 하라고 지시하지 않습니다만."

의사가 완을 진지하게 쳐다보면서 조심스럽게 전제했다. 그리고 말을 이었다.

"그래도 우리는 사람이니까, 만약에 인공지능을 사람처럼 생각한다면 말입니다. 만약입니다만."

"네."

완이 고개를 끄덕였다.

"아마도 인공지능은, 선생님과 같은 일을 많은 사람이 겪었고, 많은 사람들이 증언했고, 그러니까 선생님은 혼자가 아니라고 알려주고 싶은 거라고 생각합니다."

자신을 부르는 호칭이 '환자분'에서 '선생님'이 되었다는 사실이 완은 왠지 신경 쓰였다. 의사가 이어서 물었다.

"국가 폭력 피해를 겪고 생존하셨지요?"

완은 숨이 턱 막혔다. 자신이 겪은 일에 이렇게 명확한 이름을 붙여 말하는 것을 완은 이제야 처음으로 들었다. 그것은 폭력이었다. '나쁜 일'이 아니라, '말 못 할 일'이나 '그 일'이 아니라, 폭력이었다. 국가가 저지른 폭력.

"오래된 일이라고 해서 역사를 잊어도 되는 건 아니지요. 오히려 시간이 지났기 때문에, 시간은 계속 흘러가기 때문에, 사람들이 잊어버리기 때문에, 잊지 않기 위해서 몇 번이고 다시 이야기해야 되는 일도 있는 법입니다."

의사가 천천히 말했다. 완은 숨을 쉬기 위해 애쓰느라 대답을 할 수 없었다.

"그러니까, 말씀하시고 싶을 때, 말씀하시고 싶은 만큼만, 그 말을 귀담아들어 줄 사람들한테 말씀하시면 좋을 거라고 생각합니다."

의사가 상냥하고 조심스럽게 제안했다. 완은 말없이 고개를 끄덕였다.

집에 돌아오는 차 안에서 완은 딸과 손녀에게 무슨 말을 언제 어떻게 해야 할지 궁리했다. 말하고 싶었지만, 말해야겠다고 생각했지만, 아무래도 막막했다. 어쨌든 꼭 할 얘기가 있다고 선언하고 딸이 퇴근하는 저녁 시간까지 기다리면서 완은 계속 궁리하고 고민했다. 손녀는 평소와 달리 말없이 생각에 잠긴 완의 눈치를 보며 걱정했다. 긴장된 분위기 속에 저녁을 먹고 나서 완과 옥과 민은 거실에 다시 모였다.

"내 다리 말이다. 허리에 있는, 그거, 흉터."

긴 침묵 끝에 완이 서투르게 입을 열었다.

"내가 민이만 했을 때였어."

그리고 완은 자신도 모르게 갑자기 울기 시작했다. 옥과 민이 당황해서 완에게 다가왔다.

"엄마, 왜 그래?"

"할머니…… 울지 마요, 할머니."

완은 자신을 둘러싼 딸과 손녀를 한껏 품에 끌어안았다.

"내 새끼…… 우리 강아지……."

딸과 손녀를 품에 안고 쓰다듬으며 완은 울었다. 한참이나 딸과 손녀를 쓰다듬으며 눈물을 흘린 끝에 완은 숨을 가다듬었다. 그리고 학교가 갑자기 끝나서 영문도 모르고 집에 가다가 총에 맞아 허리에서 피를 쏟으며 양팔로 기어서 골목 뒤의 미용실까지 가서 미용실 원장 아줌마가 피투성이 된 완을 안아서 질질 끌고 뒷방에 숨겨주어 살아난 이야기를 완은 서투르게, 가끔은 말을 더듬으며, 눈물에 목이 막혀 기침을 하며, 조심스럽게 가족 앞에서 증언하기 시작했다. 귀 기울여 들어주고 함께 울어주는 다정하고 안전한 사람들 앞에서 완은 그때 엉겁결에 같이 손잡고 달렸던 옆 반 잘 모르는 아이가 쓰러져 커다랗고 텅 빈 눈으로 애처롭게 바라보는 모습을 뒤로하고 혼자 골목을 기어가서 미용실 미닫이문을 열고 지쳐 쓰러졌던 이야기를 눈물을 흘리며 더듬거리며 자신의 목소리로 마침내 처음으로 세상에 내놓았다.

도서관 물귀신

◎ 2025년 계간지 《대산문화: 2025년 겨울호》 수록

도서관에 물귀신이 나온다는 이야기가 벌써 몇 달 전부터 떠돌고 있었다. 책이 젖고 서가 주변에 물이 흥건하게 고여있는 사건이 자꾸 벌어지는데 그 장소가 매번 달랐기 때문이다. 같은 자리에 계속 물이 새면 누수가 생겼다고 짐작하고 전문가를 부르는 것이 합리적인 방안일 것이다. 그런데 비가 억수같이 쏟아진 다음 날 보면 서가가 멀쩡해서 안심했다가 그렇게 하루, 이틀, 일주일 아무 일도 안 일어나서 잊어버리고 있었는데 맑게 갠 어느 날 아침에 출근해 보면 갑자기 서가에 물이 흥건히 괴어있곤 해서 주임 사서 김 선생님은 정말 미칠 지경이었다. 그래서 김 선생님은 무슨 수를 써서라도 범인을 색출하고야 말겠다고 굳게 결심하고 어느 날 집에 굴러다니는 핸드폰 공기계를 가지고 출근해서 공기계의 카메라를 켜서 서가를 향하게 설치해 두고 퇴근했다. 마음 같아서는 하룻밤 숨어서 서가에서 대체 무슨 일이 벌어지는지 자기 눈으로 지켜보고 싶었지만 도서관 시스템은 승인되지 않은 야근에 대해 수당을 지급하지 않았고, 출근한 직원이 밤 10시가 넘어도 퇴근하지 않으면 경고 메시지가 자동으로 경비 업체에 보내져 경비 업체 직원이 확인하러 오게 되어있었다. 그래서 김 선생님은 일단 영상을 찍어놓고 다음 날 확인한 뒤 판단하기로 했다.

김 선생님의 오래된 핸드폰 카메라에 한밤중의 불 꺼진 서가를 비추는 최신식 야간 투시 기능 같은 게 탑재되어 있을 리는 없었고, 야간 투시는 고사하고 핸드폰이 진짜로 오래되다 보니 충전도 잘 안 되는 지경이었다. 그래서 김 선생님이 아침에 출근해서 간밤에 설치해 놓은 핸드폰부터 들여다봤을 때 오래된 핸드폰은 배터리가 방전된 채 까맣게 죽어있었다. 김 선생님이 불쌍한 핸드폰에 충전기를 꽂고 어르고 달래서 마침내 다시 살려낸 뒤에 동영상 앱을 켜 보니, 핸드폰이 죽기 직전에 허덕거리며 간신히 녹화한 약 20분 분량의 동영상에는 그저 시꺼먼 어둠 속 비상구 표시등만 엷게 녹색으로 빛나는 단조로운 광경만 하염없이 이어지고 있었다.

실망한 김 선생님이 핸드폰 충전기를 빼고 동영상 앱을 도로 닫아버리려 할 때 화면에 희끄무레한 덩어리가 휙 지나갔다.

김 선생님은 깜짝 놀랐다. 허둥지둥 충전기를 도로 꽂고 동영상 앱을 열었다. 동영상의 마지막 부분만 다시 재생시켜 보았다. 이유는 모르겠지만 핸드폰은 김 선생님이 보고 싶은 마지막 몇 초 구간만 보여주기를 거부하고 상태 진행 바를 손가락으로 움직일 때마다 동영상 시작 부분으로 돌아가서 화면에 비상구 표시등이 엷은 녹색으로 빛나는 시꺼먼 어둠만 한없이 단조롭게 비추어 주었다. 몇 번 그렇게 고집부리는 오래된 핸드폰과 씨름하다가 김 선생님은 포기하고 핸드폰이 보여주는 어둠을 성난 눈빛으로 노려보며 기다렸다.

동영상이 끝나기 직전 이번에도 화면에 희끄무레한 덩어리가 획 지나갔다.

그 희끄무레한 덩어리가 지나가는 모습을 두 번째로 확인한 뒤에야 김 선생님은 동영상을 자기 고물 핸드폰보다 말을 잘 듣는 컴퓨터 화면으로 보는 쪽이 낫다는 생각을 떠올렸다. 그 정도로 김 선생님은 놀랐던 것이다. 그래서 김 선생님은 핸드폰을 컴퓨터에 연결했다.

도서관 무선인터넷은 등록된 기기로만 사용할 수 있었고 한 사람이 등록할 수 있는 기기 숫자는 두 대로 제한되어 있었다. 김 선생님은 이미 사용하는 핸드폰과 노트북을 등록했기 때문에 더 이상 기기를 추가할 수 없었다. 태블릿을 써야 하는 경우가 상당히 자주 있었는데 김 선생님은 그럴 때마다 핸드폰 와이파이를 끄고 노트북으로 무선인터넷 사용 허가 페이지에 접속해 등록 기기 목록에서 핸드폰을 삭제하고 태블릿을 추가해서 사용하다가 다시 핸드폰을 써야 하는 상황이 되면 이제는 태블릿의 와이파이를 끄고 노트북으로 무선인터넷 사용 허가 페이지에 접속해 등록 기기 목록에서 태블릿을 삭제하고 핸드폰을 추가하는 삽질을 반복해 왔다. 한번은 김 선생님이 그러다가 열 받아서 그냥 태블릿을 무선인터넷 사용 기기로 등록해 두고 핸드폰은 그때그때 데이터를 털어 썼는데 가장 값싼 요금제를 사용했더니 일주일도 되기 전에 제공된 데이터를 모두 사용해서, 등록 기기 목록에서 태블릿을 삭제한 뒤, 다시 핸드폰을 등록해 두고 이후 3주 동안 이를 악물고 집과 도서관과 길거리 공공 와이파이로 버텨야 했던 뼈아픈 기억이 있는데 김 선생님에게 가장 어이없었던 것은 도서관 무선인터넷보다 길거리 공공 와이파이가 신호 강도도 훨씬 세고 사용하기 훨씬 편하더라는 사실이었다. 도서관에서 한 사람이 전자기기 세 대 이상 한꺼번에 와이파이에 연결해 사용하고 싶으면 공문을 보내 허가를 받으라는 지침은 본 적이 있지만 공문을 어디로 보내라는 것이며 과연 실제로 허가를 받을 수 있는지 아무도 알지 못했다. 얼마 전에 퇴임하신 관장님은 새로 취임했을 때 핸드폰과 노트북 외에 스마트워치를 도서관 무선인터넷에 연결하고 싶어서 그 허가를 내달라고 시에 공문을 보냈는데 시는 정부 관련 부처에 직접 요청하라고 답변했고 정부 관련 부처에 공문을 보내자 해당 안건은 지자체 소관이니 지자체에 요청하라는 답변이 왔으며 그렇게 양쪽 기관 사이에서 공문을 보내고 다른쪽에 알아보라는 답변을 받는 '공문 탁구'를 진행하는 동안 관장님은 정년 퇴임했다.

어쨌든 그래서 김 선생님은 노트북에 오래된 핸드폰을 연결했고 낡고 지친 핸드폰은 케이블을 연결하는 즉시 놀라서 꺼졌다 다시 켜졌고 김 선생님은 이유 없이 재부팅 하는 핸드폰을 말리려다가 다 켜진 폰을 다시 한번 재부팅 하고 말았으며 그런 우여곡절을 겪은 끝에 마침내 문제의 동영상을 노트북에서 재생해 보니 그 마지막 순간에 희끄무레한 덩어리가 확실히 나타나기 나타나는데 어쩐지 마치 그래픽을 조작한 것처럼, 혹은 동영상 앱에 오류가 나서 노이즈가 생긴 것처럼, 다분히 가짜처럼 보였다.

김 선생님은 낙담했다. 수사 드라마에 나오는 것처럼 폐쇄회로 감시 카메라 영상을 벽면 가득 깔린 거대한 화면에 척 띄워서 막 확대도 하고 얼굴 인식도 하고 프레임별로, 아니 픽셀별로 분석도 하고 그래서 이 희끄무레한 덩어리가 한밤

중에 도서관에 침입한 인간 범죄자인지 귀신인지 아니면 그냥 고물 핸드폰 동영상 앱이 일으킨 오류인지 확실한 답이 딱 나오면 좋겠다는 상상을 해보았지만 그런 건 그저 상상일 뿐이고 김 선생님의 현실은 그렇게 화려하지 않았다.

그래서 김 선생님은 그날 밤 도서관에 숨어서 서가 사이에 나타나는 물귀신을 자기 손으로 체포하기로 결심했다. 그러나 서가 사이에 나타난 희끄무레한 형체가 물귀신이 아니라 건조물 침입을 즐기는 범죄자일 경우를 대비해야 했으므로 야간 경비를 도는 박 씨 아줌마에게 같이 잠복해 달라고 부탁했다.

박 씨 아줌마는 김 선생님이 야근을 못하게 내쫓으러 오는 일이 너무 자주 일어나다 보니 스실사실 친해진 사이였다. 맨 처음 만났을 때 박 씨 아줌마는 매뉴얼대로 경비 출입증을 찍고 들어와서 인터폰으로 도서관 전체에 들리게 방송했다.

–사서 선생님, 퇴근 안 하십니까? 야근이면 빨리 끝내고 나오십시오. 위급한 상황이면 경찰 부르겠습니다.

방송에 놀란 김 선생님은 노트북을 대충 닫고 핸드폰과 함께 주렁주렁 손에 들고 지퍼도 잠그지 못한 배낭은 한쪽 어깨에 걸쳐 메고 현관으로 뛰어나왔다. 그다음 번에 박 씨 아줌마가 찾아왔을 때 김 선생님은 조금 덜 놀랐고 세 번째 박 씨 아줌마가 찾아왔을 때는 노트북을 제대로 종료하고 케이스에 넣어서 배낭에 집어넣고 바람막이도 꼼꼼히 걸쳐 입는 여유를 보였다. 여섯 번째인지 일곱 번째 김 선생님을 내쫓으러 왔을 때부터 박 씨 아줌마는 방송을 하지 않았다. 대신 김 선생님이 일하고 있던 책상 옆에 와서 벽을 똑똑 두드렸다.

"아니 무슨 일을 그렇게 열심히 해요? 밤늦었는데 빨리 집에 가서 자요!"

박 씨 아줌마가 잔소리를 했다. 김 선생님이 고개를 들었다.

"그렇지만 이거 오늘까지 보고서 내야 되는데요. 10분만 기다려주시면 안 돼요?"

"안 돼요."

박 씨 아줌마가 단호하게 고개를 저었다.

"지금 벌써 10시 3분이에요. 저 10시 5분에 전원 퇴거했다고 회사에 보고해야 한단 말이에요."

박 씨 아줌마는 초등학생 딸이랑 둘이 살고 있었고 야간 경비 일은 용역 업체가 10개월씩 끊어서 재계약했다. 1년 이상 연속으로 근무하면 퇴직금을 줘야 하기 때문이다. 계약직은 파리 목숨이라 밤 10시 5분까지 전원 퇴거했다고 보고하지 못하는 사태가 세 번 쌓이면 계약 기간이고 나발이고 근무 규정 위반으로 그냥 잘린다고 했다.

"퇴근 카드 찍고 일단 나가세요."

박 씨 아줌마가 단호하게 말했다. 김 선생님은 어렸을 때 무척 좋아했던 애니메이션에 나오는 고양이의 표정을 흉내 내며 애원했다.

"그렇지만 저도 이거 오늘까지 꼭 내야 되는데……."

"퇴근 카드 찍고 사람이 밖에 나간 거 확인하고 회사에 보고하고 나서 제가 나중에 다시 입장시켜 드릴 수 있어요. 그렇지만 먼저 나가셔야 돼요."

그래서 김 선생님은 경비 직원은 전지전능하다는 사실을 알게 되었다. 퇴근 카드를 찍고 나가면 출입문이 자동으로 잠기는데, 입구 번호 패드에 '경비 코드'를 입력하면 아무 일 없다는 듯 문이 열리고 자유롭게 안에 들어올 수 있었다. 그런 뒤에는 도서관에서 밤을 새도 상관없었다. 오전 9시에 다시 밖에 나가서 출근 카드를 찍으면 시스템은 김 선생님이 정상 퇴근했다 정상 출근한 것으로 기록했다.

"그러니까 오늘 저하고 같이 여기서 좀 지켜주시면 안 돼요?"

김 선생님이 부탁했다.

"위층도 돌고 와야 되는데……."

박 씨 아줌마는 잠시 망설였다.

"커피 사드릴게요, 네?"

김 선생님이 다시 애니메이션의 고양이 표정을 최대한 흉내 내며 애원했다.

"저 혼자 여기 있긴 너무 무섭단 말이에요……."

"그럼 나 위층 돌고 올 테니까 그사이에 무슨 일 있을 것 같으면 불러요."

박 씨 아줌마가 마침내 동의했다.

실제로 그 '무슨 일'이 일어났을 때 김 선생님을 부른 쪽은 박 씨 아줌마였다. 김 선생님은 밤 10시에 퇴근 카드를 찍고 나갔다가 박 씨 아줌마를 기다려서 경비 코드를 입력하고 같이 도서관으로 들어왔다. 박 씨 아줌마는 위층을 순찰하러 가고 김 선생님은 서가 사이에 웅크리고 앉아 미리 가져온 담요를 꺼내 두르고 서가를 지켜보기 시작했다. 그러다 김 선생님은 깜빡 졸았다. 얼마나 자버렸을까, 김 선생님이 퍼뜩 정신을 차렸을 때는 박 씨 아줌마가 김 선생님을 열심히 흔들며 최대한 목소리를 죽여 소곤거리고 있었다.

"저기 봐요! 저기!"

김 선생님은 박 씨 아줌마가 다급하게 가리키는 곳으로 시선을 돌렸다.

희끄무레한 덩어리가 서가 사이를 흐르듯이 떠다니고 있었다.

"저거……!"

소리치며 벌떡 일어서려는 김 선생님을 박 씨 아줌마가 눌러 앉혔다. 박 씨 아줌마가 입에 손가락을 갖다 대 조용히 하라는 표시를 했다. 김 선생님은 박 씨 아줌마에게 고개를 끄덕인 뒤 소리가 나지 않게 조심하며 천천히 일어섰다. 그리고 희끄무레한 덩어리를 뒤쫓는 박 씨 아줌마 뒤를 따라 살금살금 서가 쪽으로 향했다.

희끄무레한 덩어리는 부드럽게 유영하듯 서가 사이를 움직이다 한곳에 멈추어 섰다. 박씨 아줌마도 김 선생님도 따라서 멈추어 섰다.

희끄무레한 덩어리가 방향을 돌리는 것 같았다. 같은 자리에서 빙글빙글 돌았다. 그와 동시에 박 씨 아줌마가 가슴에 달고 있던 경비 업무용 태블릿이 번쩍거리며 삑삑 소리를 내기 시작했다.

"그거 끄세요!"

김 선생님이 다급하게 소곤소곤 외치며 핸드폰을 꺼냈다. 희끄무레한 덩어리가 혹시나 도망칠까 봐 김 선생님은 서둘러 촬영을 하기 시작했다. 그 사이에 박 씨 아줌마는 이미 업무용 태블릿을 똑딱단추 어깨걸이에서 떼내 열심히 만지는 중이었다. 삑삑 소리는 곧 멈추었다.

희끄무레한 덩어리는 도망가지 않았다. 제 자리에서 빙글빙글 돌고 있었다.

"비 오네?"

박 씨 아줌마가 태블릿을 만지다가 중얼거렸다.

"네?"

김 선생님이 고개를 들었다. 희끄무레한 덩어리가 번쩍이며 빙글빙글 도는 빛 사이로 뚝뚝 떨어지는 물방울이 언뜻언뜻 보였다.

"저 물귀신이 책을 다 적시고……!"

김 선생님이 화가 나서 팔을 휘두르는 순간 희끄무레한 덩어리는 눈 깜짝할 사이에 사라져 버렸다.

"뭐예요, 저게?"

김 선생님이 얼이 빠진 채 중얼거렸다.

"물귀신은 아니네요."

박 씨 아줌마가 태블릿 화면을 가리켰다.

"홀로그램 안내기예요. 천장에서 물이 새니까 해당 구역 책 치우고 수리하라고 누수 알림 보낸 거예요."

박 씨 아줌마에 따르면 홀로그램 안내기 자체는 상당히 오래된 것 같다고 했다. 원래는 음성 안내가 함께 나와야 하는데, 도서관을 옮기고 전산 체계와 경비 및 건물 관리 시스템을 바꾸면서 음성 안내에 필요한 하드웨어는 없어지고 건물전체 관리 시스템과 연결된 프로젝터만 천장 어딘가에 아직도 달려있는 모양이라고 박 씨 아줌마는 추측했다. 다행인지불행인지 박 씨 아줌마에게 지급된 업무용 태블릿도 그다지최신 모델이라고는 할 수 없었기 때문에 홀로그램 안내기가관리 시스템에 누수 경고를 보내자 태블릿이 그 경고를 제대로 알아듣고 사용자에게 통역해 준 것이다.

"내일 날 새면 배관공 불러서 수리하면 되겠네요. 해결!"

박 씨 아줌마가 상쾌하다는 표정으로 말했다. 김 선생님은한숨을 푹 쉬었다.

"왜요, 해결이 아니에요?"

박 씨 아줌마가 김 선생님의 표정을 살피며 물었다.

"배관공 부를 돈이 없어요."

김 선생님이 조그맣게 중얼거렸다.

"수리가 아니라 누수 탐지만이라도 해달라고 요청한 지가언젠데 시에서는 중앙에 요청하라고 하고 중앙에선 예산 없으니까 지자체에 문의하라고 하고 장마 오기 전에 했어야 되는데 이러다 해 넘기게 생겼어요……."

김 선생님은 물에 젖은 책을 서가에서 꺼내 손가락으로 조심스럽게 표지를 문질렀다. 다행히 책은 심하게 젖지 않았다. 김 선생님은 주의 깊게 손가락 끝으로 책장을 살살 넘겨 책을 펼쳐 보았다. 20세기 중반에 출간된 역사학 연구서였다. 제목부터 한자투성이였고 책장은 모두 갈색으로 빛이 바래있었으며 본문은 깨알 같은 글씨에 세로쓰기로 인쇄돼 있었다.

"이 책이 아직도 있었네요……. 살아남은 줄 몰랐는데……."

김 선생님이 어쩐지 감동한 목소리로 조그맣게 말했다. 박 씨 아줌마는 세로쓰기 책에 그다지 관심이 없었다.

"아니, 예산이 왜 없어요? 책이 젖으면 다 못 쓰게 될 텐데 도서관에서 책이 망가지게 그냥 둔단 말이에요?"

박 씨 아줌마가 흥분했다.

"도서관 이제 없어질 거예요."

김 선생님이 불쑥 털어놓았다.

"제가 계속 야근하던 이유가 그거예요. 지금 서가에 남은 책 중에서 10퍼센트만 국립중앙도서관 서고로 옮기고 나머지는 다 폐기한다고, 폐기할 책하고 보존할 책하고 나눠서 '고객 임팩트 지수'를 계산해서 제출하래요."

"고객 임팩트 지수? 그게 뭐예요?"

박 씨 아줌마가 어리둥절해서 물었다.

"대출 빈도하고 작품 지명도하고 저자 지명도하고 문헌학적 중요성하고 사료 가치하고 또 뭐뭐 해서 점수 매겨서 표를 만든 거예요. 그런데 사실 대출 빈도가 제일 중요해요. '취업 영단어 1만 개 외우기'하고 이런 역사서하고 노벨 문학상 받은 소설하고 비교하면 '취업 영단어 1만 개 외우기'가 대출 빈도가 제일 높으니까 그것만 남기고, 노벨 문학상 받은 소설하고, 한국에서 처음으로 유학 안 하고 국내 대학 박사학위 받은 교수님이 쓴 역사학 연구서는 버리라는 거예요."

말하다가 김 선생님은 울기 시작했다.

"대출 빈도 적은 책은 스캔해서 전자화하는 것도 아니고 그냥 다 버린다고 그래서…… 중요한 책들은 제가 대출했어요……. 스캔하고……. 친구들도 다 동원하고……. 그런데 이젠 도서관을 아예 없애겠대요……. 서울에 있는 국립중앙도서관 빼면 지역엔 이제 우리 도서관하고 제주도하고 두 군데밖에 안 남았는데……."

박 씨 아줌마는 허리춤에 찬 가방에서 손수건을 꺼내 김 선생님에게 건네주었다. 눈물을 닦아내는 김 선생님의 어깨를 두드려주며 박 씨 아줌마가 중얼거렸다.

"어쩐지 우리 애 도서관 출입증 만들어주려고 해도 가입이 안 되더라니……."

김 선생님이 훌쩍거리며 고개를 끄덕였다.

"작년에 어린이 독서프로그램 예산 깎여서 다 사라지고 올해 초부터 국공립 도서관 전부 노키즈존으로 운영한다고 공문 내려왔어요. 15세 미만은 학교에서 도서관 출입 사유서 받아서 교장 선생님 도장하고 부모님 서명 받아 와야 들여보내 준대요."

"아, 그러면 우리 딸도 사유서 받아 오면 도서관 출입증 만들 수 있어요?"

박 씨 아줌마가 잠깐 반색했다. 김 선생님은 고개를 흔들었다.

"도서관 출입할 때마다 매번 사유서 받아 와야 돼요."

"아니, 한창 자라는 애한테 책을 못 읽게 하면 어쩌라는 거예요?"

박 씨 아줌마가 분노했다. 김 선생님이 한숨을 쉬었다.

"지난번에 지자체장 담화문 못 들으셨어요? 시민의 세금으로 운영되는 공공기관에 세금도 안 내는 미성년자들이 와서 책도 공짜로 보고 와이파이도 공짜로 쓰고 화장실 가서 물도 공짜로 좍좍 틀고 어렸을 때부터 뭐든지 공짜로 써 버릇을 하니까 나라가 망한대요."

김 선생님은 다시 흐느끼기 시작했다.

"제가 어렸을 때는 이 건물 전체가 다 도서관이었어요……
5층까지 전부 다…… 지하에는 서고만 있고…… 그때는 서고
가 무슨 비밀스러운 보물 창고 같은 덴 줄 알고…… 서고 들
어가 보는 게 꿈이었어요……."

이제는 서고가 있던 지하 중에서도 가장 아래층인 지하 3
층, 물이 새는 한 층만 도서관이 사용하고 있었다. 지하 1층
과 2층은 유료 주차장이었고, 지상 1층은 시간당 요금을 받는
스터디 카페, 2층은 음식점, 3층부터 5층까지는 고시원이었
다. 지하 3층 도서관을 제외하면 이 건물 전체가 사람이 안에
들어오기만 하면 가만히 서서 숨만 쉬어도 요금을 청구했다.
건물은 지자체 소유였으며 박 씨 아줌마가 소속된 경비 업체
도 지자체로부터 하청을 받아 건물을 관리했다.

"석 달 남았어요…… 3개월 있으면 도서관 문 닫는대
요……."

김 선생님은 이제 통곡하고 있었다.

"우리 도서관 없어지면…… 제주도하고, 육지에는 국립중
앙도서관하고……. 그렇게밖에 안 남아요…… 도서관…… 없
어요, 이제……."

박 씨 아줌마는 김 선생님의 등을 토닥토닥 두드렸다.

"도서관이 없어지면 사서 선생님은 어떻게 해요? 선생님도 책 따라서 국립중앙도서관으로 가는 거예요?"

"아뇨……."

김 선생님은 울면서 고개를 저었다.

"저는 다른 일자리 찾아봐야 돼요……. 도서관이 없으면……. 사서도 없어요……."

그리고 김 선생님은 박 씨 아줌마가 건네준 손수건에 얼굴을 파묻고 서럽게 울었다. 박 씨 아줌마가 쯧쯧, 하고 혀를 차며 김 선생님의 등을 쓸어주었다.

김 선생님은 자기 처지만 서러워서 우는 게 아니었다. 사실 김 선생님도 비정규직이었다. 도서관이 없어지지 않더라도 자신이 언제든 해고될 수 있다는 현실은 김 선생님의 마음 한구석에 언제나 가시처럼 뾰족하게 박혀있었다. 그러나 김 선생님은 대부분의 사서가 그렇듯이 문헌정보학과 출신이었다. 문헌정보학은 이름 그대로 정보가 문헌의 형태로 축적되고 사용자에게 유통되는 전 과정을 이해하고 정보의 분류와 유통을 최적화화기 위한 이론과 실무를 익히는 학문이다. 쉽게 말해 김 선생님은 정보 전산화 전문가였고 코딩부터 데이터베이스 구축까지 배웠고 관련 자격증도 몇 개 가지고 있었으며 도서관이 아니라도 앱 개발 회사부터 빅데이터 전문 기관까지 정보를 다루는 곳이라면 어디든 도서관보다 몇 배나 더 좋은 조건으로 취업할 수 있었다. 현대 사회에서는 모든 일의 시작과 끝이 다 데이터이니까 말이다.

그런데 한편 김 선생님은 공부를 더 하고 싶다는 생각도 항상 가지고 있었다. 그래서 도서관이 사라지고 자신의 일자리도 함께 없어진다는 소식을 들었을 때 김 선생님은 대학원 과정을 알아보았다.

대학 도서관도 사라지고 없었다. 그와 함께 수많은 대학원 과정들도 사라졌다.

정부는 문화예술 부문 지원 예산에서 도서관 관련 예산만 삭감한 게 아니었다. 고등교육 지원과 연구 개발 예산도 몇 년 전에 전부 없어졌다. 이 때문에 전국의 대학들은 연구 과제에 대학원생을 참여시키고 연구비를 지급할 수 없게 되었다. 대학원생은 그렇지 않아도 학부생에 비해 장학금이나 여러 지원 기회가 적은 편이다. 여기에 연구 개발 예산마저 사라지자 대학원생들이 전부 학내 조교 자리에 달려들어 행정 조교 경쟁률이 한때 세 자리 수를 기록하는 기현상이 일어났다. 이런 살인적인 경쟁률을 뚫고 행정 조교 자리를 따내봤자 30년 전부터 조교 월급이 50만 원으로 동결돼 있는데 이래서는 대학원 학비도 낼 수 없다는 사실을 깨닫고 대학원생들은 학교를 떠나기 시작했다. 몇 년 동안 대학원 강의가 개설됐다가 개강 후 일주일 만에 전부 폐강되고 신입생이 한 명도 없고 그나마 기존의 석·박사 과정에 머무르던 학생들도 모두 휴학하거나 자퇴하거나 졸업해서 드디어 대학원생의 씨가 마르는 사태가 벌어지자 여러 대학, 특히 사립대학을 중심으로 대학원 과정을 살금살금 폐지하기 시작했다. 졸업해도 취업이 잘 안 되는 문과 계통 비인기 학과, 유럽어문계열 학과들이 가장 먼저 사라졌다. 연구 개발 지원금이 없으면 연구실을 운영할 수 없는 이공계 전공들은 대학원 과정을 차마 없애지는 못했지만 거의 개점휴업 상태로 추락했다. 반면에 애초에 연구 개발이나 과제 수주와 크게 상관이 없던 학과들은 대학원생 숫자에 큰 변화가 일어나지 않았다. 대학들은 이런 학과들이 오히려 '학위 장사'에 유리하다는 사실을 깨닫고 해당 대학원 과정을 확장하기 시작했다.

그러면서 대학들은 도서관 재정비를 함께 진행했다. 연구 개발 지원이 끊어지고 대학원이 텅 비면서 문학이나 철학 계통 이론서 등 일부 장서를 정말 아무도 찾지 않게 되었기 때문이다. 도서관은 이렇게 자리만 차지하고 먼지만 뿜어내는 책들을 '정리'하고 도서관 '공간을 효율화'하기 시작했다. 전자책 사용이 '친환경적'이라 주장하며 대학 도서관들은 장서를 폐기했다. 그리고 동시에 대학원 과정을 없애면서 전자책과 전자 형태의 논문을 검색하고 열람할 수 있는 데이터베이스 구독을 차례차례 철회했다. 장서도 없고 지식에 접근할 통로도 막힌 대학 도서관은 학생들은 물론 지역 주민들이 취업준비를 하는 스터디 카페로 아주 요긴하게 사용되었다. 모든 사람이 비정규직이었고, 모든 사람이 취업 준비를 하고 있었고, 대학은 외부인에게 요금을 받고 도서관 출입증을 팔아 짭짤한 수익을 챙겼고, 아무도 책을 읽지 않았다.

"상것들한테 글 안 가르치던 시절로 다시 돌아간 거지 뭐."

역사학을 전공하다 대학원을 그만둔 김 선생님의 대학 동기는 한마디로 이렇게 잘라 말했다. 이 대학 동기는 김 선생님이 도서관 장서를 살리기 위해 인기 없는 책을 대출해서 스캔하는 작업에 동원했던 지원군 중에서 가장 정열적으로 작업에 참여한 자칭 '도서관 빨치산'이었다. 김 선생님의 동기는 대학원을 그만둔 뒤 부모님 국밥집에서 일을 도우면서 한동안 어느 유명 동영상 플랫폼에 역사 관련 콘텐츠를 제작해서 올렸다. 조회 수도 제법 늘고 구독자도 생기고 평판도 그럭저럭 좋아서 보람을 느낀다고 했다. 그런데 가장 최근에 올린 콘텐츠가 갑자기 '가짜 뉴스'로 신고당해서 채널 운영이 중단되었다.

"'삼일절에 우리 조상들이 일본제국에 항거해서 봉기하여 조선 독립을 위해 만세 운동을 했다.' 이게 왜, 어딜 봐서 가짜 뉴스냐고."

김 선생님의 대학 동기가 한탄했다. 김 선생님의 대학 동기의 동영상 채널을 신고한 사람은 삼일절이 어느 듣도 보도 못한 고대 종교의 기념일이라 주장하며 생성형 인공지능의 설명을 증거로 제출했고 동영상 플랫폼 측에서는 벌써 영겁의 시간 동안 '사실관계 확인'만 계속하는 중이었다. 한편 김 선생님의 대학 동기의 부모님은 지금이라도 늦지 않았으니 로스쿨에 가는 게 어떻겠냐고 들들 볶는다고 했다. 석사까지 땄는데 국밥집 하기엔 너무 아깝다는 것이었다.

"처음에는 로스쿨이 나 같은 사람 받아줄 정도로 한가한 데가 아니라고 생각했는데, 저따위 쓰레기 같은 이유로 채널이 정지를 먹으니까 나도 법을 좀 알아야겠다는 생각은 들더라."

김 선생님의 대학 동기가 말했다.

"그래서, 로스쿨 가게?"

김 선생님의 물음에 대학 동기가 한마디로 대답했다.

"미쳤냐."

김 선생님의 대학 동기는 대학 졸업 후 잠시 출판사에서 일했다. 애초에 '잠시' 일할 생각은 아니었는데, 하필 문화예

289
도서관 물귀신

술 부문 지원 예산이 전부 사라지면서 출판 지원 예산도 같이 사라진 해에 취직했던 것이다.

"소규모 출판사들은 정부 지원이 있든 없든 항상 돈이 없었으니까, 이번에도 어떻게든 버텨봅시다."

김 선생님의 대학 동기가 입사했을 때 환영회 겸 회식을 하면서 사장은 이렇게 말했다. 그 사장은 얼마 후에 경찰에 불려 갔다. 그리고 국세청 공무원들이 몰려와서 손톱만 한 출판사를 홀랑 뒤집어 세무조사를 하기 시작했다. '노동운동사'라는 제목의 책을 출판했다는 것이 그 이유였다. 이 노동운동사를 집필한 저자 대부분이 특정 노동조합 소속인데, 그 노동조합이 북한을 추종하는 불온 조직이니 불법 단체로부터 자금 지원을 받지 않았는지 출판사도 조사를 받아야 한다는 것이었다. 조사받는 과정에서 출판사 사장이 대학 시절 러시아어 교양수업을 두 번이나 들은 적이 있다는 사실이 드러나면서 상황은 더욱 악화되었다. 처음 러시아어 수강했을 때 D 학점을 받았기 때문에 재수강해서 간신히 C+학점으로 만들었으며, 그 이유는 어문계열 전공자는 제2외국어 교양수업을 필수로 들어야만 졸업할 수 있었기 때문인데, 다른 교양과목들은 전부 수강 인원이 차버려서 그나마 시간도 맞고 수강신청도 가능했던 러시아어를 선택했던 게 일생일대의 실수

였다고 사장이 정부 요원들에게 몇 번이나 설명했지만 소용
없었다.

"그놈의 노동운동사 책 팔아서 돈이나 벌었으면 억울하지
나 않지."

출판사를 폐업하기 전에 사장은 이렇게 말했다. 세무조사
때문에 출판사는 근 2년 동안 책을 한 권도 내지 못했다. 사
장은 사돈의 팔촌까지 돈을 빌려 아등바등 버티다가 가장 막
내로 입사한 김 선생님의 대학 동기가 재직 기간 18개월을
채운 바로 그 날에 '경영상의 이유'로 직원을 전부 해고했다.
실업 급여 기준 요건만이라도 어떻게든 맞춰주려는 필사의
배려였다.

지하 3층에 남은 마지막 지역 도서관에서 김 선생님은 박
씨 아줌마에게 이런 사정을 전부 다 말할 수 없었다. 박 씨 아
줌마는 다시 위층에 올라가 순찰을 돌아야 했다.

"노조에 가입해요."

박 씨 아줌마가 도서관을 나가기 전에 김 선생님에게 권
했다.

"나도 노조 가입하기 전엔 말이 좋아 순찰이지 우리가 청
소까지 다 했거든요. 2층 음식점은 자기들이 따로 청소 업체
부르는데, 1층 스터디 카페하고 3·4·5층 고시원 복도 다 우리

가 밤새도록 청소했어요. 회사는 딸랑 이거 태블릿 하나 주고 청소 도구도 안 줘서 세제고 빗자루고 다 사비로 샀다니까. 노조 가입하고 나서 경비는 경비만 하고 청소는 청소만 하고, 미화 분과에서 쓰는 세제나 소모품은 원청이 제공하기로 했지."

"저 혼자 남았는데 무슨 노조에 가입해요⋯⋯."

김 선생님이 다시 울기 시작했다. 박 씨 아줌마는 더 이상 김 선생님을 달래줄 여유가 없었다.

"알아보면 다 방법이 있을 거예요."

친절하지만 다분히 막연한 위로의 말을 남기고 박 씨 아줌마는 서둘러 나가버렸다. 김 선생님은 녹색 비상구 표시판이 어스름한 빛을 뿜어내는 깜깜한 지하 서가에 또다시 혼자 남았다.

정수리에 차가운 것이 떨어졌다. 김 선생님은 고개를 들었다. 천장에서 또 물이 떨어지고 있었다. 희끄무레한 홀로그램 안내 영상이 다시 나타났다. 김 선생님은 이번에는 팔을 휘두르지 않았다. 홀로그램 영상은 도서관을 관리하고 책을 지키는 역할을 수행하고 있었다. 김 선생님은 홀로그램 영상에게 어쩐지 동지애를 느꼈다.

홀로그램 영상이 멈추어 선 지점으로 가서 김 선생님은 물에 젖을 위기에 처한 책들을 서가에서 꺼냈다. 그러다가 김 선생님은 희끄무레한 홀로그램 빛 덩어리 속에 희미한 얼굴이 보인다는 사실을 깨달았다. 이전에 다 죽어가는 고물 핸드폰으로 처음 촬영한 영상 속에서 희끄무레한 덩어리가 디지털로 조작한 것처럼 부자연스럽게 보였던 이유는 실제로 그 빛무리 안에 오래된 디지털 기술로 조악하게 구현한 얼굴이 입을 움직이고 있었기 때문이었다.

'물귀신'의 실체를 알지만 그래도 어쨌든 오싹하다고 생각하면서 김 선생님은 핸드폰을 꺼내 그 얼굴을 촬영했다. 그리고 책들을 모아서 서가 한구석에 놓인 책상 아래로 가져간 후, '귀신'이 나오는지 지켜보려고 꺼내두었던 담요를 평편하게 깔고 그 위에 책을 조심스럽게 늘어놓았다. 지하 3층은 언제나 습하지만 그래도 물에 젖은, 혹은 젖을 뻔한 책들의 습기를 담요가 어느 정도는 빨아들여 주기를 김 선생님은 바랐다. 그리고 김 선생님은 이제 집에 가는 건 포기하고 노트북을 켜서 핸드폰으로 촬영한 동영상을 옮겨 담은 뒤 '입술 움직임' '대사 텍스트 변환'을 검색했다. 인터넷은 정보의 바다였고 김 선생님은 필요한 사이트를 금방 찾아냈다.

'물귀신 얼굴'이 말하는 내용은 간단했다. 박 씨 아줌마의 경비 업무용 태블릿이 이미 통역해 준 대로, 물이 새서 책이 상할 수 있으니 책을 치우고 누수 위험 지점을 수리하라는 단순한 경고였다. 그렇게 변환된 텍스트 상자 아래 관련 광고로 몇 가지 영상이 떠올랐다. 그중 하나가 김 선생님의 시선을 붙잡았다.

어린이를 위한 도서관 이용 안내.

오래된 영상이었다. 김 선생님은 동영상을 재생했다.

어린이 자료실. 함께 그림책을 보는 아이들. 사서에게 질문을 하는 어린이들. 어린이를 서가로 안내하는 사서. 김 선생님이 어렸을 때만 해도 흔한 도서관에서 흔하게 볼 수 있는 광경이었다. 김 선생님은 다시 울기 시작했다.

만화처럼 그려진 영상 속 어린이가 도서관 책을 가방에 숨겼다. 영상 속 사서가 이 광경을 보고 어린이에게 주의를 주었다.

김 선생님은 울음을 그쳤다. 담요 위에 놓인 책들을 바라보았다.

책을 숨길까.

죽어가는 도서관에서 책들을 데리고 탈출해야 할까.

김 선생님은 머릿속으로 도서관 책의 인식 칩과 바코드를 제거하고 책을 몰래 반출한 뒤 칩을 제거하느라 훼손된 책을 다시 수선하고 복원하는 과정을 자기도 모르게 구체적으로 궁리하기 시작했다.

그러다 다시 담요 위에 무방비하게 놓인 책을 바라보며 김 선생님은 마음을 다잡았다. 사서는 정보 유통 전문가이기도 했지만 무엇보다도 지식과 문화의 수호자였다. 서울의 남쪽, 제주도 북쪽에 마지막 남은 도서관의 마지막 장서를 사서인 자신이 훼손해서 밀반출할 수는 없었다. 한 줌 남은 사서의 자긍심이 그것만은 허용하지 않았다.

그러나 이대로 두면 물이 새는 지하실에서 이 책들은 도서관과 함께 죽어 영원히 사라질 것이다.

김 선생님은 시계를 보았다. 달력을 보았다.

아직은 시간이 있다. 단 한 뼘 남은 시간이지만, 그래도 아직은 조금 시간이 남아있었다.

담요 위에 놓은 책들을 바라보면서, 김 선생님은 정부 청사 앞에서 농성하고 있는 전직 국립도서관 사서 선생님들을 찾아가야겠다고 생각했다. 도서관과 책과 지식과 정보와 문화와…… 나라의 미래가 모두 함께 이대로 죽도록 놔둘 수는 없었다.

'알아보면 다 방법이 있을 거예요.'

박 씨 아줌마가 말했다.

그렇다. 김 선생님은 바로 그 '알아보는' 일의 전문가였다.

"내가 구해줄게."

김 선생님이 책들에게 말했다.

대답 대신 희끄무레한 홀로그램 빛무리가 다시 나타났다.

김 선생님은 물귀신으로부터 책을 구하기 위해 분연히 일어섰다.

낙
인

✧ 2023년 《문화일보》 '소설, 한국을 말하다' 게재

인공지능 타투 기계가 사람의 팔을 태웠을 때 책임은 누가 져야 하는가. 그것이 소송의 요점이다. 소송은 현재 2년째 이어지고 있으며 근시일 안에 끝날 가능성이 보이지 않는다. 사람이 시술했다면 이런 일이 일어나지 않았을 것이라고 나는 몇 번이나 생각했다.

그러니까 내가 이른바 '인공지능 문신 시술'에 대해 알게 된 것은 어느 SNS 광고를 통해서였다. 신제품 디지털 타투 기계 판매 광고였는데, 제거제를 사용하면 문신을 지울 수 있다는 부분에서 귀가 솔깃해졌다. 그래서 나는 광고를 재생시켰다. 광고에 따르면 타투 기계에 무선인터넷 연결 장치가 탑재되어 있어서, 생성형 인공지능을 이용하여 누구나 원하는 디자인을 스스로 만들어 직접 시술할 수 있다고 했다. 동영상 광고에서는 모델이 귀여운 색색 가지 디자인을 만들어 팔에 찍은 뒤 제거제를 문질러 타투를 지우고, 다른 디자인의 타투를 또다시 만들어 팔에 찍으며 활짝 웃었다. 제거제는 별도

판매였고 가격은 타투 기계 본체 가격에 육박했다.

어쨌든 그래서 나는 디지털 타투 기계를 주문했다.

문신할 디자인을 만드는 데까지는 아무 문제가 없었다. 생애 처음으로 시도해 본 타투 디자인은 그다지 마음에 들지 않았다. 그래도 생전 처음이니 기념 삼아 나는 생성형 인공지능이 내 주문을 듣고 만들어준 디자인을 팔에 찍어보았다. 아주 조그만 여러 개의 바늘이 피부를 따끔따끔하게 긁는 느낌이었다. 인공지능은 내가 지정한 색깔을 내가 원하는 색감으로 배합해 주었으며, 조그만 타투 기계는 디자인의 세부적인 윤곽과 작은 줄이나 점까지 의외로 꽤나 선명하게 피부에 새겨주었다.

처음으로 시도해 본 디지털 타투를 감상하다가 나는 다른 디자인을 만들었다. 그리고 첫 타투를 지우려고 함께 배송되어 온 타투 제거제를 꺼내 발랐다.

팔이 타기 시작했다.

비유적인 표현이 아니다. 피부 위에 그려진 타투 잉크에 제거제를 문질러 바르자 잉크가 녹으면서 팔에서 뭐라 말할 수 없는 냄새가 나기 시작했다. 나는 급히 화장실로 가서 물을 틀고 수도꼭지 아래 팔을 들이밀었다. 물을 타고 타투 잉크와 제거제가 더 넓게 퍼졌다. 팔의 피부가 계속해서 선홍색으로 부어오르다가 점점 더 비인간적인 자줏빛을 띠어갔다. 나는 공포에 질렸다. 병원에 가야겠다는 다급한 생각과 병원 가는 길에 팔이 타서 떨어져 나갈 것이라는 확신이 머릿속에서 동시에 솟아올라 부딪혔다. 찬물을 더 세게 틀고 팔뚝을 비누로 씻어내자 비누 거품과 함께 살 껍질이 떨어져 나왔다. 나는 비명을 질렀다.

나중에 피해자 모임에 나가 보니 이런 경험은 나만 한 것이 아니었다. 팔이나 다리에 피해를 입은 사람이 많았고 발등이나 귀 뒤쪽 등 피부가 얇고 민감한 부위를 다친 사람도 있었다. 타투 잉크와 제거제 성분이 합쳐지면서 화학반응을 일으켰기 때문이라고 했다. 타투 잉크 자체는 문제가 없고, 제거제도 그 자체 성분만으로는 문제가 없는데, 여러 색깔을 내기 위해 타투 잉크를 기계 안에서 배합하고, 그 과정에서 열이 발생하고, 거기다가 제거제를 섞으니까 피부를 부식시키게 되었다는 것이었다. 애초에 이럴 가능성이 있을 것 같으면 사람 피부에 이런 성분을 사용하면 안 된다고, 피해자 모임에서 초청한 피부과 의사가 분개했다.

우리는 물론 경찰에 신고했다. 당연히 수사의 과정은 쉽지 않았다.

문제의 염료를 제조한 업체와 판매한 업체가 각각 달랐다.

그리고 양쪽 업체 모두 처음 들어보는 외국에 있었다. 그 염료를 사다가 타투 기계 안에 넣은 업체는 또 다른 외국에 있는 또 다른 회사였다. 그렇게 조립된 타투 기계를 국내에서 판매한 업체는 또 따로 있었다. 내가 보았던 동영상 광고는 그런 광고만 만들어주는 전문 업체에서 제작했다. 광고 제작사에서 알려준 타투 기계 판매업자 연락처는 대포폰이었다. 경찰이 판매업자를 찾아내는 데만 거의 1년이 걸렸다. 판매업자는 타투 기계를 정식으로 수입한 게 아니었다. 통신판매업 신고도 하지 않고 세관 신고도 없이 대충 배에 물건을 실어다가 동영상 광고를 통해 택배 배송해서 제품을 팔고 문제가 생기면 동영상 다 내리고 도망치는 이른바 '보따리 장사'였다.

"도대체 문신 같은 걸 왜 했습니까?"

경찰 수사 과정에서도, 피해자 모임을 찾아가고 변호사를 선임하고 소송을 진행하는 과정에서도 나는 이 질문을 가장 많이 들었다.

"도대체 그런 걸 왜 했어?"

가족과 친구들이 답답해하며 물었다.

"애초에 문신을 안 하면 되잖아?"

피해자 중에는 타투이스트가 여러 명 있었다. 새로운 종류의 기기를 사용해서 더 폭넓은 디자인을 시험해 보고 싶었다고 그들은 말했다. 타투 잉크를 지울 수 있는 제거제가 어떤 것인지도 알아보고 싶었다고 했다. 그들은 모두 자기 자신에게 기계를 직접 사용해 보았다가 피해를 입었다.

"이런 게 걱정돼서 손님한테 함부로 사용할 수 없다고요."

매우 짧은 분홍색 머리카락의 타투이스트가 낮은 목소리로 말했다.

"제대로 교육받은 인간 타투이스트가 그냥 보통 쓰는 타투 기계로 시술했으면 이런 일 안 생기죠."

타투이스트의 분홍색 머리카락 아래 목덜미 피부가 벌겋게 녹아 벗겨져 있었다.

경찰은 냉소적이었다. 한국에서 비의료인의 문신 시술은 불법이었다. 법집행기관의 관점에서 보기에 피해를 입은 타투이스트나 불법 타투 기계를 들여와서 판매한 보따리 장사나 똑같은 범법자들이었다. 불법 문신 시술이 이 사건과 직접 관련이 없다는 사실을 우리는 몇 번이나 설명했지만 대체로 소용없었다. 불법 판매상이 허가받지 않은 기계에 검증되지 않은 염료를 넣어 성분을 알 수 없는 제거제와 함께 판매했기 때문에 소비자가 피해를 입었으며, 그러므로 해당 기계와 염료, 제거제에 대한 단속이 필요하다는 사실을 알리기 위해 피해자 모임은 열심히 노력했다. 그리고 우리는 이전에 들었던 비아냥을 계속 들었다.

"그러게 누가 문신 같은 걸 하래?"

문제적 타투 기계의 동영상 광고에서 모델은 왼쪽 팔뚝 안쪽에 문신을 새기고 지우고 또 새로 새겼다. 왼쪽 팔목 바로 그 자리에 나는 크고 넓은 흉터가 있다. 어렸을 때 가스레인지 위에서 끓는 냄비 손잡이를 실수로 잡아당겨 팔뚝 전체에 화상을 입었다. 오래돼서 지금은 흉터가 많이 옅어졌지만 가까이서 보면 피부가 울퉁불퉁하고 피부 색깔도 팔의 나머지 부분과는 다르다. 짧은 소매를 입으면 밖으로 드러나는 위치라서 나는 언제나 나도 모르게 신경 쓰면서 살아왔다.

내가 문신에 관심을 가지게 된 이유도 흉터 때문이었다. 흉터도 내 몸의 일부니까 제거하거나 가리기보다는 예쁘게 꾸미고 싶다는 생각을 종종 했다. 화상 치료의 고통스러운 기억과 병원에서 돌아오는 길에 엄마가 울던 모습과…… 그런 기억들을 뿌리치지 않고 흉터와 함께 내 어린 시절의 일부로 받아들이고 싶었다.

"우리 애는 그냥 궁금해서 해봤대요. 친구들하고."

피해자 모임에 자녀 대신 참가한 중년 아저씨가 말했다.

"그냥 궁금한 게 그렇게 죽을죄입니까? 애 피부가 녹아서 홀랑 벗겨질 정도로 잘못이에요?"

생각해 보면 나도 그랬다. 그냥 궁금해서, 그리고 지울 수 있다고 하니까, 그래서 믿고 구매했다.

그게 그렇게까지 잘못인지 생각하기 시작하면 여러 가지 감정이 솟아올라 복잡해졌기 때문에 나는 깊이 생각하지 않으려 애썼다.

원래 흉터가 있던 왼팔은 더 큰 흉터로 덮였다. 나는 아주 오래전 어린 시절에 했듯이 화상 전문 병원에 가서 죽은 피부를 벗겨내는 치료를 받는다. 굉장히 아프다. 그리고 SNS 계정에는 끈질기게 조롱하는 댓글이 달린다.

－그러게 누가 문신 같은 걸 하래?

"다 나으면 내가 공짜로 해줄게요."

피해자 모임에서 친해진 타투이스트가 호언장담한다.

"공짜는 안 되지, 피해 보상금 받아야지."

중년 아저씨가 받아친다.

피해 보상금 같은 걸 받는 날이 우리 평생에 과연 올지는 알 수 없다. 치료가 너무 아프고 비싸고 사방에서 들리는 조롱과 냉소가 괴로우니까 우리끼리 서로 위로하는 것이다.

그러나 나는 조금씩 새살이 돋아가는 팔뚝을 보면서, 완전히 나으면 정말로 문신을 해야겠다고 결심한다. 이런 일을 겪고도 회복했다는 증명을 몸에 새기고 싶다. 그때는 인간 타투이스트에게 부탁해서, 안전하게 시술받을 것이다.

행

진

❖ 2020년 앤솔러지 《5월 18일, 잠수함 토끼 드림》(우리학교) 수록

엄마가 돌아온 날 언니는 도망치자고 했다. 엄마는 창문 앞에 서서 마치 뭔가 기다리는 듯 상체를 앞으로 기울인 채 목을 길게 내밀고 밖을 바라보고 있었다. 저러다가 확 넘어질 것 같다고 나는 생각했다. 그러나 엄마는 넘어지지 않았다. 바닥에서 솟아 나온 두 팔이 엄마의 다리를 붙잡고 있었기 때문이다. 돌아온 엄마는 양팔이 없었다. 바닥에서 솟아 나온 팔은 그러니까 아마 엄마 팔일 거라고 나는 생각했다. 엄마는 아마 저런 모습으로 죽었을 것이라고, 나는 생각했다.

엄마는 창밖을 바라보았다. 그리고 언니는 마치 엄마가 보이지 않는 것처럼, 나에게 도망치자고 말했다. 새로운 도시에서, 새로운 이름으로, 이곳 출생이라는 사실을 버리고, 이곳의 삶을 모두 버리고, 새로운 말투를 익히고, 그러면 더 이상 싸우지 않아도 될 거라고, 더 이상 두려워하지 않아도 될 거라고 언니는 말했다.

"왜 우리가 도망쳐야 해?"

내가 따졌다.

"모든 사람이 다 투사가 될 수는 없어."

언니가 대답했다.

"나중에 얘기해. 나 학원 가야 돼."

나는 집을 나왔다. 언니가 등 뒤에서 소리쳤다.

"딴 길로 새지 말고 끝나면 곧장 집에 와!"

나는 딴 길로 샌다.

방안에는 종이가 가득하다. 크기도 재질도 제각각이다. 이렇게 많은, 이렇게 다양한 종이를 한곳에서 본 적이 없는 것 같다. 스티커, 포스터, 엽서, 전단, 성명서, 선언문, 피켓. 파일 전송은 쉽고 빠르지만 지울 수 없는 디지털 흔적을 남긴다. 종이는 느리고 비싸지만 확실하다. 확실하다는 건 무슨 말이냐면, 그러니까, 종이는 특별하다는 뜻이다. 선언문을 물리적으로 손에 들고 있는 순간 현실 세계의 물건만이 줄 수 있는 단단함이 마음을 받쳐준다. 나는 포스터와 전단과 스티커의 표면을 손가락으로 쓸어본다. 전단의 광택 나는 매끈한 감촉을, 피켓의 거친 표면과 두껍고 단단한 질감의 무게를 느껴본다. 피켓을 머리 위로 들어 올려본다.

우리는 행진할 것이다. 시끄럽게, 자유롭게, 세상 모두가 보고 들을 수 있도록.

두 걸음도 못 가서 아마 전부 잡혀가겠지만.

"조심해서 챙겨 가."

선생님이 말한다. 나는 피켓을 빼고 가방에 넣을 수 있는 크기의 종이—스티커와 전단과 포스터와 엽서와 성명서와 선언문을 모아서 가방 안 깊숙이 집어넣는다.

"그런 걸 집에 둬도 괜찮겠어?"

선생님이 걱정한다.

"괜찮아요."

내가 가방을 어깨에 걸치며 말한다. 종이의 무게가 어깨와 등을 누른다. 무겁지만 기분 좋은 감촉이다.

"집에 둘 거 아니에요."

"그래."

선생님은 집이 아니면 어디다 둘 생각인지 묻지 않는다. 나는 인사하고 학원을 나온다.

그애의 집까지 나는 천천히 걷는다. 도시는 언제나 그렇듯 평온해 보인다. 봄날 늦은 저녁의 공기는 신선하다. 해는 이미 졌지만 가로등의 불빛이 짙은 남색으로 물든 하늘을 조심스럽게 밝히고, 가로수의 나뭇잎이 상냥한 저녁 바람에 흔들리고, 때때로 이름 모를 새 소리가 조용히 울린다. 대로에는 무인 자동차들이 조용히 미끄러지듯 흘러 다니고 하늘에서는 외로운 드론이 졸음에 겨운 매미 같은 소리를 내며 떠돌아다닌다.

가로등 앞을 지나면서 나는 후드 티의 모자를 깊숙이 당겨 얼굴을 가린다. 나는 그애의 핸드폰과 스마트워치를 가지고 있다. 가로등의 인식 장치가 조그맣게 반짝거리며 그애의 핸드폰 위치를 기록한다. 나는 걸음을 재촉한다.

거리에는 사람들이 걸어 다니고 광장에 앉아 이야기한다. 친구끼리, 연인끼리, 가족끼리 부드러운 봄날 저녁을 즐기고 있다. 광장에서 아이들이 탱크 위로 기어오르고 분수대 주변에서 즐겁게 소리치며 뛰어다닌다.

마치 아무 일도 없는 것만 같다고 나는 생각한다. 마치 이틀 전에 주차장 뒤에서 변사체가 발견되지 않은 것만 같다. 지난주에 강변에서 변사체가 발견되지 않은 것만 같다. 아랫집 가족은 큰아들이 학교 가는 길에 실종된 후 갑자기 이사를 갔다. 그 집 큰아들은 우리 학교를 다녔고 나보다 한 학년 위였다. 중학교 3학년 때는 옆 반 담임 선생님이 학기 중에 갑자기 그만두고 사라졌다. 교장 선생님은 그 선생님이 병이 나서 입원했다고 설명했지만 진짜 이유를 모두 알고 있었다. 이유는 모두 알고 있었지만 아무도 큰 소리로 말하지 않았다.

말하지 못한다. 이틀 전, 지난주, 작년에 시작된 일이 아니다. 그애 아버지도, 우리 엄마도…….

주머니 속에 넣어 둔 그애의 핸드폰과 스마트워치가 진동한다. 나는 깜짝 놀라 핸드폰을 꺼낸다. 내 핸드폰으로 그애가 메시지를 보냈다.

─빠르ㅇ

나는 대답한다.

─ㅇㅇ

머리 위의 드론이 여전히 졸린 매미 같은 소리를 내며 한동안 같은 곳을 돌다가 내키지 않는 듯 천천히 멀어진다. 나는 핸드폰을 주머니 속에 넣고 다시 한번 후드 티의 모자를 손으로 잡아당겨 얼굴을 가리며 걸음을 재촉한다. 그애 어머니가 집에 돌아올 시간이 얼마 남지 않았다.

도시를 떠난 사람들도 물론 있었다. 돈을 마련하고 살 곳을 마련하고 지역 정부의 허가를 얻는 것은 쉽지 않은 과정이었지만 그래도 어떻게든 이곳을 벗어나 새로운 삶을 찾아간 사람들이 있었다. 그런 사람들에 관해 학교에서는 아이들이 이야기했고 아파트에서는 이웃들이 이야기했다.

행복한 이야기는 듣지 못했다. 큰맘 먹고 찾아갔는데 모른척하더라, 문전박대하더라, 이름부터 말투까지 싹 고치고 살면서 한 번도 본 적 없는 사람인 양 외면하더라는 분노에 찬 비난과 그렇게 모른척하고 외면하고 자기만 잘 살겠다고 악을 써봤자 아무 소용없더라는 냉소가 주를 이루었다. 바깥 사람들은 우리가 이곳 출신인 것을 아무리 숨겨도 귀신같이 알아차리더라고, 어른들은 체념한 듯 이야기했다. 말씨에서, 표정에서, 몸짓에서, 이 도시 출신의 '냄새'가 난다고 바깥 사람들이 비아냥거렸다고 했다. 이곳을 떠나도 그 '냄새'는 우리를 따라다녔고 그 '냄새'를 맡은 바깥 사람들은 어떻게든 우리에게 일자리도 지낼 곳도 주지 않으려 했다. 우리는 반역자이고 폭도이고 더럽고 위험한 전염병이자 쓰레기였고 우리 등에는 보이지 않는 낙인이 찍혀있었으며 그래서 이 도시 외에 우리를 받아주는 곳은 없었다. 최소한 어른들 말로는 그랬다.

군인들이 도시에 들어오지 않았다면 사람들은 떠날 필요가 없었을 것이다. 군인들이 이유 없이 총을 쏘고 이유 없이 이웃과 친구와 가족들을 잡아가지 않았다면, 드론이 우리를 이유 없이 감시하고 가로등과 신호등이 우리를 공연히 24시간 촬영하고 정부와 언론이 근거 없이 우리를 반역자라고, 폭도라고 부르지 않았다면, 떠난 사람들은 고향을 잊고 친지와 가족을 모른척하지 않아도 되었을 것이다. 바깥 사람들은 우리를 믿지 않고 이런 사실을 알지 못한다. 어른들은 드론과 신호등과 가로등과 군인들과 정부를 큰 소리로 욕하는 건 위험하기 때문에, 두렵기 때문에, 어쩔 수 없이 떠난 사람들을 욕한다.

그애의 집에 도착했을 때 그애 어머니는 아직 오지 않았다. 그애가 말없이 내 핸드폰을 돌려준다. 나도 그애의 핸드폰과 스마트워치를 얼른 꺼낸다. 내가 건네주는 스티커, 전단, 포스터, 엽서, 성명서, 선언문을 그애는 차례차례 받아서 벽장 안쪽과 침대 밑에 숨긴다. 종이 뭉치가 전부 잘 숨겨져 밖에서는 보이지 않는 것을 확인하고 나는 말없이 방을 나온다.

그애가 현관으로 따라 나온다. 문을 열고 그애는 고개만 살짝 내밀고 밖을 살핀다. 그리고 그애가 끄덕인다. 나는 서둘러 밖으로 나선다. 그애가 내 등 뒤로 황급히 문을 닫는다. 그애도 나도 인사는 하지 않는다.

그애의 어머니는 나를 좋아하지 않는다. 나의 언니는 그애의 어머니를 좋아하지 않는다.

항상 그렇지는 않았다. 내가 어렸을 때, 엄마가 사라지고 얼마 안 됐을 때 그애의 어머니가 나를 돌봐주었다. 엄마가 사라졌기 때문에 언니는 버티고 버텼지만 결국 어쩔 수 없이 학교를 그만두어야 했다. 처음에는 언니가 엄마를 찾아다니는 동안, 그다음에는 언니가 일자리를 찾아다니는 동안, 그리고 언니가 일하러 가있는 동안 그애의 어머니는 그애의 집에서 그애와 함께 나에게 끼니 때가 되면 밥을 먹여주고 내 옷을 빨아주고 그애와 함께 내 숙제를 봐주고 밤늦게까지 언니가 돌아오지 않으면 그애의 방에 나를 함께 재워주었다. 언니가 일하던 가게에, 언니가 다니던 공장에 경찰이 들이닥쳤을 때에도, 언니가 친구 집에 한동안 숨어있어야 했을 때에도, 그애와 그애의 어머니는 나를 자기 집에서 지내게 해주었다. 그러다 3년 전에 그애의 아버지가 사라지고 나서 모든 것이 변했다. 그애의 어머니는 나에게 소리를 지르고 우리 집에 쳐들어와 언니를 때리고 고함치며 울었다. 사라졌던 그애의 아버지가 일주일 뒤 돌아와서 한 달 동안 앓아누웠다가 부엌에서 목을 매달고 나서 그애의 어머니는 나와 언니를 똑바로 쳐다보려고도 하지 않게 되었다.

언니는 그애의 어머니가 반대편으로 넘어갔다고 했다. 언니가 일하던 음식점과 식료품점에 또다시 경찰이 들이닥친 이유가 그애의 어머니 때문이라고, 그애의 어머니가 언제나 우리집을 감시하고 건수만 생기면 언니를 밀고하기 때문이라고 언니는 말했다. 경찰서에 다녀온 뒤 언니는 음식점을 그만둬야 했다. 그러나 식료품점 아주머니는 그만둔 척하고 조금만 쉬다가 다시 나와도 된다고 했다. 식료품점 아주머니네 딸은 작년에 사라졌고 시신은 두 달 뒤 극장 건물 뒷골목에서 발견되었으며 경찰은 식료품점 아주머니네 딸이 옥상에서 뛰어내려 자살했다고 말했고 대체 어째서 건강하게 잘 지내던 사람이 갑자기 자살했는지, 자살하기 전에 사라졌던 두 달 동안 식료품점 아주머니네 딸이 어디서 무엇을 했으며 무슨 일이 있었는지 절대로 알려주려 하지 않았다.

언니가 식료품점에서 잘리지 않은 건 다행이었지만 거기서 받는 돈만으로는 월세 내기도 빠듯했다. 언니는 저녁 시간에 일할 두 번째 일자리를 구하지 못해 걱정했다. 이따금 언니는 밤에 혼자 울었다. 그러나 내가 학교를 그만두고 일자리를 구하겠다고 하자 언니는 화를 냈다. 언니가 그렇게 미친 듯이 화를 내는 모습을 나는 생전 처음 보았다.

"엄마가 실종됐을 때 언니도 내 나이였잖아."

내가 주장했다.

"언니도 내 나이 때 학교 그만두고 돈 벌기 시작했잖아."

"그러니까 안 된다는 거야!"

언니가 소리를 빽 질렀다.

"내가 얼마나 힘들었는지 알아? 너까지 그렇게 만들라고? 그건 안 돼! 절대 안 돼! 넌 고등학교 졸업해야 돼! 대학도 가야 돼! 넌 제대로 살아야 돼!"

"언니가 나 때문에 고생하는데 모른척하고 나만 제대로 살면 그게 다 무슨 소용이야!"

나도 지지 않고 소리 질렀다. 언니가 마주 고함쳤다.

"하여간 안 돼! 너까지 나처럼 되는 꼴은 죽어도 못 봐! 안 돼! 차라리 내가 죽고 말지……."

소리 지르다 말고 언니는 울기 시작했다. 그래서 나는 졌다. 우는 언니에게 계속 소리 지를 수는 없었다.

"언니, 울지 마……."

언니는 양팔로 얼굴을 가리고 서럽게 서럽게 흐느꼈다. 나는 어색하게 손을 뻗어 언니의 어깨를 살살 쓰다듬었다.

"울지 마, 언니…… 미안해……. 학교 안 그만둘게……. 고등학교 졸업할게……."

그리고 언니가 고개를 들어 눈물에 흠뻑 젖은 얼굴로 말했다.

"떠나자."

언니는 울어서 푹 잠긴 목소리로, 그러나 분명하게 말했다.

"다 버리고 다른 도시로 가서 다시 시작하자."

나는 언니의 말에 바로 대답할 수 없었다. 그때 언니 등 뒤로 현관의 어둠 속에서 양팔이 없는 엄마가 소리 없이 솟아 나왔기 때문이다. 엄마는 천천히 발을 끌며 창가로 다가갔으나 곧 우뚝 멈추어 섰다. 창가를 향해 상체를 점점 내밀었다. 나는 우리 집 바닥에서 두 개의 팔이 마치 어둡고 가느다란 나무줄기처럼 솟아 나와서 엄마의 다리를 감싸 잡는 모습을 바라보았다. 부드럽고 조심스럽지만 단단하게, 두 개의 어두운 손은 엄마의 정강이를 타고 올라 무릎을 붙잡았다. 엄마는 창가를 향해 몸을 내밀었지만 더 이상 움직일 수 없었다.

엄마를 보는 것은 10년 만에 처음이었다. 다시 나타난 엄마는 양팔이 없었고 현관 옆 창가의 어둠 속에 반쯤 잠겨있었다. 그리고 나는 엄마를 곧바로 알아보았다.

언니는 창문을 바라보지 않았다. 엄마에 대해서 말하지 않았다. 엄마가 안 보이냐고 나는 언니에게 차마 물을 수 없었다.

군인들이 처음 우리 도시에 쳐들어와서 총을 쏘았을 때 엄마는 이불로 창문을 가리고 언니와 나를 벽장 속에 숨겼다. 언니와 나는 벽장 속에서 살아야 했다. 얼마나 벽장 속에서 살았는지는 나도 모른다. 굉장히 오래 살았던 것 같다. 우리는 벽장 속에서 밥을 먹고 밤에는 벽장 속에서 웅크리고 잤다. 화장실에 가야 할 때만 엄마가 벽장 문을 열어주었고 언니도 나도 고개를 푹 숙이고 좁은 거실을 최대한 빨리 가로질러 화장실에 갔다가 다시 거실을 최대한 빨리 가로질러 침실의 벽장 속으로 돌아와야 했다.

화장실에서 나와 보면 엄마는 언제나 창가에 서서 이불을 살짝 걷고 조심스럽게 밖을 내다보고 있었다. 밖은 평범한 아파트 복도였고 아무 일도 일어나지 않았다. 아주 가끔 알 수 없는 불빛이 반짝거리기는 했다. 그러면 엄마는 이불을 살짝 걷고 핸드폰의 조그만 불빛을 창문에 비추곤 했다.

"엄마, 불 꺼."

그럴 때면 내가 화장실 문 앞에 웅크린 채 속삭였다.

"들켜."

누구에게 무엇을 들킨다는 것인지, 들키면 어떻게 되는지 여섯 살의 나는 정확히 알지 못했다. 밖에는 군인들이 와있고, 군인들이 많이 와있고, 군인들이 총을 쏘고, 총에 맞으면 죽는다고 언니가 설명해 주었다. 군인들은 왜 와있는 걸까? 왜 많이 왔을까? 왜 총을 쏠까? 아무리 물어봐도 언니도 대답해 주지 못했다. 그저 창문을 항상 가려놓고 들키지 않게 조용히 있어야 한다고만 했다.

벽장 속 생활은 참을 수 없이 지루했다. 나는 나가고 싶었다. 유치원도 가고 싶고 놀이터도 가고 싶고 친구들도 만나고 싶었다. 나는 엄마를 조르고 언니를 졸랐다. 언니는 참아야 한다고만 말하며 나를 다독였다. 엄마도 처음에는 나를 달래 주었다. 그러나 시간이 지날수록 엄마는 창문 밖을 바라보는 데만 정신이 팔려서 내가 졸라도 거의 대답해 주지 않았다.

그리고 군인들이 문을 부수고 들어왔다. 군인들은 집 안을 뒤지고 가구를 부수고 벽장 속에 숨어있던 언니와 나를 끌어 냈고 언니가 비명을 지르자 때렸다. 그 모습을 보고 나도 울 면서 비명을 지르기 시작했고 군인이 다가와서 나를 때렸고 나는 정신을 잃었다. 깨어났을 때는 언니가 나를 부둥켜안고 내 이름을 부르며 울고 있었다. 도시는 군인들로 뒤덮였고 광 장은 탱크가 점령했고 매일같이 총소리가 들렸다. 엄마는 돌 아오지 않았다. 많은 사람들이 돌아오지 않았다.

그것이 10년 전 봄날이었다. 이제 도시에 또다시 봄이 찾 아왔고 마치 아무 일도 없었다는 듯이 나무들은 푸르고 무성 하게 잎사귀를 펼치고 새들은 지저귀고 아이들은 웃고 소리 치며 광장의 탱크 옆을 뛰어다닌다. 탱크 안에는 군인들이 있 다. 푸른 하늘에서는 드론이, 거리에서는 얼굴 인식 가로등과 신호등이 지나가는 모든 사람을 감시하고 사진과 영상을 촬 영한다. 매일같이 사람들이, 젊은 사람들이, 내 또래의 아이들이 이유 없이 사라지고 사라진 사람들을 찾으려던 가족과 친구들도 얼마 지나지 않아 흔적도 없이 사라진다.

그래서 우리는 행진할 것이다. 10주년, 아니 10주기가 되는 날 우리는 행진할 것이다. 우리가 잃어버린 사람들을 애도하고 그들의 용기를 기념하고 사라진 사람들의 이름을 외치며 행진할 것이다. 우리는 폭도가 아니라고, 우리는 반역자가 아니라고, 우리의 말은 거짓이 아니고 진실이며 세상 사람들은 이곳에서 일어난 일들에 대한 우리의 이야기를 믿어야만 한다고 외치면서 행진할 것이다.

"모든 사람이 다 투사가 될 수는 없어."

언니가 말한다. 그러나 누군가는 투사가 되어야 한다. 우리의 도시를 되찾기 위해서, 우리의 미래를 되찾기 위해서 싸워야만 한다. 엄마는 그렇게 싸우다 잡혀가서 사라졌다. 아니, '사라짐 당했다.' 그러니까 나도 싸울 것이다. 엄마를 위해서.

학교 수업을 마치고 돌아와서 나는 그애의 집으로 갔다. 스티커와 전단과 포스터와 엽서와 성명서와 선언문을 찾아서 담당자에게 전달해야 한다. 담당자가 누구인지는 물론 나도 모른다. 언제 어디서 어떻게 만나야 하는지만 알고 있을 뿐이다.

내일이다. 우리는 내일 행진한다.

그러니까 오늘 밤 안으로 담당자에게 전부 전해야 한다.

"무겁네."

그애가 종이 뭉치를 내 가방에 넣으며 말한다.

"가질래?"

내가 스티커를 내민다. 그애는 받지 않는다. 말없이 도로 내 가방에 넣는다.

나도 이해한다. 그애의 어머니가 보면 안 된다. 나는 가방을 둘러메고 일어선다.

현관문이 열리는 소리가 들린다.

"연수야, 엄마 왔다."

나는 멈춰 선다. 그애도 멈춰 선다.

나는 그애의 어머니가 장 보러 가서 사 온 물건들을 가지고 부엌으로 가기를 기원한다. 제발 부엌으로 가달라고 빌고 또 빈다.

발소리와 목소리가 점점 가까워진다.

"네가 좋아하는 레몬 쿨러 사 왔으니까 저녁 먹고 나서……."

나는 서둘러 그애를 끌어당긴다. 끌어당기면서 가방을 벗어 침대 밑으로 밀어 넣는다. 그애를 잡아끌면서 침대 위로 올라간다.

"연수야⋯⋯."

그애의 어머니가 뭔가 말하면서 방문을 연다. 나는 그애를 잡아당겨 힘껏 끌어안고 입 맞춘다. 그애의 어머니가 비명을 지른다. 나는 그애를 놓지 않는다.

그애가 팔을 들어 나를 안는다. 그애도 나를 놓지 않는다.

언니가 일하다 말고 달려왔다. 아파트 건물 전체에 울려 퍼지는 대대적인 싸움이 벌어졌다.

아무도 내 가방을 들여다보려고 하지 않았다. 내 가방 따위 존재하는지조차 신경 쓰지 않았다.

내가 그애 어머니에게 붙잡혀 고함을 들으며 이리저리 떠밀리는 동안 그애가 발로 침대 밑을 휘저어서 내 가방을 바닥으로 밀어 내놓았다. 언니가 나를 붙잡고 끌어내면서 내 가방을 집어 들려고 했다. 나는 재빨리 손을 뻗어 언니보다 먼저 가방을 낚아챘다. 그애의 어머니에게 떠밀리고 언니에게 끌려서 그애의 집을 나올 때 가방은 내 어깨에 안전하게 걸쳐져 있었다.

"저런 애하고 어울려서 어쩌려고 그러니!"

그애에게 이끌려서 집 안으로 들어가면서 그애의 어머니

가 아파트 복도에 쩌렁쩌렁 울리는 목소리로 울부짖는다.

"내가 그렇게 얘기했는데! 저 집이 어떤 집인지 알면서 왜 어울리는 거야!"

그애의 어머니가 통곡한다.

"네 아빠도 그렇게 죽었는데 너까지 잘못되면 난 대체 어떻게 살라고!"

그애가 계속 울며 뭔가 소리치는 자기 어머니를 다독여 현관문 안으로 조심스럽게 이끌면서 나를 바라본다. 시선이 마주친다. 그애가 살짝 웃는다. 그애 어머니의 목소리도, 언니의 목소리도, 이웃들의 시선도, 세상 전체도 한순간 사라진다. 그저 그애가 나를 보고 웃는다.

그애가 자기 어머니와 함께 집 안으로 들어가고 현관문이 닫힐 때까지 나는 그애를 바라본다. 그애의 입술을 생각한다. 미소 짓는 입술을, 나를 껴안았던 입술을, 나를 놓지 않았던 그애의 팔을, 그애의 부드럽고 따스한 온기를 생각한다.

언니는 화냈다. 나에게 화냈고 그애에게 화냈고 그애의 어머니에게 화냈다. 그애의 어머니가 몇 번이나 언니를 밀고했는지, 그래서 언니가 얼마나 고생했는지 소리치며 화냈다. 이곳의 삶은 지긋지긋하다고, 정말 지겨워 죽겠다고, 더 이상은 못 해먹겠다고 언니는 울면서 고함쳤다.

"엄마 때문이야!"

갑자기 언니가 벌떡 일어서서 창가를 향해서 외쳤다.

"엄마 때문이라고! 엄마가 그 사람들을 도와주지만 않았어도! 엄마가 그렇게 끌려가지만 않았어도!"

엄마는 그대로 바닥에 붙잡힌 채 창밖을 바라본다. 돌아서지도 않고 움직이지도 않는다. 언니는 계속 소리친다.

"무슨 암호인지 뭔지! 그런 거 그냥 다 불어버렸으면 좋았잖아! 군인들이 알고 싶어 하면 알려주면 되잖아! 그러면 우리만 남겨놓고 잡혀가서 죽어버리지는 않았을 거 아냐!"

엄마는 움직이지 않는다.

"내가 얼마나 힘들었는지 알아? 우리 둘만 남아서 내가 얼마나 무서웠는지 엄마가 아느냐고!"

언니는 악을 쓴다.

"왜 이제 돌아온 거야! 왜 하필 지금 다시 온 거냐고!"

엄마는 돌아보지 않는다. 창문에는 이미 이불이 덮여있지 않지만 엄마는 군인들에게 끌려가던 그날처럼 창밖을 바라보며 바닥에서 솟아 나온 자기 팔에 붙잡힌 채 굳어버린 듯이 서있을 뿐이다.

언니는 운다. 나는 언니의 어깨를 안아서 도로 의자에 앉힌다. 언니는 몸을 떨면서 흐느낀다.

"물 가져올게."

나는 언니의 어깨를 문질러준다.

언니는 내가 내미는 물컵을 받아들며 속삭인다.

"나도 싸우고 싶었어."

나는 깜짝 놀란다. 언니는 손으로 눈물을 닦고 코를 훌쩍이며 물을 마신다.

"엄마를 잡아간 놈들하고 나도 싸우고 싶었어."

언니의 두 볼에 다시 눈물이 흘러 떨어진다.

"하지만 네가 위험해지면 안 되니까……."

언니의 말소리가 흐느낌 때문에 군데군데 끊어진다.

"넌 그때 너무 어려서…… 널 두고 나까지 잡혀갈 수는 없었어……. 집에 너 혼자 남으면 어떻게 될지…… 군인들이 총을 쏘면 어떡해……. 생각만 해도 무서워서……."

언니가 딸꾹질을 하면서 속삭인다. 눈물이 흘러 물컵 안으로 떨어진다.

"너까지 잘못되면 어떡해……. 엄마도 없는데…… 너까지……."

언니가 물컵을 양손으로 꽉 붙잡고 소리 죽여 통곡한다.

나는 그애의 어머니가 외치던 말을 생각한다. 누구나 다 투사가 될 수는 없다. 언니가 옳다는 걸 나는 마음속으로만 인정한다. 누군가는 소중한 사람을 지키고 매일의 생활을 지켜야만 하는 것이다. 그것 또한 투쟁이다. 아마도 그것이 가장 중요한 투쟁일 것이다. 결국 우리는 살아갈 권리를 위해서 싸우는 것이니까. 우리의 도시에서 도망치지 않고 살 권리, 두려워하지 않고 살 권리, 남을 밀고하지 않고 가까운 누군가를 배신하지 않아도 안전하게 지낼 권리, 사람답게 살 권리를 위해서 싸우는 것이니까 말이다.

나는 가방 속의 종이 뭉치를 생각한다. 약속한 시간은 이미 지났다. 담당자는 나를 만나지 못했다. 통곡하는 언니를 두고 핸드폰을 확인할 수는 없었다.

행진은 내일이다. 내가 행진에 직접 가지고 나가는 수밖에 없다.

나는 여전히 흐느끼며 딸꾹질을 하는 언니의 어깨와 등을 문질러준다. 그러면서 나는 밤에 언니 몰래 밖에 나갈 수 있을지 궁리하기 시작한다.

—가자.

언니와 나는 화들짝 놀란다. 동시에 창가를 돌아본다.

—가자.

엄마가 창밖을 바라보며 말한다.

─가자.

"나한테 하는 말일 거야."

내가 마침내 입을 연다.

"전단하고 스티커하고 포스터하고 선언문하고 그런 거 전
달해야 돼."

내가 언니에게 소곤소곤 털어놓는다. 왜 속삭이는지는 나
도 모른다. 엄마 앞에서 큰 소리로 말하면 무슨 일이 벌어질
지 불안하기 때문일 것이다.

"내 가방 안에 다 들어있단 말이야."

내가 가방 쪽을 가리킨다.

"안 돼."

언니가 고개를 흔든다.

"가지 마."

─가자.

엄마가 말한다.

"가자."

내가 언니를 바라보며 말한다. 언니는 또다시 고개를 흔
든다.

"행진은 내일이야."

내가 속삭인다.

"전달하긴 늦었고, 행진할 때 직접 가져가야 돼."

"안 돼."

언니가 고집스럽게 반대한다.

"10주기야."

내가 속삭인다.

"앞으로 또 10년, 20년, 평생을 계속 이렇게 살 수는 없어."

─가자.

엄마가 다시 말한다.

언니가 다시 울음을 터뜨린다. 나는 언니의 어깨를 문질러
준다.

"가자."

내가 언니에게 속삭인다.

"내일이라고?"

마침내 언니가 울음을 그치고 잔뜩 잠긴 목소리로 묻는다.
나는 고개를 끄덕인다.

"잠깐만 여기 이렇게 있다 가자."

언니가 물컵을 식탁에 내려놓는다. 의자에서 일어선다. 나
를 껴안는다.

"잠깐만 이렇게 있다가, 해 뜨면 가자."

언니가 내 귓가에 속삭인다. 나는 동의한다.

해가 뜬다. 햇살 때문에 나는 눈을 뜬다. 엄마는 동이 트는 창밖을 바라보며 창가에 그대로 굳은 듯 서있다.

언니가 일어선다. 오래전, 벽장 속에서 지내던 때처럼 언니와 나는 식탁 옆 바닥에서 서로 꼭 껴안은 채 웅크리고 앉아서 밤을 지샜다. 나도 언니를 따라서 일어선다. 저린 팔다리를 쭉 뻗어본다.

이제 이렇게 언니와 함께 껴안은 채 웅크리고 밤을 지샐 일은 다시 없을 것이다. 오늘이 지나면 우리는 자유로울 것이다. 살아서 자유롭지 못하다면, 죽어서 자유로울 것이다.

─가자.

엄마가 창밖을 바라보며 말한다.

언니가 망설이다가 걸음을 옮긴다. 천천히 엄마에게 다가간다. 조심스럽게 몸을 숙여서 언니는 바닥에서 솟아 나온 왼팔을 잡는다. 바닥에서 팔을 뽑아내 엄마의 왼쪽 어깨에 대고 누른다. 왼팔이 엄마의 몸에 붙는다.

언니가 나에게 손짓한다. 나도 엄마에게 다가간다. 엄마의 다리를 여전히 붙잡은 오른팔을 바닥에서 뽑아낸다. 팔은 마치 그림자처럼 부드럽게 바닥에서 소리 없이 뽑혀 나온다. 물론 그림자에는 감촉이 없으니까 그림자를 붙잡으면 어떤 느낌일지는 알 수 없다. 그렇지만 그렇게밖에 설명할 수 없다. 나는 그림자처럼 가볍고 부드러운 엄마의 어두운 오른팔을 들어 올려 엄마의 움직이지 않는 오른쪽 어깨에 대고 누른다.

— 가자.

엄마가 양팔을 펼치며 말한다. 처음으로 고개를 돌려 우리를 번갈아 바라보며 말한다. 엄마의 피부는 어둡고 창백하고 엄마의 눈은 단호하다. 그리고 엄마의 얼굴은 다정하다. 10년 전에 그랬듯이, 내 기억 속 엄마의 마지막 얼굴이 그러하듯이.

— 가자.

언니가 현관문을 연다. 엄마는 왼팔로 언니의 어깨를, 오른팔로 내 어깨를 감싼다. 우리는 천천히 문밖으로 걸음을 옮긴다.

아파트 복도에 뽀얗고 말간 새벽 햇살이 비친다. 햇빛 속에서 엄마는 한 걸음씩 걸을 때마다 조금씩 흐려진다.

— 가자.

엄마가 말한다.

그리고 엄마는 봄날의 햇살과 함께 새벽의 청량한 공기 속으로 녹아 흩어져 버린다.

언니와 나는 엄마가 사라져 버린 자리에서 잠시 멈추어 서 있다. 엄마는 자유롭다. 드디어, 마침내, 엄마는 햇빛 속에서 마음껏 자유로울 것이다. 나는 엄마를 위해 울지 않는다.

옆집 문이 열린다. 그애가 가방을 메고 나오다가 언니와 나를 보고 멈추어 선다. 그애의 얼굴이 굳어진다.

나는 그애를 향해 고개를 끄덕이며 웃는다. 걱정하지 마. 무서워하지 마.

그애도 고개를 끄덕인다. 가까스로 입꼬리를 올려 나를 향해 마주 웃어준다. 그애의 눈에 눈물이 고인다.

나는 그애의 입술을 생각한다. 나를 안고 놓지 않던 그애의 팔을, 그애의 온기를 생각한다.

언니가 말한다.

"가자."

언니가 나에게 손을 내민다. 나는 언니의 손을 잡는다.

그리고 우리는 어둠 속의 삶을 뒤로하고 이 봄날의 처음으로 자유로운 아침을 향해 두려움 없이 걷기 시작한다.

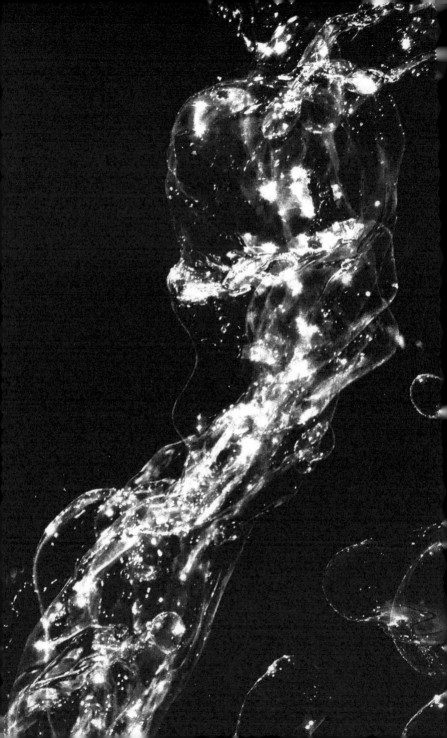

작가의
말

《작은 종말》에는 퍼플레인에서 이전에 낸 단편집에 비해 최근에 쓴 단편들이 많이 수록되어 있다. 처음에 앤솔러지에 수록되거나 문예지나 신문 등에 게재되어 지면의 한계로 인해 이야기에 대해 자세히 설명할 수 없는 경우가 많았기 때문에 기회가 생겼을 때 나의 사연을 주절주절 펼쳐보고자 한다. 책에 수록된 목차 순서가 아니라 내가 생각하는 중요도 순서에 따라 쓰겠다.

〈무르무란〉

울산암각화박물관에서 학예사 선생님의 설명을 듣고 충격을 받아 쓴 이야기이다. 울주 대곡리 반구대 암각화는 한국에 있는 암각화 중에서 가장 오래된 유산으로 대략 7,000년에서 3,500년 전, 석기시대에 조성된 것으로 보인다. 울주군은 고래들이 많이 찾아오는 곳이라 반구대 암각화에도 다양한 고래들이 많이 새겨져 있다. 호랑이, 너구리, 늑대, 멧돼지, 사슴

등등 육지 동물도 다양하게 그려져 있으며 바다 생물도 고래 외에 물고기와 물새, 바다거북, 물개 등등 여러 종류가 그려져 있다고 한다. 그리고 석기시대에 조성이 끝난 게 아니라 신라시대에 화랑들이 반구대에 찾아와 풍류를 즐기고 자기 이름을 새기고 가는 것이 유행이었다고 한다.

도저히 뭔지 알아볼 수 없는 도형이나 무늬도 있는데 박물관에서 받은 자료에도, 학예사 선생님의 설명 중에도 모두 '주술적인 의미'라고 했다. 그래서 대체 어떤 주술인지 모르겠지만 하여간 소설에 주술을 넣기로 했다.

그런데 반구대 암각화는 1990년대 이후 빠른 속도로 마모되어 소실되고 있다. 1971년 처음 발견되었을 때는 바위 벽에 새겨진 300여 개의 그림을 육안으로 전부 하나하나 구분할 수 있을 정도였다고 한다. 2020년대 이후 반구대 암각화에서 육안으로 구분할 수 있는 그림은 30개 정도로, 원래보다 10분의 1로 줄었다. 기후변화로 인해 마모와 침식이 심해졌고, 게다가 태화강 물을 울산 시민들의 식수로 활용하려고 사연댐을 건설해서 반구대 일부가 댐의 물속에 잠겼다. 조상이 돌에 새겨 남긴 작품들이 7,000년을 버텼는데, 후손들이 불초하여 50년 만에 다 깎아먹은 것이다. 이제 조금 더 지나면 반구대 암각화는 탁본과 사진으로만 남고 다 없어질지도 모른다. 환경부가 2024년에야 반구대 암각화를 보존하기 위한 수문을 만드는 작업을 시작했다. 그냥 시작만 했다가 흐지부지 중단되거나 암각화를 오히려 더 망가뜨리는 결과만 낳지 않도록 눈을 부릅뜨고 지켜보아야 할 일이다.

〈도서관 물귀신〉

광진정보도서관에서 특강을 한 적이 있다. 그때 도서관이 한강 바로 옆에 있어서 습기 문제로 사서 선생님들이 골치를 앓는다는 얘기를 듣고 구상한 소설이다. 그리고 얼마 후에 정부가 문화예술 지원 예산을 없애고 이어서 연구 개발 예산도 다 깎으면서 한국이 문화와 지식의 암흑기에 접어들게 되었기 때문에 나는 분기탱천하여 이 이야기를 썼다.

미국에서 대학원 다니던 시절에 미국이 참 엉망진창인 나라이고 갈수록 더 엉망이 돼 가는데도 그나마 버티는 이유가 도서관 덕분이라는 증거를 매우 자주 목격했다. 작은 동네부터 대도시까지 어디에나 공공도서관이 있고 남녀노소 모두다 참여할 수 있는 프로그램이 무척 잘 운영되고 있었다. 그리고 대학 도서관에는 전문사서가 분야마다 있는 것이 대단히 인상적이었다. 이 전문사서는 해당 분야 박사학위 소지자로서 학술자료를 발굴하고 장서를 확보하는 일을 한다. 나도 박사논문을 쓰던 시절에 희귀한 20세기 초 동유럽 연구자료를 구해달라고 전문사서 선생님께 여러 번 부탁했는데 언제나 마술처럼 필요한 자료를 신속히 구해주셔서 크게 도움을 받았다.

미국 대학 도서관의 전문사서는 거의 정규직 교수만큼 안정적인 지위를 누린다. 그리고 사서는 교수처럼 학술연구 발표실적 경쟁에 치이거나 재임용이나 승진 관련된 학과 내 정치에 매달릴 필요가 없다. 실제로 내가 졸업한 학과에서 내가 졸업하던 해에 부임한 신임 교수가 교수직을 그만두고 러시아 분야 전문사서로 학교 도서관에 재취업해서 지금까지 매우 잘 지내고 있다. 학과 행정직원으로 일하던 분도 사서 자격증을 취득해서 디지털 정보화 전문사서가 되어 워싱턴에 진출해서 활약하고 있다.

한국 사서 선생님들은 내가 방문했던 공공도서관에서 매번 다른 큐레이션, 여러 탄탄한 독서 프로그램 운영으로 나를 놀라게 했다. 어느 도서관이나 방문할 때마다 진심으로 감탄했는데, 사서 선생님들 실력에 비해 한국에서 사서라는 직종의 전반적인 처우가 어떤지 몹시 의심스럽다. 최소한 한국에서 사서가 대학교수만큼 대우받는 직업은 명백히 아니기 때문이다.

이런 현실은 빨리 뜯어고쳐야 한다. 한정된 지식을 한 줌의 특권층이 딸딸 암기해서 세상을 헤쳐나가던 시대는 20세기와 함께 끝났다. '정보화 시대'라고 말만 하지 말고 정보의 생성과 유통과 보존이라는 모든 과정을 전부 꿰뚫는 전문가가 시대를 이끌 수 있도록 아낌없이 지원해야 한다. 국가 존망이 걸린 문제다.

〈증언〉

이 소설을 쓰려고 현대 한국에서 일어난 여러 국가 폭력 사태와 취약계층에 대한 사회적 폭력에 대해 조사했는데 그 내용이 너무 끔찍해서 조사한 내용을 정리하면서 계속 울었다. 제주 4·3사건[1947-1954], 노근리 양민 학살 사건[1950], 보도연맹 학살 사건[1950], 광주 민주화 항쟁[1980]까지 "빨갱이니까 죽였다" "빨갱이니까 죽여도 된다"로 요약할 수 있었다. 한편 일제 강점기에 일본제국이 시작한 '부랑자 감화'를 명목으로 한 폭력과 강제노역은 아주 최근까지 버젓이 행해진 현실이었다. 선감학원[1942-1982], 형제복지원[1975-1987], 영보자애원[1985-], 수심원[1974-1997], 삼청교육대[1980-1981] 등의 인권침해 사태를 보면 대한민국은 아주 오랫동안 자국민을 보호와 존중의 대상이 아니라 의심과 고문과 폭력과 착취의 대상으로 여겼음을 알 수 있다.

그런 관점을 뒷받침하는 법과 제도는 거의 대부분 일제 강점기에 시작되었는데 왜 없애고 고치지 않았는지 알 수 없다.

그러니까 이런 사회에서 태어나 자라 끔찍한 피해를 겪고 살아남아서 국가가 돕기는커녕 기본적인 존중도 보이지 않는다는 걸 알면서도 그런 피해 사실을 증언한 생존자들은 더없이 위대하다고 생각한다.

김학순(金學順)¹⁹²⁴⁻¹⁹⁹⁷ 선생님은 일본군 '위안부' 생존자로서 1991년 8월 14일 국내에서 최초로 일본군 전쟁 성범죄에 대해 공개 증언하고 일본을 상대로 소송을 제기했다. 김학순 선생님의 증언에 힘입어 한국뿐 아니라 다른 나라 '위안부' 생존자들도 피해 사실을 증언할 수 있었다. '일본 정부는 거짓말하고 있고, 이것은 바로잡아야만 한다'는 김학순 선생님의 증언은 복잡할 것이 하나도 없는 진실인데도 아직까지 제대로 실현되지 않았다. 우리가 더 노력해야 한다.

〈행진〉

이 소설은 2019년 홍콩 민주화 운동에 많은 영향을 받았다. 범죄인을 중국으로 송환해서 재판을 받게 하겠다는 송환법에 많은 사람들이 반대했고 홍콩 정부가 시민들의 반대 시위를 무자비하게 탄압했다. 시민들은 이에 홍콩 정부에 요구

사항을 발표했는데 그 중 "폭도라는 명칭을 철회하라. 우리는 폭도가 아니다"라는 항목이 깊이 마음에 남았다. 그러나 중국 정부는 홍콩 국가보안법을 제정하고 홍콩 민주화 운동의 주역들을 모두 투옥시키는 등 점점 더 심한 압박을 가하고 있다. 〈행진〉과 앞에 이야기한 〈증언〉을 비슷한 시기에 연달아 쓰면서 안면인식 기술과 휴대전화 사찰, 위치추적 등 과학기술을 활용한 개인 시민에 대한 감시와 정치적 탄압이 일상이 된 세계를 어렵지 않게 상상할 수 있었다. 그런데 이런 일들이 실제로 벌어지는 세계가 물리적으로 가까운 곳에 버젓이 존재한다.

〈통역〉

지역 이주노동자센터에서 통역 의뢰를 받아 실제로 이주노동자센터 소장님과 피해를 입은 이주노동자분과 함께 고용노동청에 가서 근로감독관 앞에서 진술을 통역했던 경험을 바탕으로 썼다. 이 소설은 나를 포함해서 한국과학소설작가연대 작가 20명이 함께 참여한 앤솔러지에 수록되었다. 참여 작가가 많다 보니 분량이 제한되어 있어 악덕 사장을 최대한 빨리 죽이고(!) 빨리 없애버려야 했다(!!). 나중에 이주노동자센터 소장님(실존 인물)한테도 책을 보내드렸는데 재미

있어하셔서 나도 보람 있었다.

〈낙인〉

문화일보에서 동영상의 숏폼에 상응하는 '3분 소설'로 기획한 시리즈에 포함되었던 짧은 소설이다. 시리즈였기 때문에 작품의 주제와 소재는 신문 편집부 측에서 제시한 목록 중에서 골랐다. 소설을 쓰려고 '디지털 타투' 등을 검색했는데 진짜로 타투 프린팅 기계가 여러 종류 검색되어 조금 놀랐다. 문신 시술은 현재 한국에서 기묘한 상태에 놓여있다. 의료인이 아니면 문신 시술을 하는 것이 불법인데, 반영구화장(눈썹 문신 등)은 민간자격증도 있어서 의료인이 아니라도 배워서 할 수 있고, 뭐가 앞뒤가 안 맞고 엉망진창이다. 만약에 불행한 사태가 일어난다면 피해는 소비자들이 떠안을 텐데 이대로 '불법'만 외치면 능사냐고 관계 당국에 묻고 싶다.

〈은둔자의 영혼〉

도서관에서 우연히 읽었던 책에 중세 유럽에서 우울증으로 자살한 사람의 가족들이 핍박받은 이야기가 있어 기억에 남았다. 자살은 당시 가톨릭이 지배하던 해당 국가에서 범죄로 여겨졌기 때문이다. 그 가족은 큰아들이 자살한 것도 충격적이고 괴로운 일이었을 텐데 자살이라는 범죄를 교사 혹은 사주한 공범으로 몰려 여러 가지로 고통받고 결국은 가족이 뿔뿔이 흩어져 부모는 죽고 자살한 피해자의 형제들은 도망쳐야 했다. 중세 유럽이라고 하면 마녀사냥에 대한 이미지가 상당히 강렬한데, 그 외에도 종교의 이름으로 지금 관점에서 보면 정말 어처구니없는 일들이 많이 벌어졌던 것 같다.

〈개벽〉

이 책에 수록된 작품 중에서 가장 즐겁게 썼던 이야기이다. 병원에서 의사가 "제가 이런 거 드시지 마시라고 말씀드렸잖아요!"라고 윤 씨에게 외치는 장면은 내가 실제로 병원에서 목격한 일을 그대로 썼다. 간이 안 좋아서 입원한 할아버지였는데 여러 가족 구성원들이 간에 좋다며 가져다주는 정체 모를 음식을 계속 먹는 바람에 병에는 전혀 차도가 없고 의사 선생님이 회진을 돌 때마다 화를 냈다.

그러나 숯과 소금을 만병통치약처럼 광고하며 사람을 속이고 실제 아픈 사람들을 위험에 빠뜨린 장본인은 아시는 분들은 아시겠지만 실존 인물을 모델로 했다. 정말 세상에 나쁜 사람이 너무 많다.

〈작은 종말〉

이 단편이 처음 수록된 《책에서 나오다》라는 앤솔러지의 기획의도는 작가가 인상 깊게 읽은 책의 내용을 오마주해서 소설을 쓰라는 것이었다. 나는 폴란드 작가 브루노 야셴스키 Bruno Jasieński, 1901-1938? 의 《나는 파리를 불태운다》Palę Paryż, 1929 라는 소설을 모티브로 하고 연세대학교에서 "SF를 통한 자아의 발견" 수업을 할 때 다루었던 여러 주제들을 섞어서 이 단편을 썼다. 《나는 파리를 불태운다》는 2025년쯤에 번역, 출간될 예정이다. 내가 번역해야 출간이 될 텐데 마감이 걱정이지만 무척 기대된다.

〈지향〉

나의 실제 데모 동지를 모델로 해서 썼다. 이 책에 수록된 이야기들 중에서 나에게는 가장 개인적이고 가장 가슴 아픈 단편이다. 데모하러 갈 때마다 보고 싶다고 생각한다. 같이 행진하고 싶다.

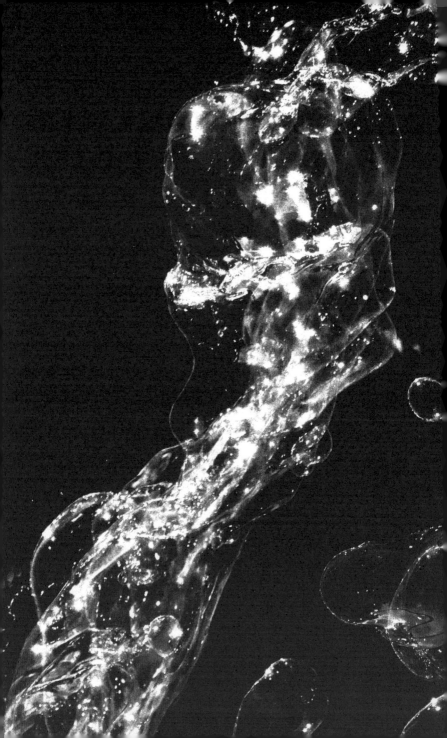

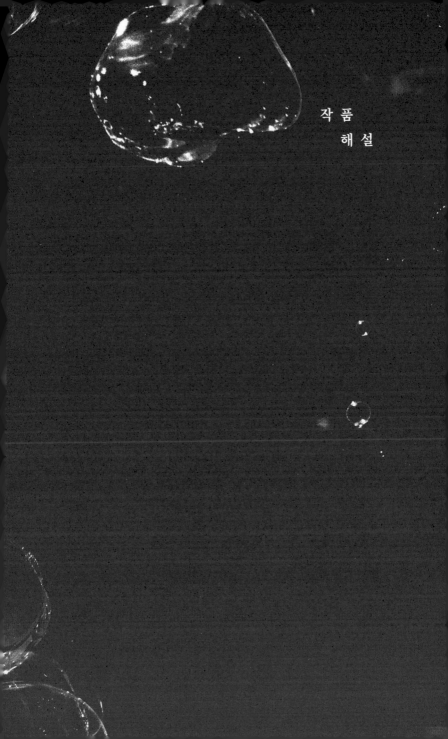

작 품
해 설

신비로운 언약과 약속 없는 미래

전청림(문학평론가)

신비로운 언약

정보라의 소설을 읽을 때 잊지 말아야 할 한 가지가 있다. 책을 손에 쥐고 종이의 질감을 느끼며 책장을 천천히 넘겨가는 그 영원 같은 시간을 빌려, 정보라는 우리를 신비로운 언약 속에 참여시킨다는 것이다. 이 언약은 소설이 픽션이라는 거짓으로 연결되어 있다는 걸 단단히 인지시킨 뒤, 우리를 기꺼이 용기 내게 만든다. 당신은 잃을 것이 없다고, 이건 저 먼 나라에서 일어나는 환상과 허구의 약속이라고 선언한 다음, 참여하고 함께하며 눈빛을 교환하게 만든다. 그렇게 환상이 주는 신선함과 새로움이 현실의 생동으로 전환되는 순간, 어느새 소설은 뜨거운 문제에 마음을 다해 집중하는 자신을 볼 수 있게 한다. '보라 월드'의 활달한 에너지의 정체는 바로 그것이다. 돌아볼 것도, 잃을 것도 없는 채 몰입해 어느 순간 자기 자신을 구하게 되는 신비롭고도 강렬한 체험 말이다.

이토록 끈적거리고, 유쾌하고, 시종일관 수다스러운 화려한 환상 속에서 정보라는 매우 신중하게 진실에 집중한다. 차가운 얼음처럼 또렷하고, 망설이는 법이 없이 강렬하다. 불구와 장애, 질병을 가진 채 살아남을 수 없게 하는 제도의 억압성, 취약한 존재들을 위협하는 남성주의적·비장애중심적 이데올로기, 여성의 몸이 '먹이'가 되는 성과 젠더의 문제, 생존의 안전망 없이 행해지는 노동, 무방비한 아이와 노인이 겪는 위기까지. 소수자의 목소리를 내는 일에 단 한 번도 게을러 본 적이 없는 정보라는 성실하고 꾸준하게 우리를 페미니스트, 퀴어, 불구의 세계로 초대한다. 과거와 현재까지 사회를 장악해 온 억압의 역사를 점검하고 정상성 속에서 강제로 미래를 잃어버린 이들의 시간을 구하기 위해 말이다. 정의롭고 꼿꼿한 목소리를 가진 정보라의 소설은 장애와 혐오, 질병과 차별을 구분하지 않는 사회 속에서 서로에게 의존해 새로운 미래를 빚어가는 존재들을 그려낸다.

젠더, 성, 계급, 노동의 문제에서 시작해 인종, 동물, 환경정의의 문제까지 융합한 다양한 서사를 술술 풀어내는 정보라의 소설은 차별 안에 여러 억압이 거미줄처럼 엮여 다중적으로 작동하고 있다는 사실 또한 잊지 않는다. 억압이 동시에 작동할수록 경계는 희미해지며, 살아가면서 여러 불행을 겪을수록 몸담아야 할 정체성이나 집단을 상상하는 일은 모호해진다. 이때 개인이 겪는 다층적인 차별의 논의를 설득력 있게 전개하는 일, 그리고 더 나은 권리의 미래를 상상하는 일이란 더더욱 어려워진다는 것을 알기에 정보라의 소설은 주의 깊게 예리해지며, 견고하게 구축된다.

이 소설집의 포문을 여는 소설 〈지향〉을 보자. "같이 데모하는 사이"(10쪽)인 '나'와 '강(杠)'의 이야기를 다룬 〈지향〉은 한 개인에게 섹슈얼리티와 정체성, 정치적 지향이 얼마나 복잡하게 교차하는지를 보여준다. 가령, '강'과 '나'는 지정 성별 여성으로 태어났지만 "'정상성'의 방향에서 벗어난 지향성 혹은 정체성"(14쪽)을 가지고 살아간다. '강'은 어릴 때부터 짧은 머리에 "남자애처럼 보"이는 외적인 특징을 고수했음에도 남성으로의 성전환을 원해 본 적 없으며, "쉬는 날에 뜨개질과 요리를 즐기는 '여성적'인 취향"(15쪽)을 가지고 있다. '나'는 시스젠더 한국인 여성이지만 무성애자로, 성적 욕망이 부재한 삶을 살아간다. 이때 '강'과 '나'는 평등행진에서 만나 차별에 맞서는 마음으로 함께하게 되는데, 소설은 이 둘의 연대와 의존을 다음과 같이 설명한다. "공감하고 연대하기 위해 완전히 같은 지향이나 완전히 같은 경험이 필수적인 것은 아니"(15쪽)라고 말이다.

'여성'으로 태어났지만 완전히 다른 신체적 경험과 성적 지향을 가진 두 인물의 만남은 "'보통' '일반적으로' 생각하는 성별 이분법"(16쪽)으로 설명하기 어렵다. 서로에게 의존하는 둘의 관계를 무어라고 정의할 수 있을까? '나'는 사랑하는 애인, 함께 데모하는 동지, 우정을 나누는 친구라는 단어 모두가 '강'과 자신의 관계를 설명하는 데에 부족하다고 말한다. "혈연이 아닌 타인과 공유한 깊고도 단단한 결속을 이르는 용어가 대부분 성애를 허용했는지 여부와 관련되어 있다는 것"은 무성애자인 '나'의 입장에서는 "조금 소름 끼치는 일"(9쪽)이기 때문이다. 이성애중심주의와 성별 이분법으로 세상을 재단하는 정상성의 세상에서 '나'와 '강'에게 언어는 턱없이 부족하다. 평등행진에서 "동성애는 죄악"이라고 외치는 이들에게 "양성애 아세요?" "무성애 아세요오?"(12쪽)라고 받아치는 '나'와 '강'의 유쾌한 도발에는 사실 '동성애' 말고는 성애의 다양한 프리즘을 상상할 수 없는 정상 이데올로기의 경직성을 향한 칼날이 숨어있다.

이토록 편협하고 납작한 세상은 이성애적 정상성을 근거로 다양한 성소수자의 정체성을 강제로 교정한다. "결혼, 재생산을 위한 성교, 임신, 출산, 양육"을 통해 정상 이데올로기의 무한한 지속을 욕망하는 '재생산적 미래주의'는 "고정된 성역할 강화와 체계적 성차별, 제도적 억압"(25쪽)을 이끌어내어 퀴어와 장애인이 존재하는 다른 미래를 상상하지 못하게 만든다. 그러나 서로의 소수자성을 긴밀히 나누며 견고해지는 '나'와 '강'의 이야기는 재생산적 미래주의를 벗어나 "지속성, 안정성, 확정된 의미를 약속하지 않는 미래, 몸과 능력에 대해 집합적으로 더 폭넓은 자원과 대안적인 이해에 접근할 수 있는 미래"인 "크립(장애)적인 미래"(22쪽)를 꿈꿀 수 있게 한다.

가느다란 띠처럼 좁은 이해에 갇히지 않는 크립(장애)적인 미래, 즉 이 자유로운 미래는 고정성과 안정성을 허물어 새로운 시간을 열어젖힌다. 과거-현재-미래로 이어지는 일직선적인 시간은 과거에 이미 고정된 가치들을 연장시키며 지속하고, 이때 미래는 언제나 과거로부터 예비되어 있을 뿐이다. 그러나 〈지향〉에서 불량한 존재들이 열어젖히는 미래는 '불구 미래성futurity의 정치'를 제안하며 과거와 다른 방식으로 사유할 가능성을 모색한다. 소설에서 '나'와 '강'이 가닿은 정치성과 시간성은 "더 정의롭고 지속 가능한 '어딘가'에 도달하기 위한 사유의 틀"로서, 소수자가 "더 접근 가능accessible한 미래"를 상상하며 "장애를 정치적이고 가치 있으며 완전한 것으로 이해하는 '어딘가' '언젠가'를 갈망"*할 수 있게 한다. 이 미래는 확정적이기도, 안정적이지도 않기 때문에 '어딘가'

와 '언젠가'라는 모호하고 유동적인 언어로만 상상될 수 있다. 그러나 도리어 "약속할 필요가 없는 미래"(33쪽)이기 때문에 모든 이가 자유롭고 존엄할 수 있는 가능성을 지닌다. 다른 '지향'을 '장애'나 '불량함'이라는 협소한 틀로 밀어 넣어 혐오와 차별을 부추기는 정상성으로부터 벗어난, 이 퀴어의 시간은 놀랍도록 타당하고 희망적이다.

이처럼 정보라는 우리에게 뿌리박힌 관념과 정상성 이데올로기를 섬세하게 무너트리고, 읽을수록 간절하게 '개벽'을 기다리게 만든다. 소설집의 시작부터 독자를 든든하게 옭아맨 이 신비롭고 언약으로부터, 우리는 이미 정보라의 과감한 정치성에 가담한 공모자이자 동조자가 된다. 이 단호한 언약의 무서움을 이제 이해할 수 있겠는가? 정보라의 소설을 통과한 이는 절대 이전으로 돌아갈 수 없으며, 다시는 방관자가 될 수 없다.

젠더프리 역사학

시간이 다르게, 그리고 새롭게 쓰일 수 있다면 그건 바로 우리가 지금껏 상상하지 못했던 새로운 미래를 예비하기 위

---

* 앨리슨 케이퍼, 이명훈 옮김, 《페미니스트, 퀴어, 불구》, 오월의봄, 2023, 32쪽.

해서일 것이다. 〈지향〉에서 탐구했던 시간과 미래의 주제가 이 소설집에서 계속해서 변주해서 나타나는 이유다. 그건 그야말로 정보라가 불량한 존재들의 미래를 짓기 위해 꾸준히 노력하는, 그 변함없는 헌신 때문이라고 보아도 무방하다. '남자를 죽이는 여자들 이야기'라는 오해를 받기도 했던 《여자들의 왕》(아작, 2022)에서 대안 역사 소설의 가능성을 엿보았던 정보라는 이 소설집에서 이미 고정된 역사의 틀을 늘씬하게 비껴가며 '다시 쓰기'를 행한다. 다시 쓰기는 우리가 익히 알고 있는 이야기와 서사를 비틀고 새롭게 전유해, 과거의 이야기가 담지 못했던 시선과 전복적 상상력을 폭발적으로 끌어올린다. 그 과정에서 이야기의 윤리적·정치적 성격은 변모해 우리를 다른 미래로 이끈다.

　단결과 투쟁의 역사는 너무나 쉽게 남성의 얼굴로 재현될 수 있다는 것, 그 강력한 힘과 저항성의 계보는 언제나 건강하고 다부진 육체의 초상을 그려낸다는 것, 그때 여성의 투쟁은 역사의 뒤안길로 사라지기 마련이라는 사실을 정보라는 〈증언〉에서 낱낱이 밝혀낸다. 소설의 중심인물인 완(莞)은 과거의 트라우마로 공포와 불면과 두려움으로 삶이 어그러져 고통의 시간을 보내는 주인공. 손녀인 민(敏)의 재빠른 대처로 완은 가상현실 시뮬레이션 치료를 받게 된다. 그러나 완이 치료 과정에서 보게 되는 것은 자신의 꿈이 아니라 다른 이들의 꿈이다. 군인과 탱크가 학교를 점령하자 영문도 모른 채 집까지 울며 달려가야만 했던 어린 여학생, 미군에게 짐을 갈취당하고 아기를 업은 채 굴다리에서 총알을 맞아야만 했던 여성, 골방에 갇혀 얻어맞고 걷어차이면서도 안전한 삶을 얻기 위해 필사적이었던 하나(化)라는 이름을 가진 소녀들, 어두운 방에서 맡은 역겨운 냄새와 '빨갱이'라는 모욕을 견디며 구타를 당하고, 산속에서 눈 녹인 물로 죽을듯한 허기를 채우며 집 앞 해변과 잠녀(潛女)가 갓 따온 싱싱한 미역과 전복을 그리워하는 어느 바닷가의 아이까지. 소설은 육이오전쟁과 일본군의 전쟁 성범죄, 4·3사건, 보도연맹 학살 사건, 군사 정권 시절의 강제수용소와 같은 국가 폭력 피해의 참상을 구체적인 당사자의 목소리로 소환해 낸다.

우리에게 익숙한 전쟁과 피해의 참상이지만, 완의 목소리로 구현되는 이 이야기들은 사뭇 익숙지 않은 질감을 전해준다. 또렷하지 않은 시공간, 냄새와 맛처럼 지극히 사적인 몸의 감각으로 그려지는 이야기는 잘 정리된 교과서의 역사보다 모호하고 어렵게 느껴진다. 그에 반해 고통과 두려움만은 무척 생생하게 우리에게 전해져 놀라울 정도의 아픔을 느끼게 한다. 이것이 바로 '증언'의 효과이다. 증언은 아주 개인적인 동시에 내밀하고 감각적인 기억이고, 그것이 발화될 때는 기존의 역사와는 매우 다른 방식으로 작동한다. 사적인 기억은 아픔과 중첩, 왜곡과 망각이 필연적으로 따라붙기에 집단적이고 공공적인 성격을 가지기 어렵다고 판단되어 왔기 때문이다. 따라서 사적인 기억과 증언은 역사의 그림자로 존재하며, 개인을 호명의 대상으로 삼는 기존의 역사와 충돌하고 균열되기 쉽다. 그러나 증언이 공적인 힘을 얻는 순간 사적인 기억은 억압적인 역사의 기록에 반하여 등장해 대항기억으로서의 역할을 수행한다. 소설에서 "1991년 8월 14일"(254쪽)이라는 날짜가 중요하게 등장하는 이유다. 이 증언으로부터 완은 1991년 무렵 자신의 삶을 되돌아보는 동시에 증언의 주인공과 새롭게 연결된다. 과거와 현재, 나와 타자가 결속되는 이 마법같은 공감은 "50년 만에 처음으로 침묵"을 깨고 "역사를 뒤흔들"(257쪽)었던 당사자의 용기로 가능해진 상호관계성이라고 볼 수 있다.

완의 꿈은 언제나 허리가 폭발하는 고통으로 끝난다. 타인의 고통이 스스로가 겪은 트라우마의 경험으로 기입되는 이 과정은, 다른 시대와 삶을 가로지르며 여러 고통이 중첩되고 교차하는 관계의 의존성을 아우른다. "어쨌든 나는 살아있다. 어쨌든 나는 살았다."(219쪽)라는 공허한 외침에서 시작되었던 이 소설은 이제 "혼자가 아니라"(264쪽)는 상호의존적 연대로 나아가며, 과거와 현재를 이어내는 다중적인 시간성을 형성한다. 한 주체가 겪은 과거의 고통이 과거사에 갇히지 않고 완이라는 현재의 개인으로 겹쳐지는 순간 피해의 경험은 과거와 역사라는 딱딱한 규정에 갇히지 않으며, 당사자로서 한 개인의 삶에 집중된다. 이때 완이 배우는 것은 '새로운 언어'이다. "꾹 눌러 참고 극복"하는 방법만을 알아왔던 완은 "세상에 재구성할 수 없는 악몽, 완화할 수 없는 트라우마, 잊을 수 없는 고통과 삭일 수 없는 분노"를 "설득력 있는 언어로 명확하게 표현하는 방법을 배우지 못"(238쪽)했다. 그러나 자신이 겪은 일이 '나쁜 일'이나 '말 못 할 일'이 아니라 "국가가 저지른 폭력"(264쪽)이라는 사실을 깨달은 순간 완은 "서투르게 입을 열"(265쪽)고, "더듬거리며 자신의 목소리를 마침내 처음으로 세상에 내놓"(266쪽)게 된다.

이 아픔이 언어화되는 순간 완의 미숙한 언어 속에는 고통과 장애, 국가 폭력과 트라우마의 여성사를 이야기하기 위한 모든 시간이 다중적으로 교차한다. 과거와 현재가 선형적이고 인과적으로 흐르지 않는 새로운 시간의 발화는 몸의 기억이라는 개인성으로 연결되어, 모든 아픔을 늘 현재적인 이야기로 바꾸어놓는다. 역사 속에서 손쉽게 배제되고 봉합되었던 이야기, 재현할 수 없어 섣불리 끝맺어 놓았던 이야기, 의도적으로 망각되었던 이야기의 입이 이제 다시 열린다. 시대를 가로지르는 여성들의 삶과 피해의 목소리가 교차하고, 전형화된 역사를 털어버리는 현장의 고통이 생생하게 되살아나며, 불편함과 아픔으로 점철되었던 장애의 기억이 힘겹게 발화된다. 아프도록 수다스러워야 할 이 입을, 누가 이토록 꽁꽁 싸매어 두었단 말인가?

"왜 우리가 도망쳐야 해?"(309쪽)라고 묻는 소설 〈행진〉을 바로 이 시점에서 함께 봐도 좋을 것 같다. 투쟁하는 엄마 밑에서 자란 '나'와 언니는 많은 경험을 공유한다. 군인을 피해 숨은 어린 시절의 경험, 엄마의 실종으로 고통받은 경험, 주변 사람에게 낙인찍힌 경험이 그것이다. 정치적 행위를 이어 나가려는 '나'와 달리 언니는 도망치고 싶어 하지만, '나'는 아랑곳하지 않고 행진을 함께하자고 독려한다. 망설이는 언니와 '나'의 갈등 앞에 등장한 것은 엄마의 유령이다. 엄마의 유령은 '가자'라는 말을 반복하며 정치적 참여를 선택이 아니라 필연으로 탈바꿈시킨다. 이때 이 '가자'라는 말의 수신자는 '나'의 언니로 한정되지만은 않는다. "모든 사람이 다 투사가 될 수는 없"지만, "누군가는 투사가 되어야"(322쪽)하고, 그 누군가를 '자기 자신'으로 정립하는 용기에는 뚜렷

한 확신이 필요하기 때문이다. 더 나아가 "소중한 사람을 지키고 매일의 생활을 지"(328쪽)키는 것 또한 투쟁이라면, 결국 모든 사람이 투사는 아닐지언정 저마다의 권리를 위한 투쟁을 하며 살아간다고 할 수 있다. 그렇다면 '가자'라는 말은 "시끄럽게, 자유롭게, 세상 모두가 보고 들을 수 있도록"(310-311쪽) 주장하고, 투쟁하고, 행진하는 모든 이들에게 희망과 용기를 주는 말이 된다.

엄마는 '나'와 언니, 그리고 '그애'가 함께 행진을 나서는 순간 녹아 흩어져 버린다. 팔이 잘린 유령의 모습으로 등장한 엄마는 연결을 견고하게 만드는 사라지는 매개자로서, 자매 간의 혈연뿐만 아니라 '그애'라는 제삼자까지도 포괄하는 이음새를 만들어내어 현재에 불가해한 순간을 선사하고 떠난다. 그것이 바로 환상의 성격이다. 어긋난 채로 이어지고 사라지기 위해 나타나는 것 말이다. 소설 속에서 군인에 의해 "사라짐 당했"(322쪽)던 엄마의 삶은 국가의 질서 바깥에서 존재했던 주체의 성격을 드러내고, 그러한 삶이 언제나 현실에 있다는 사실을 계속해서 상기시키기 위해 유령으로 등장한다.

〈증언〉에서 등장한 어긋난 꿈, 〈행진〉에서 팔이 잘린 채로 창가에 서성이던 유령의 출현은 이처럼 정보라의 환상이 보여주는 정치적이고 입체적인 성격을 보여준다. "죽음을 물리치고 삶을 보호하는 방법"을 알려주기 위해 엄마의 "입에서 입으로 전"해지고, 엄마의 "엄마의 엄마"(《무르무란》, 63-64쪽)로부터 전승되는 이 여성적 계보는 현실을 끝없이 침범하고 기존의 질서로부터 튕겨 나오며 대안적인 상상의 이야기를 전해주고 있기 때문이다. 그러므로 정보라의 소설은 그 자체로 유령적이라고 할 수 있다. 기습적으로 등장해 역사를 교란하는 꿈, 두려움과 소문을 뚫고 등장하는 용기, 죽음과 무력감을 헤치고 빛나는 이 번뜩이는 이야기들의 역사는 마치 유령처럼 현실에 부드럽게 스며들어 가장 파괴적으로 삶의 안정성을 뒤흔든다.

퀴어 에티몰로지

서로의 기억과 삶을 중첩해 끈끈하게 연결되고 고양되는 존재들은 필연적으로 다른 삶을 이해하는 구체적이고도 현실적인 고민을 안게 된다. 그런데 우리가 언제나 함께할 것이라는 희망만으로 괜찮은 걸까? 타인을 완벽하게 이해할 수 없는, 그래서 서로 다른 선택을 하게 되는 우리는 과연 어떻게 될까? 〈작은 종말〉은 이런 질문으로 시작해 우리가 겪게 되는 크고 작은 '종말'에 관해 이야기한다.

소설은 몸을 기계로 바꿀 수 있는 시대를 그린다. 몸의 기능을 향상시키는 소형 기기를 "몸에 부착하거나 연결하는 수준부터 아예 몸을 전부 기계로 바꾸는 100퍼센트 트랜지션"(102쪽)까지 의향대로 선택이 가능한, 한 마디로 사이보그 전성시대. 소설에서 상(翔)은 트랜지션으로 기계가 되려는 동생의 선택에 반대한다. 상의 동생 세류(世懰)가 트랜지션을 하려는 이유는 다름 아닌 육아와 노동 때문이다. 정자은행과 체외수정 클리닉을 통해 임신과 출산을 한 세류는 노동에 지치지 않는 막강한 기계의 몸을 통해 "돈 더 벌고 애 잘 키우려"는 선택지를 꿈꾼다. 잠도 덜 자고, 손목과 허리가 말썽일 경우 교체하고, 병에 걸리지 않고, 지치지도 않는 로봇은 "혼자서 애 키우는 데는 이게 최고"(105쪽)라는 생각이 들게끔 완전하고 또 완벽하다. 로봇이 되기로 결심한 여러 가지 이유 속에서 싱글맘인 세류가 육아와 노동을 혼자 감당하며 겪었을 고통이 선연히 드러나고 있다.

세류가 트랜지션을 주장하는 데에는 다른 하나의 이유가 존재한다. 바로 상이 기계 트랜지션이 아닌 성별 트랜지션을 겪은 당사자라고 세류가 알고 있기 때문이다. "언니는 했잖아? 왜 나는 하면 안 돼?"라고 당당히 주장하는 세류에게 상은 "그 트랜지션하고 이 트랜지션하고 같아?"(104쪽)라고 물으며 되받아친다. 로봇이 되는 트랜지션과 성별을 바꾸는 트랜지션의 범위는 정말 그렇게 다를까? 그 전에, 상은 사실 수술하지 않은 비수술 MTF라는 사실을 이야기해야 할 것 같다. "자르고 맞추고 꿰매어 만들 수 있는 재료나 물건이 아니라 인간"이고 싶었던 상은 "어디에도 속할 수 없는 고립된 인간"(133쪽)이어도 좋다는 생각으로 수술과 법적인 성별 정정을 영구히 포기한다. 여기에 상의 퀴어함이 전면에 나선다. 사회는 자발적 수술을 통해 합법적인 성별을 부여받아야만 젠더를 인정받을 수 있게 만들어 놓았지만, 그마저도 실은 혐오와 차별에서 피해 가기 어려울 때가 많다. 그런데 개인의 선택으로 수술을 거부하는 성소수자들이 향해야 할 곳은 어디일까? 상이 가진 복잡한 섹슈얼리티를 '잘못된 것'으로 간단히 부정해 버리는 상의 부모는 우리 사회가 상상하지 못한 퀴어의 지대가 여전히 많고 넓다는 사실을 깨닫게 한다.

이토록 '인간'이고 싶어 하는 상에게 세류의 수술은 가히 충격적일 수밖에 없다. 로봇이 된 세류는 어느 순간 연락이 두절되어 버리고, 상은 동생을 찾기 위해 필사적이다. 결국 어느 편의점에 갇힌 채 유리벽을 사이에 두고 로봇이 된 동생을 마주하게 된 상은 "외계인들이 네트워크를 장악하고 시스템 설계사를 살해"(131쪽)했다는 사실을 알게 된다. 회색 형체로 보이는 이들은 '성단연방연합'의 일원으로, 새롭고 강하고 완벽한 삶을 건설하기 위해 모든 지적 생명체들을 네트워크로 연결시킨다. "지구상의 비인간 비유기체 지성체는 모두 우리에게 협조"하고 있으며 상에게 어서 "트랜스휴먼으로 전환하라"(130-131쪽)고 명령하는 이들에게는 고립과 한계가 없는 연결만이 문명의 의미를 지닌다. 연약함과 노화로 인해 생산성이 극히 떨어지는 인간의 몸을 모두 기계로 전환하고 새로운 문명을 맞이하겠다는 이들의 목소리는 실로 기술의 진보와 자본주의가 무분별하게 종합된 비윤리적인 기술적 자유에 가깝다. "실리콘 밸리의 망상적 방식"*과도 닮은 이들의 주장은 기술 만능주의와 포드주의적 효율성의 예찬으로 오히려 인간 체현의 중요성을 망각한다.

인간임을 중시한, 그래서 자신의 기쁨과 슬픔, 그리고 아픔과 외로움의 무게를 모두 귀하게 여길 줄 아는 상은 외계인의 위협과 동생을 잃는 아픔에도 불구하고 인간으로 살아남길 선택한다. "살아있으니까, 그냥 사는 거야"(155쪽)라고 말하며 동생의 아이 '진(進)'을 받아들이고, 노년과 죽음과 아이의 미래까지 자연스러운 인간의 생애를 생각해 보면서 말이

---

* 로지 브라이도티, 김재희·송은주 옮김, 《포스트휴먼 지식》, 아카넷, 2022, 76쪽.

다. 그러므로 기저귀와 쓰레기통, 아이의 먹을거리를 챙기며 갑자기 넓어지고 분주해지는 상의 세상에는 "실존적으로 고립된 외로운 존재"(153쪽)가 느끼는 고유함이 생생하게 살아 있다. 로봇 몸이 감히 상상할 수 없는 바로 그 감정과 신체로서의 체현embodiment이 말이다. 만약 '작은 종말'이 상이 느끼는 고립을 상징한다면 그건 외계인에게 하나의 유기체를 잃은 것에 불과할지 모른다. 이때 외계인에게 상이라는 존재는 정말로 작은 종말에 가깝다. 그러나 상의 세상에 찾아온 종말이란 지구라는 큰 세계가 사라지려고 하는 거대한 사건이다. 이 임박한 소용돌이 안에서 원하던 모습을 끝끝내 지켜내 자기 자신이라는 소중한 우주를 지켜낸 이상, 상에게 지구의 종말은 그저 '작은 종말'이 될지도 모른다. 연약한 인간이지만 상은 그 고립을 견뎌낼 만큼 강하고 고유하다.

〈작은 종말〉에는 상의 선택에 영향을 미치는 인물들이 등장한다. 차에 꼼짝없이 갇혀 허둥거리던 나이 든 여성은 사실 시스템 설계사로서, 일에 관해서는 명확한 모습을 보이는 프로이지만 외계인에게 희생을 당한다. 편의점의 점원은 영주권과 비자에 관심이 많은 외국인 노동자로서 자신의 언니처럼 트랜지션으로 전환하기를 선택한다. 상은 이들과 연결되기도, 때로 갈라지기도 하면서 복잡한 관계의 망을 통과한다.

더 나아가 세류가 상의 만류에도 아이를 낳은 이유 또한 부모의 남아선호사상으로 인한 피해와 외로움의 경험으로 소설 속에서 밝혀진다. 이때 인물의 선택과 그 의미는 그들이 겪은 사회적인 아픔과 맞물려 배치된다. 이처럼 정보라는 소설 속에서 사회적인 약자와 소수자를 재현하는 일에 언제나 골몰하는데, 그 노력의 정체성을 담은 소설이 바로 〈통역〉이라고 볼 수 있다.

〈통역〉에서 지구는 쓰레기로 뒤덮여 물과 식량이 부족한 상태다. 이때 지구의 쓰레기를 유휴 자원으로 쓸 수 있는 '넘어 다니는 존재들'이 시간과 차원을 넘어 지구에 등장했고, 지구인은 그들과 계약을 맺게 된다. 플라스틱과 비닐, 오래된 쓰레기는 그들 덕분에 꾸준히 줄어들지만 많은 지구인은 여전히 그들을 두려워하고 경멸한다. '나'는 그들의 언어를 배우고 존재 방식을 공부하며 "그들이 적이 아니라는 사실을 천천히 깨"(202쪽)닫게 되고, 자신이 사는 지역에서 그들의 언어 통역을 맡게 된다.

소설은 주로 '나'가 외계노동자인 '그'의 통역 전반을 담당하는 이야기를 그린다. 지구인인 공장 사장의 귀신을 에너지로 전환시켜 버린 그는 부당해고의 위기에 처해있고, 사건을 해결하기 위해 외계노동센터 소장, 그리고 근로감독관이 함께 대면한다. 사건의 발생과 해결의 줄거리는 간단하지만, 소설의 가깝고 세밀한 시선이 인상 깊다. 통역가의 위치에서 그를 향해 바짝 다가선 '나'의 긴장과 숨 막히는 대면의 분위기가 감지되고 있기 때문이다. '나'는 그의 말을 통역하기 위해 계속해서 그를 관찰하고 해석한다. "명확해서 알아듣기 쉬"운 단어를 쓰고 있지만, 그의 "곤란한 표정"(198쪽)과 몸짓이 통역의 여지로 남아있기 때문이다. '나'는 때로는 담담하고 때로는 망설이는 그의 모습을 학습해 '있는 그대로'의 전달보다는 '정확한' 전달을 점차 향해 간다.

언어와 언어를 교환하는 통(번)역이란 문화 간의 충돌과 갈등을 자아낸다. 단지 낱말이 낱말로 전해지는 것이 아니다. 원본과 복사본 간의 긴장이, 넓게 본다면 문화적인 변형과 확대가 필연적으로 따라붙기 때문이다. 그의 언어를 대하는 '나'의 조심스러움은 이런 의미에서 그를 향한 환대에 가까워 보이기도 한다. "그가 인간의 죽음을 '흥미롭다'고 표현하여 더욱 비인간적인 존재로 여겨지는 것을 원치 않았"(205쪽)던 '나'가 짧은 순간에 내린 통역의 판단, 그에게 전해지는 질문이 "상당히 모욕적"(204쪽)이지만 날것의 불쾌함마저 전달하기로 결심한 뚝심은 오롯이 '나'가 그를 위했다는 흔적으로 남는다.

'나'가 보여주는 '그'를 향한 환대는 사회가 '비정상'이라고 부르는 신체를 향한 환대와도 맞닿아 있다. 손가락에 묻은 인주가 검은색이 되어서 사라지는 그들의 신체는 과학적으로 지구인의 피부와 다르지만, 지구에 존재하던 차별의 뿌리와 합세해 인종적 혐오의 빌미가 된다. 이때 '나'는 그의 피부가 "비지구적이며 무척 아름다운 광경"(212쪽)을 자아내는 모습을 발견하고, 그가 가진 모든 것이 오로지 존중의 대상임을 실감한다. 그리고 여기에서 다시 시간과 미래가 등장한다. "시간과 차원을 넘어 지구인들이 '미래'라 부르는 것을 스스로 만들며 살아가는 그의 양손"(213쪽)은 기존의 인과론적인 시간으로 이해할 수 없기에 지구인의 우려와 상상을 뛰어넘는다. 만일 과거와 현재가 선형적으로 이어진다면, 지구의 시간은 "폭력과 침략을 역사라 부르는 한심한 존재들"(213쪽)로 가득 찰 뿐이다. 그러나 미래를 만들어가는 그의 빛나는 양손처럼 우리가 "시간의 비현실성"(〈지향〉, 13쪽)에 모든 패를 걸어본다면, 그렇게 퀴어한 미래를 상상하며 만들어갈 수 있다면 우리는 그처럼 자유로우면서도 담담할지도 모른다. 머무르지 않기에 욕심이 없고, 소유가 없기에 무례와 폭력을 저지르지 않게 되는 그 초연한 모습처럼 말이다.

마지막에 그와 소장은 "안녕히 가세요"라는 말을 '나'와 나누며 차분하게 떠난다. 이 떠남의 여운을 깊이 생각해 보자. 그들은 왔기 때문에 떠날 수 있었다. 떠남은 도착을 필요로 하는 일이니까 말이다. 그런데 시간이 선형적이지 않을 수 있다면, 그리고 사건과 만남으로 그 선후가 구분될 수 있다면, 그들이 지구에 정말로 '왔던' 경험은 '나'의 사려 깊은 통역으로 가능했던 일이 아니었을까. 그러므로 이 안전한 작별은 사실 '안녕히 오세요'라는 초대를 뜻한다. 퀴어한 미래 속으로, 불구의 정치 속으로, 픽션의 환상 속으로 걸어 들어오라는 그런 초대 말이다. 신비로운 언약을 걸어둔 정보라의 초대가 시간과 차원을 넘어 긍지 어린 믿음이 될 때 우리는 비로소 미래가 새롭게 갱신되었음을 알게 될 것이다. "안녕히 가세요"라는 차분한 인사를 미리 건넨다. 그건 다시 만날 약속이 필요 없는 미래이니까.

추천의
말

현대 한국문학은 정보라 작가를 만나기 이전과 이후의 시간으로 나뉠 것이다. 자신이 경험한 세계만을 정상과 표준이라 여기며 영원히 살고 싶은 이들은 믿기 어렵겠지만, 적어도 그를 통해 신세계를 엿본 이들에겐 이미 명백한 사실이다.

그는 구석기시대처럼 낡아 케케묵은 현실의 부패와 비리, 폭력과 차별, 관습과 예절 따위 등과 공모하지 않는다. 로자 룩셈부르크처럼 강인하고, 시몬 베유처럼 열정적인 그의 모든 관심은 오늘, 여기에서 소외당하는 모든 존재들의 해방선언과 주체성 회복을 향해 활짝 열려 있다. 오래된 허위와 가식과 무지 앞으로 돈키호테처럼 나아가 뜨겁게 저주하고 유쾌하게 야유하며 풍자하는데 거침없다. 분명하게 절망하고 투명하게 절규하면서도 "해 뜨면 가자."라는 뜨거운 말을 잊지 않는다.

어떻게 이토록 드높은 이성과 따뜻한 감성과 부지런한 실천과 다른 세계를 향한 뜨거운 의지가 한 사람의 작품과 삶

속에서 조화를 이룰 수 있는지, 놀랍다. 재밌으면서 새로운, 빠르면서 가차 없는, 그러다가 뭉클하니 솟구치는……. 현대 한국문학의 새로운 피켓이 된 그와 함께, "가자."

송경동(시인)

사람은 저마다 복잡한 자신의 세계 속에 있다. 그렇기에 모든 것은 무 자르듯 하나로 설명하기 어렵고, 제각기 변명을 갖게 마련이다. 정보라 작가는 이 소설집 속 모든 단편에서 세상의 복잡함을 섬세하게 고려한다. 그리고 동시에 복잡함 안에서 집요하게 올곧음을 지향하는 인물들을 드러낸다. 이렇듯 작고 미묘하게 튀어나온 못 같은 사람들을 언제나 거기에서 보았던 것처럼 자연스럽게 품어낼 수 있다니. 아름답다.

이서영(작가)

퍼플레터 구독 신청 링크
퍼플레터는 퍼플레인의 뉴스레터 서비스입니다.

작은 종말
정보라 환상문학 단편선 3

초판 1쇄 발행 2024년 6월 24일
초판 2쇄 발행 2024년 7월 26일

지은이 정보라

펴낸이 박선경
기획·편집 이유나, 지혜빈, 김선우
마케팅 박언경, 황예린, 서민서
외주 편집 김영훈
디자인 studio forb
표지 사진 © OKTO LEE
제작 디자인원(031-941-0991)
작가 전속에이전시 그린북 에이전시

펴낸곳 도서출판 갈매나무
출판등록 2006년 7월 27일 제395-2006-000092호
주소 경기도 고양시 일산동구 호수로 358-39 (백석동, 동문타워 I) 808호
전화 (031)967-5596
팩스 (031)967-5597
블로그 blog.naver.com/kevinmanse
이메일 kevinmanse@naver.com
트위터 twitter.com/purplerain_pub
인스타그램 www.instagram.com/purplerain.pub

ISBN 979-11-91842-68-5 (03810)
값 18,000원

'퍼플레인'은 도서출판 갈매나무의 장르소설 전문 브랜드입니다.
배본, 판매 등 관련 업무는 도서출판 갈매나무에서 관리합니다.

* 잘못된 책은 구입하신 서점에서 바꾸어드립니다.
* 본서의 반품 기한은 2028년 6월 25일까지입니다.